따뜻한 빛이 된
당신을
마음에 담습니다

따뜻한 빛이 된 당신을 마음에 담습니다

초판 1쇄 발행 2021년 6월 13일

지 은 이   장용석, 이인열 외 77명
발 행 인   권선복
편   집   유수정
디 자 인   최새롬
전 자 책   오지영
발 행 처   도서출판 행복에너지
출판등록   제315-2011-000035호
주   소   (157-010) 서울특별시 강서구 화곡로 232
전   화   0505-613-6133
팩   스   0303-0799-1560
홈페이지   www.happybook.or.kr
이 메 일   ksbdata@daum.net

값 20,000원
ISBN 979-11-5602-895-6 03810

Copyright ⓒ 장용석, 이인열 외 77명, 2021

도서출판 행복에너지는 독자 여러분의 아이디어와 원고 투고를 기다립니다. 책으로 만
들기를 원하는 콘텐츠가 있으신 분은 이메일이나 홈페이지를 통해 간단한 기획서와 기
획의도, 연락처 등을 보내주십시오. 행복에너지의 문은 언제나 활짝 열려 있습니다.

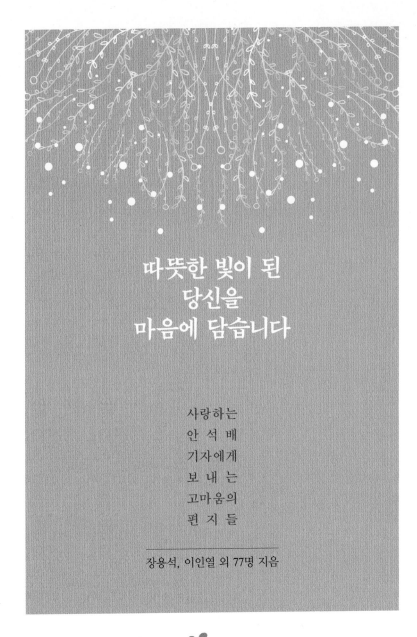

따뜻한 빛이 된
당신을
마음에 담습니다

사랑하는
안 석 배
기자에게
보 내 는
고마움의
편 지 들

장용석, 이인열 외 77명 지음

도서
출판 행복에너지

치열함과 균형감을 보여준
안석배 기자에게
꼭 고맙다는 말을 전하고 싶습니다.

안석배 기자를 추모하며

장용석
연세대학교 교수, 대학동기

　소중한 인연만큼 우리 삶에 의미 있는 건 드물 겁니다. 마음과 마음을 나눈 정, 위로를 주고받은 대화, 삶에 활력이 되는 지적 도전, 세상을 바꾸는 비전의 공유! 인연을 통해 우리가 나누는 에너지는 참 무한합니다. 그 인연 덕분에 우리는 힘을 얻고 즐거워합니다. 그래서 그 인연을 잃어버릴 때 많이 힘듭니다. 사랑하는 사람과의 이별은 언제나 어렵습니다.

　여기 소중한 인연의 끈으로 이어진 아끼는 가족, 친구, 동료, 조력자들이 안석배 기자를 그리워하는 추모의 책을 만듭니다. 이 책 속의 이야기들은 그리움만을 담고 있는 오열의 조각들이 아닙니다. 갑작스러운 이별의 충격에 슬픔도 사치였던 지옥 같은 순간을 지나고 보니 그 사람이 우리들 인생에 얼마나 많은 귀중한 추억을 남겼는지 감사한 마음이 더 크게 차오릅니다. 우리 기억 속에 남겨진 그의 삶의 순간순간들이 참 근사하고, 진지하고, 재밌고, 감동적입니다.

우리는 안석배 기자가 가졌던 가족에 대한 끝없는 사랑, 동료를 대하던 따뜻한 성품, 친구로서의 한결같은 우정, 지식인으로서의 날카로운 성찰을 기억할 수 있기에 고맙습니다. 글을 쓰며 함께 추억한 사람들 모두 소중한 인연인 안석배 기자가 얼마나 많은 행복을 우리에게 남겨주었는지 다시 한 번 기억하는 기쁨을 경험했습니다. 한 사람 한 사람의 기억 속에 남겨진 안석배 기자에 대한 추억은 영원히 우리와 동행하는 변함없는 인연의 흔적입니다.

안석배 기자의 사랑하는 가족들에게 이 책이 자랑스러운 남편, 아버지, 아들, 형제에 대한 아름다운 추억과 기억의 저장소가 되었으면 좋겠습니다. 우리에게 인연의 소중함과 품격 있는 삶이 무엇인지 가르쳐주었기에 사무치게 그립지만 더 이상 슬퍼하지 않겠습니다. 안석배 기자의 가족들 특히 서영이, 재익이가 우리의 이런 진심을 공감하고 아버지를 평생 자랑스러워하며 행복하게 살아가길 바랍니다.

안석배 부장을 추모하며

이인열

조선일보 경영기획부장

누군가 떠난 자리가 이리도 아름다울 수 있을까. 유족들의 뜻을 받아 안석배 부장의 추모 글을 받아 모으면서 가장 절실히 들었던 생각입니다.

수많은 글들 속에서 안석배는 어떤 이와는 등산을, 어떤 이와는 밤을 새워 술잔을 부딪혔고, 또 어떤 이와는 자전거를 즐겼고, 또 어떤 이와는 교육을 밤샘 토론했고, 또 어떤 이에게는 인생의 상담자가 돼 주었고, 또 어떤 이에게는 멘토였고, 또 어떤 이에게는 따뜻한 안식처가 되었습니다.

도저히 다 나열할 수 없을 정도의 다양한 모습들이 그려지고 있었습니다. 그 많은 모습을 관통하는 키워드들은 '선량' '예의'

'품격' '열정' 같은 단어들이었습니다. 안석배는 그렇게 열심히 살았고, 또 진실되게 살았습니다. 이 많은 모습 중 무엇이 가장 진짜 안석배냐고 묻는다면 저는 이 모든 모습이 바로 안석배라고 답할 것입니다. 그의 1주기를 즈음하여 준비하는 추모 글을 모으는 과정은 이처럼 안석배의 커다란 실체를 위한 작은 퍼즐을 맞춰가는 작업 같았습니다.

안석배의 추모 글을 부탁하기 위해 전화통을 잡았다가 잠시 주저한 적이 있었습니다. 고인과 어릴 적 친구들과 동문들은 친구인 연세대 장용석 교수께서 맡아서 글을 모으고, 저는 회사 동료, 선·후배들과 교육계 등 안석배의 취재원들로부터 글을 모으기로 했습니다. 제가 맡은 분들은 어떻게 보면 안석배와 사

회에 진출해 만난 이해관계로 엮인 사이일 수 있습니다. 겉으로
보기 친했지만 혹시 아닐 수도 있고, 하지만 몇 통의 전화를 돌
린 뒤 나는 나의 생각이 얼마나 엉터리였는지 깨달았습니다. 거
의 예외 없이 많은 분들이 기꺼이 글을 쓰겠노라고, 아니 이런
기회를 줘서 고맙다고 했습니다. 후배 기자들은 발 벗고 나서겠
다고 했고, 선배들도 흔쾌히 수락을 했습니다.

떠난 사람을 좋게 기억하고 추모하는 것은 예의의 영역인줄
알았었는데, 그 이상일 수 있다는 걸 새삼 깨달았습니다.

안석배를 추모하는 글을 받았더니 그 숫자가 70여 명 정도입
니다. 아마도 훨씬 더 많은 분들이 참여하시고 싶어 했을 거라

고 확신합니다. 하지만 분량의 제약 등으로 다 부탁 못 드렸기에 혹 아쉬워하시는 분들이 있다면 이 자리를 빌어 죄송하다는 말씀 드립니다.

글을 모아 읽다 보니 제가 몰랐던 '석배 형'의 모습이 참 많았습니다. 제가 생각하기에도 가장 멋지고 선한 분인데, 더 멋지고 선한 모습들이 많았습니다. 그래서 그가 지나간 자리가 어찌 이리도 아름다울 수 있을까라는 생각을 안 할 수 없었습니다.

추모집에 흔쾌히 참여해준 분들, 특히 글을 모으는 데 많은 애를 써주신 강경희 논설위원, 한윤재 SK C&C 부사장, 김연주 사회정책부 기자 등에게 감사 말씀 드립니다. 아마 석배 형이

하늘에서 아주 기뻐할 듯합니다. 석배 형! 참 멋지게 사시다 가
셨소. 훗날 하늘나라에서 소주 한잔 꼭 합시다.

목차

조선일보 논설위원실 동료들 & 회사 선배들

| 논설위원실 동료들

2장

동네 친구들

3장
대학시절 친구들

4장
조선일보 34기 입사 동기들 & 회사 후배들

| 입사 동기들

5장

교육계의 안사모들

6장

가족

발자취를 추억하는 길 -자필기록과 연도별 사진 모음

기사

포상

에필로그

[태평로] 美談 사라진 한국 入試

흙수저와 '개천표 용' 입시 미담은 사라지고 부모 지갑이 학력 결정… 기대만큼 배신감도 커져

안석배 사회정책부장
입력 2019.06.03 03:15

안석배 사회정책부장

지난해 겨울, 서울 강북의 한 추어탕집 외아들이 대입 수능에서 만점 성적표를 받았다. 3년간 백혈병을 앓다가 일어난 학생이었다. 서민 동네에서 자라, 학원과는 담쌓고 인터넷 강의 듣고 이룬 그 학생의 쾌거에 모두가 박수 쳤다. 오랜만에 접한 훈훈한 입시 스토리였다.

한때 우리는 입시 철 신문 사회면을 보면서 가슴이 따듯해질 때가 있었다. 행상하는 홀어머니 밑에서, 공장에서 일하는 형과 단○ 살며 명문 대학 들어간 이야기를 집했을 때다. 누군가에게 꿈과 희망을 줬던 이야기들이 어느 순간 사라졌다. 점점 형편 좋은 학생이 공부도 잘하고 대학도 ○ 부모의 사회·경제적 배경이 자녀 학력을 결정하는 것이 각종 통계에서 입증○ 다. 우리뿐 아니라 대부분 나라에서 일어나는 일이다. 이 간극과 격차를 어떻○ 나갈○

▲일반수습기자

朴用根　李建昊
林正郁　鄭在娟
曺喜蓮　曺熙天
車秉學　韓玧宰
　　（이상 8명）

▲편집수습기자

權晩羽　金賢淑
宣主成　安晳培
曺玟旭　黃石淵
　　（이상 6명）

▲주간조선·
월간조선
수습기자

金德翰　金炯植
申鎭相　黃聖惠
　　（이상 4명）

▲사진수습기자

鄭相赫　趙寅元
蔡承雨
　　（이상 3명）

수습기자 최종합격자

응 시 표

수험번호: 2058

응시직종	편집수습기자
성 명	안석배
생년월일	1962년 7월 3일

朝鮮日報社

1장

조선일보 논설위원실
동료들 & 회사 선배들

\-

논설위원실 동료들

\-

우리가 기억하는
좋은 사람

양상훈
조선일보 주필

우리가 세상을 살면서 좋은 사람을 많이 만납니다. 친절한 사람, 정이 많은 사람, 의리 있는 사람, 약속 잘 지키는 사람, 남을 잘 도와주는 사람 등등을 만나 역경을 딛고 일어서고 많은 고비도 넘기면서 그에 고마워하고 때로 감동하면서 살아가는 것이 인생이 아닐까 생각합니다.

그런데 반듯한 사람은 참 만나기 힘듭니다. 반듯하다는 것은 매사에 흐트러짐이 없다는 뜻입니다. 친절하고 정 많은 사람들도 언제나 그럴 수는 없는 노릇입니다. 하지만 반듯하다는 평을 듣는 사람은 언제나 흐트러짐이 없습니다. 이러기가 얼마나 힘 든지는 우리 모두가 잘 알고 있습니다.

저는 그런 반듯한 사람을 한 명 만났는데 안석배 부장입니다. 안 부장과는 논설위원실에서 처음 함께 일했습니다. 그는 정말 단 하루, 단 한 순간도 흐트러진 모습을 보인 적이 없습니다. 경우에 어긋나는 것은 물론이고 화내는 모습 한 번 보지 못했습니다. 심지어 회사 피트니스 센터에서 달리기를 할 때도 바른 자세를 끝까지 유지했습니다. 안 부장은 논설위원실 살림을 하는 총무 역할도 맡았는데 그가 편집국 부장으로 발령이 난 날, 저의 가장 큰 걱정은 대체 누가 안 총무 역할을 대신할 수 있겠느냐는 것이었습니다.

반듯한 사람은 자기 책임을 다 하지 못하면 견디지 못합니다. 그런 안 부장이 우리 사회 격동기에 편집국 사회정책부장이라는 중책을 맡아 노심초사하며 건강을 해쳤을 생각을 하면 가슴이 아픕니다.

이 글을 쓰며 안 부장을 다시 생각하니 그가 천국에서도 반듯하게 앉아 싱긋이 웃고 있을 것 같습니다. 천국으로 부치는 편지는 우리 마음 속 우체통에 넣는다고 합니다. '안 부장, 우리 모두 잘 있다'고 쓴 편지 한 통을 부칩니다.

선량하면서 단단했던 사람,
안석배

김창균

조선일보 논설주간

'선량하다'는 표현은 사어死語에 가깝다. 실제 인물에게 좀처럼 쓰지 않는다. 그런데 안석배 추모사를 써달라는 요청을 받고 그 단어가 떠올랐다. 그렇다. 안석배는 선량한 사람이었다. '어질고 착하다'는 형용이 더 잘 들어맞는 사람을 달리 찾을 수 있을까 싶다.

안석배 씨와는 바로 옆 부서에서 오랜 세월을 보냈다. 그가 역정을 내거나 목소리를 높이는 장면이 기억에 남아있지 않다. 늘 무엇을 읽고 있거나 동료들과 조곤조곤 얘기하는 모습뿐이다. 취재원과 통화할 때도 공손하고 정중했다.

소설 속에서 '선량' 캐릭터는 대개 '나약'이라는 배경 화면을 깔고 있다. 보잘것없고 무능하고 기댈 곳이 없어서 선량이라는 덕목을 강요받은 경우다. 안석배 씨는 그 반대였다. 다섯 손가락에 꼽히는 조선일보 훈남에, 믿고 일을 맡길 수 있는 에이스였고, 든든한 집안 출신이었다. 그럼에도 불구하고 그는 선량했다. 영어 표현을 빌자면 "to good to be true", 요즘 속어로는 '사기캐'였다. 그는 술도 셌다. 새벽까지 이어지는 술자리를 지키다 인사불성이 된 동료들의 귀갓길을 챙기는 건 늘 안석배 씨였다.

쟁이들끼리 어울리는 술자리는 뒷담화 경연장이다. 그런 자리에서조차 안석배 씨는 남을 헐뜯지 않았다. 동석자들이 '공공의 적'을 성토하며 목청에 핏대를 높일 때 빙그레 웃으며 고개를 끄덕이는 게 고작이다. 안석배 씨에 대한 험담을 들어본 기억도 없다. 등 뒤에서 안석배를 씹는 사람은 아무도 없었다.

안석배 씨와 편집국 같은 부서에서 일해 본 적이 없다. 함께 어울리기엔 연배 차이도 있었다. 그런데 언젠가부터 한두 달에 한 번씩 어울리는 소모임 멤버가 됐다. 지난 가을 그 멤버들과 함께 그가 잠들어 있는 이천에 다녀왔다. 가족이 아닌 묘소에, 더구나 기일도 아닌데 가본 것은 처음이었다. 전자 앨범 속 환한 그의 미소를 보고 가슴이 아렸다. 누구나 함께하고 싶어 했던 사람, 그래서 하나님도 그를 곁에 두고 싶으셨나 보다. 그래도 너무 빨리 데려가셨다.

추모글

땀에 젖은
해맑은 얼굴이 있었다

박정훈
조선일보 논설실장

선하다는 표현을 빼고 나는 안석배를 말하지 못하겠다. 내 기억 속의 안석배는 내가 아는 이 세상 그 어느 누구보다 착하고 바르고 반듯한 사람이었다. 말 그대로 법 없이도 살 사람이었다. 나는 사회생활을 한 이후로 이렇게 선량하고 맑은 사람을 본 적이 없다. 하늘은 착한 사람을 먼저 데려간다고 하는데, 안석배가 세상을 일찍 떠난 것도 그 때문이라고 생각한다. 하느님이 자기 곁에 두고 싶은 욕심에 데려간 것이라 생각한다.

내가 안석배와 처음 한 부서에서 근무하게 된 것은 2009년 1월이었다. 편집국에 사회정책부를 신설하면서 내가 초대 부장을 맡게 됐다. '영원한 교육기자' 안석배는 당시에도 교육부를 담당하는 교육팀 1진이었다. 물론 그 전에도 술자리 같은 데서 종종 어울리곤 했지만 그는 교육, 나는 경제로 전공이 달랐던지라 같이 근무한 적은 없었다. 그러다가 사회정책부라는 신설부서에서 부장과 팀장으로 만나 인연을 맺게 되었다.

사회정책부는 사회부에서 교육, 복지, 노동, 환경 등 이른바 '상원' 출입처를 분리해 만든 부서였다. 처음 생긴 조직이어서 부서 운영이나 지면 제작 방식 등을 백지 상태에서 다 새로 세팅해야 했다. 부가 계속 존속할 것이라는 보장도 없었다. 성과를 못 내면 부를 없애고 다시 사회부로 통합할 것이란 추측이 무성했다. 게다가 나는 주로 경제부만 거친 터여서 교육이나 복지 등에는 문외한에 가까웠다. 취재 기자 티오(정원)를 확보하는 것, 지면을 받아내는 것 등등이 다 녹록치 않았다. 허허벌판에서 맨땅에 헤딩하는 듯한 심정이었다.

그때 유능하고 탁월한 후배들을 만나게 된 것은 나로선 큰 행운이었다. 의료는 김철중(의료전문기자), 복지는 김민철(현 논설위원), 환경은 박은호(현 사회정책부장)이 포진했고 이인열(현 경영기획

추모글

부장)이 리베로처럼 종횡무진하며 라인업을 받쳐주었다. 저마다 자기 분야에서 일가를 이루고 조선일보의 기둥이 된, 그야말로 쟁쟁한 멤버들이었다. 그중에서도 안석배의 몫은 절대적이었다. 독보적인 기획과 특종을 도맡아 하면서 후배들을 감싸고 다독거려 주는 큰 형님 같은 존재였다.

나는 교육 기사에 관한 한 무조건 그가 하자는 대로 했다. 교육 현장에서 그의 존재감은 발군이었다. 전문성은 물론, 어느 기자도 따라오지 못할 만큼 교육계 인맥을 독보적으로 장악하고 있었다. 대학 총장들이며 교육계 거물들이 그와 만나고 싶어 다들 안달이었다. 조선일보라면 이를 간다는 전교조 측의 교육감도 첫 인터뷰를 안석배와 하겠다고 자청할 정도였다.

그가 출입처와 취재원들을 장악한 것은 인품의 힘이었을 것이다. 그는 누구에게도 함부로 대하는 사람이 아니었다. 흥분할 법한 상황에서도 차분한 말투로 조근조근 대화하고 설득하는 그의 화법은 옆에서 듣는 사람마저 감탄시키게 했다. 아무리 술을 마셔도 한 치 흐트러짐이 없었다. 함께 과음해도 그는 표 하나 내지 않고 출근해 조용히 자기 할 일을 다 하곤 했다. 나는 그가 화를 내거나 목소리를 높이는 일을 단 한 번도 본 일이 없다. 화가 나도 혼자 속으로 삭일 뿐 겉으로 드러내는 법이 없었다. 취재원들도 그의 인품과 선량함에 반했을 것이다. 사람 됨됨이에 반해 스스로 그의 팬이 되고 기꺼이 '빨대'가 되었을 것이라고 생각한다.

그를 장지로 보내던 날, 사회정책부의 막내뻘이던 김성모(현 사회정책부 기자)가 잊고 있던 사진 몇 장을 보내왔다. 11년 전 사회정책부 시절, 단합대회 명목으로 산행 갔을 때 찍은 기념사진이었다. 그곳에 안석배의 해맑은 미소가 있었다. 땀에 젖은 얼굴로 조용히 웃고 있는 11년 전의 안석배가 있었다. 그가 참 보고 싶다.

▲ 2009년 5월 무의도 조선일보 사회정책부 나들이
(당시 박정훈 사회부장, 김민철, 이인열, 김성모, 이지혜, 오현석,
오윤희, 박시영, 최수현, 김경화)

등 뒤를
맡길 수 있었던 사람

김광일

조선일보 논설위원

기자들끼리도 일반 회사원처럼 경쟁심도 있고 우정도 있다. 그러나 '등 뒤를 맡길 수 있는 사람'이란 얘기도 한다. 동료애를 넘어서서 전우애 비슷한 것이다. 전쟁터에서 적진敵陣 깊숙이 캄캄한 숲속을 수색 정찰할 때 내 등 뒤를 맡길 수 있는 사람, 그 사람이 진짜 전우다.

안석배 부장은 그런 사람이었다. 위험한 취재를 나갈 때 동료를 선택해서 팀을 짜라고 하면 주저 없이 안석배 부장을 골랐을 것이다. 선후배 동료들도 같은 생각이었을 것이다. 이유를 대라면 제각각이겠으나 '등 뒤를 맡길 수 있는 사람'이라는 결론에는 다들 고개를 끄덕일 것이다.

출근해서 퇴근할 때까지, 그리고 때론 하루 24시간을 같이 부대끼면서 우리는 신문사 동료가 마누라보다 가깝다는 말을 하곤 한다. 그렇지만 서로 얼마나 가까운 사이일까, 하는 것을 실감하는 경우가 잦은 것은 아니다.

고백컨대 어떤 동료가 크게 인정받고 승진했을 때 질투심을 느낀 적도 있다. 반대로 동료의 승진과 특종이 내 일처럼 기쁜 경우가 있다. 아, 회사가 사람을 알아보는구나, 신상필벌이 확실하구나, 아, 세상에는 정의가 강물처럼 흐른다고 믿어도 되겠구나, 하는 생각이 든다. 2018년 9월 안석배 논설위원이 사회정책부 부장으로 발령 났다는 소식을 들었을 때 그 자리에서 탄성을 지를 만큼 기뻤다.

마침 회사 밖에서 그 소식을 들었던지라 전화로 축하한다는 말을 건넸을 때 안 부장의 다소 들뜬 목소리가 지금도 기억난다. "고맙습니다, 선배님." 다들 아는 것처럼 우리는 '선배'한테 '님' 자를 붙이지 않는다. 그런데 그날은 나도 안 부장도 조금 흥분 상태에 있었던 것 같다.

그러다 그가 병이 났다는 소식을 들었던 2019년 가을, 그리고 그가 세상을 떴다는 비보를 듣게 된 2020년 초여름, 정말 하늘이 원망스러웠다. 나는 그가 꼭 돌아올 줄 알았다. 아직도 내 등 뒤가 허전하다.

이토록 아름다운 후배와 함께
일할 수 있어 행복했습니다

강경희
조선일보 논설위원

후배 안석배. 머릿속엔 이 장면부터 떠오릅니다. 단정한 양복에 동년배 아저씨들은 감히 입을 엄두도 못 내는 아이보리색 트렌치코트를 걸친 멋쟁이 차림으로 회사 앞 계단을 경쾌하게 오릅니다. 직업상 야근과 과음을 밥 먹듯 하는 기자들은 바지선이 뭉개져 양복인지 트레이닝복인지 구분이 안 가는 후줄그레한 복장이 낯익은 일상입니다. 간밤에도 얼마나 치열하게 살았는지 온몸으로 증명하려는 듯, 야근과 숙취의 찌꺼기를 훈장처럼 덕지덕지 붙이고 다닙니다. 그대 역시 십중팔구, 아니 십중십 전날 야근하고 밤늦게까지 취재원 만나고 동료 기자들과 뒷풀이 한 걸 말 안 해도 뻔히 다 아는데 전흔 따위는 찾아보려야 찾아볼 수가 없었습니다.

아무리 늦게까지 야근하고 과음해도 다음날 남들보다 일찍 출근해 운동으로 전날의 흔적을 땀에 흘려보낸 뒤 반듯하게 단장하고 회사에 들어서는 게 '조선일보 기자 안석배'의 리추얼 ritual 같았습니다. 회사 문지방이 닳도록 오래 다닌 중고참 기자가 어쩜 그리 첫 출근하는 신입사원처럼 설레는 발걸음으로 나오는지 그 모습이 신기했습니다. 이리 보면 의관정제하고 나랏일 하러 가는 반듯한 선비요, 저리 보면 갑옷과 투구 갖추고 출전하는 장수의 비장함이어서 오래오래 잔상이 남습니다.

그 근사한 이미지가 지금 와 생각하니 아픔으로 다가옵니다. 스트레스 심할 땐 좀 개기기도 하고, 술 마시면서 동료들 붙들고 회사 욕, 선배들 욕도 좀 하고, 피곤할 땐 지각 출근도 하고, 적당히 뒹굴뒹굴하다 까치집 머리에 부스스한 모습으로 나타나지 그랬습니까. 그토록 치열하게 일하면서도 흐트러짐 없이 반듯했던 건 남들보다 몇 곱절 긴장하고 에너지를 쏟아 붓는 노력의 삶이었다는 걸 이제야 알게 돼 마음이 아립니다.

추모글

나는 조선일보 30기, 그대는 34기 후배이지요. 주니어 기자 시절 함께 일한 적은 없는데 고참 기자가 되어 사회정책부에서, 그리고 논설위원실에서 만 3년 넘게 직속 선후배로 일한 남다른 인연이 있지요. 2013년 4월 내가 사회정책부장으로 발령 났을 때 타의 추종을 불허하는 '대한민국 최고의 교육기자 안석배'가 교육팀을 이끌고 있었기에 우리 부는 천하무적이었답니다. 교육은 사회정책부에서 가장 기사가 많이 쏟아지는 분야입니다. 안석배 기자의 머릿속에 대한민국 교육 이슈는 백과사전처럼 빼곡하게 정리돼 있었고, 교육계 인맥은 인명사전 펴내도 될 만큼 탄탄했지요. 그대의 교육 칼럼이 신문에 게재된 날 취재원을 만나면 그분들은 부장인 날 붙들고 안석배 칼럼에 공감을 표하는 얘기부터 꺼냈답니다. '정권이 다하면 순장 당하는 교육정책' '교육정책 안 바꾼다는 후보 찍겠다'. 우리나라 입시의 역사를 꿰뚫고 있는 안석배 기자가 대한민국 교육을 걱정하며 쓴 글들은 지금 읽어도 고개가 끄덕여집니다.

사회부 기자로 오래 단련된 그대는 누가 시킨 적도 없는데 공동체를 지키는 DNA를 타고난 맹수처럼 "이제 그만 퇴근하라" 해도 "네" 대답만 할 뿐 금방 일에서 손 떼고 일어서는 법이 없었습니다. 기사를 챙기고 또 챙겼지요. 그런 기자였으니 나한테는 무슨 일이든 믿고 맡겨도 되는 후배였고, 후배들한테는 형 오빠 같은 든든한 선배였습니다.

논설위원 시절에는 책장을 칸막이 삼아 옆 자리에 나란히 앉아 있던 동료였지요. 우리가 1000일 넘게 지근에서 일한 동안에는 아마도 각자 가족과 보낸 시간보다 선후배로 직장에서 함께 지낸 시간이 더 길었을 겁니다. 짧지 않은 나날 동안 지켜봤는데 그리 성실하게 일 잘 하면서도 한결같이 품격 있는 사람을 본 적이 없습니다. 이런 사람을 후배로 두고, 함께 일할 수 있었던 내가 행운아였습니다.

속이 깊어 늘 온화한 표정으로 동기나 선후배 얘기를 들어주지, 좀처럼 자신의 사적인 얘기나 감정을 자랑하거나 한탄한 적은 없었지요. 그런 사람이 언젠가 무슨 대화 끝에 아내와 딸, 그리고 꾀꼬리처럼 노래 잘 부르는 아들 얘기를 내게 하면서 "이게 행복인 것 같다"고 스쳐 지나듯 말했습니다. 그 순간의 환한 표정이 눈에 선합니다. 그리 애틋한 가족을 두고 먼저 눈을 감아야 했으니 어질고 책임감 강한 사람이 얼마나 마음 아팠을까 싶어 또 먹먹해집니다.

"감사해요, 이겨낼게요." "잘 치료받고 있어요. 견딜 만해요, 선배." "빨리 일어나겠습니다." 그대와 주고받았던 문자메시지를 아직 지우지 못했습니다. 병마와 싸우는 동안 아주 조심스럽게 드문드문 문자 보내고 전화했던 게 후회됩니다. 힘들어도 내색 않고 남부터 배려하는 사람이라 선배 전화에도 예를 갖추는데 기력을 허비할까봐 그저 마음으로만 기도하고 또 기도했습니다. 조용하지만 내면은 강철처럼 단단한 사람이니 병마도 물리치고 금방 우리 곁에 돌아오리라 굳게 믿었습니다.

'언론인 안석배'가 얼마나 훌륭한 기자인지, 신망 두터운 동료인지, 내게 얼마나 소중한 후배인지를 미처 말로 표현하지 못했는데 그대가 없는 세상에서 이리 뒤늦게 고백하게 돼 속상합니다.

살았던 시간보다 훨씬 길고 아름다운 향기를 남긴 사람, 그 자취가 두고 간 그대의 가족들을 지켜줄 것입니다.

하나님의 나라에서
편히 쉬리라

김민철
조선일보 논설위원

안석배 부장을 생각할 때마다 가슴이 한쪽부터 아련하게 아파오는 것을 느낀다. 금방이라도 "선배" 하며 그가 다가올 것 같다. 하나님이 너무 젊은 나이에 그를 데려가셨다.

2009년 사회정책부가 처음 생겼을 때 나는 복지팀장, 그는 교육팀장으로 나란히 앉아 일했다. 그 후 10년 이상 같은 부서 등에서 일했다. 안 부장은 논설위원을 내 후임으로 간 셈이고, 사회정책부장도 내 후임으로 맡았다. 그와 우리나라 교육이 어디로 가야 하는지, 대입제도를 어떻게 바꾸어야 하는지, 사교육을 줄이려면 어떤 정책을 펴야 하는지 등 참 많은 얘기를 주고받은 것 같다.

그 10여 년 동안 그는 흐트러진 모습을 거의 보여주지 않았다. 평소에도 그렇고 술을 마셔도 마찬가지였다. 그만큼 점잖고 인격을 갖는 사람을 별로 보지 못했다. 나이와 학번은 나와 같지만 신문사는 3기 아래였어도 그에게 존댓말을 쓴 이유 중 하나였다.

2013년 내가 『문학 속에 핀 꽃들』이라는 첫 책을 냈을 때 일이다. 책이 출판사에서 도착한 날 안 부장은 "축하주 한잔 하러 가야죠"라고 했다. 첫 책이 나와 다소 흥분한 나는 책 내용이나 쓰는 과정에서 에피소드 등을 과장 섞어 얘기한 것 같다. 파할 즈음에 내가 자랑을 너무 많이 했다고 겸연쩍어하자 안 부장은 웃으며 "오늘은 그런 얘기 들으려고 모인 자리"라는 말로 마음을 편하게 해주었다.

그날 밤 안 부장은 지하철을 타고 가면서부터 책을 읽은 것 같다. 그는 그날 밤 '선배, 머리말 읽었는데 진짜 재미있어요', '첫 장 읽었는데 대박날 것 같아요~' 같은 문자를 서너 번이나 보낸 것 같다. 참 좋은 친구였다.

　지난해 겨울 나는 안 부장과 청계천변에 있는 허름한 수육집 2층에 마주앉았다. 수육과 같이 나오는 김치가 맛있는 집이었다. 그런데 안 부장은 김치 같은 발효 음식은 먹을 수 없다고 했다. 항암치료를 받는 중이었다. 식사 장소를 잘못 고른 것 같다고 미안해하자, 안 부장은 "음식이 맛있어 보인다"며 "다 나으면 다시 오면 되죠"라고 했다. 꼭 그러자고 했는데 그 약속은 지켜지지 못했다. 안 부장이 하나님의 나라에서 편히 쉬리라 믿는다.

석배 형,
눈도 오는데 어떻게

한현우
조선일보 문화전문기자

석배 형, 그곳에도 눈이 오나요. 형이 우리를 떠난 뒤 바람 불고 비가 오더니 꽃이 지고 잎이 시들어 이젠 눈이 펄펄 옵니다. 예전 같으면, 눈도 오는데 어떻게, 까지 얘기하면 그럴까요, 하고 용건을 말하지 않고도 이심전심으로 통했겠지요. 우리는 그런 사이였고 나는 석배 형의 그런 친구였던 것이 늘 자랑스러웠습니다.

나와 형은 동갑내기였지만 알량한 입사 순서 덕분에 내가 늘 선배 소리를 들었지요. 형에게 선배 노릇을 한 게 있다면 몇 푼 술값을 낸 것이 전부일 텐데, 형은 그마저도 못 내게 한 적이 허다했지요. 게다가 형은 술자리에서 종종 나를 형이라고 불러 당혹스럽게 했습니다. 나는 형은커녕 선배 노릇도 제대로 하지 못한 술친구에 불과했기 때문입니다. 이제 나도 형을 형이라고 불러 늦게나마 말 빚을 조금 갚아보려 합니다.

우리는 친한 것에 비하면 놀라우리만큼 함께 일한 시간이 짧았지요. 어릴 적 우정을 쌓기 좋았던 경찰기자를 같이 한 적도 없어요. 그럼에도 불구하고 나이 들면서 친구처럼 가까워진 것은, 내가 일방적으로 석배 형을 좋아했기 때문입니다. 늘 귀를 기울여주는 사람, 남의 험담을 하지 않는 사람, 양쪽을 중재하는 사람…. 내게 형은 그런 사람이었습니다. 늘 먼저 말하는 사람, 앉았다 하면 남을 흉보는 사람, 항상 한쪽 주장을 하는 사람인 내게 형은 참 멋지고 점잖은 신사였지요.

잘생긴 데다 머리부터 발끝까지 항상 단정했던 형은 함께 어울리면서 늘 뿌듯한 친구이기도 했어요. 친구를 보면 그 사람을 알 수 있다고 하잖아요. 얼마나 많은 사람들이 형과 어울리는 나를 과하게 평가했을까요.

추모글

청담대교 아래 쉼터에서 만나 팔당까지 왕복하는 자전거 라이딩에서조차 형은 나를 감탄시켰지요. 나에게 물어물어 자전거에 입문한 사람이 어찌나 꾸준한 케이던스로 페달을 돌리는지 형의 궁둥이만 보며 따라가기 바빴던 나는, 이 사람은 뭐든지 하고자 하면 성실하게 빠른 시간 내에 모범의 경지에 오르는 사람이로구나 하고 생각했습니다. 체력이 달리는 나는 결국 형에게 매 20km 또는 한 시간마다 잠깐 쉬자고 제안했지요. 형은 대관절 쉬자는 말을 할 것 같지도 않았고 속도를 줄일 것 같지도 않았기 때문이에요. 그렇게 쉴 때면 형은 어김없이 먼저 가게로 달려가 아이스커피를 사다 안겨주었지요.

대형 트럭들이 위협 운전을 하는 국도 구간을 지나는 분원리 라이딩 뒤풀이에서 석배 형은 의외의 말을 했습니다. 이제 국도는 타지 않겠다고 말이에요. 불안해서 즐겁지 않다고 했지요. 나는 그때 형에게 국도를 안 타면 평생 한강만 다닐 거냐고 거들먹거렸는데, 곱씹을수록 그 말이 참 맞는 말이로구나 하고 생각합니다. 새로운 것에 도전하려면 불안을 감수할 것이 아니라 자신감이 생길 때까지 준비하고 훈련하는 게 먼저이겠지요.

광화문에서 국밥을 먹을 때나 압구정에서 감자탕을 먹고 90

년대식 로바다야끼에서 쑥덕낄낄하면서, 형과 이렇게 빨리 이런 모습으로 헤어질 거라고 생각한 적은 한 번도 없었습니다. 우리는 즐거울 때나 서로 의지가 될 때나 늘 이렇게 말했지요. 우리 오래오래 친구로 지내자. 그러려면 건강해야 한다. 건강해야 늙어서도 이렇게 술 마시며 낄낄댈 수 있다고 말이에요.

석배 형 나를 용서하세요. 형이 꽤 차도가 있어 동기들과 모임도 했다는 얘기를 전해 듣고, 역시 안석배, 곧 돌아오겠군 하고 마음을 탁 놓고 있었지요. 형이 돌아오면 살살 술도 먹여보고 자전거도 다시 타야지 하고 있던 어느 날, 형과 윤재가 주고받은 문자를 엿보게 되었지요. 윤재야 나를 위해 기도해주렴… 하는 그 문자를 보고 나는 그만 왈칵 눈물을 쏟았습니다. 아, 나는 얼마나 친구에게 무심했던가 하는 자책과 형이 얼마나 절박했을지를 상상하면서 몇 방울 눈물로 속죄를 구했지요.

세월은 무심해서 나는 또 밥벌이에 정신이 팔려 있었지요. 형이 먼저 떠나면서 잃은 우리들의 총합이, 우리 모두가 잃어버린 형 한 명보다 보잘것없었다는 걸 다시 깨닫습니다. 석배형, 그래서 말인데, 눈도 오는데 저녁에 어떻게.

추모글

▲ 논설위원실 야구경기 관람

\-

회사 선배들

\-

슬픔이 아니라
따뜻한 추억으로

최보식
전 조선일보 선임기자

환자복 차림에도 석배는 품위가 있었다. 병실을 지키던 제수 씨가 자리를 비워줬을 때 그에게 말했다.

"네 소식을 듣고 우리 집사람이 이러더라. 석배 씨에게 술을 그렇게 마시게 했으니 당신 책임이 절반 넘는다고. 부인할 수가 없네. 꼭 완쾌해 내 과오를 바로잡아주게."

늦은 나이에 내가 사회부 시경캡을 맡으면서 석배와 인연이 시작됐다. 석배를 파트너(바이스캡)로 삼은 것이다. 멋진 외모, 온화한 성격이나 기품 있는 스타일 등 여러 면에서 나와는 반대편에 있었기 때문이다. 이 친구야말로 혹독한 근무 여건 속의 사스마와리들이 비빌 언덕이 될 수 있다고 봤다.

과연 그랬다. 후배와 수습기자들은 석배에게 많은 걸 의지했고 고충을 털어놓았다. 나는 두 팔 벌린 채 폼 잡는 허수아비 같은 캡이었고, 그가 후배들의 존경과 사랑을 받은 사실상 캡이었다.

외견상 닮은꼴이 없었겠지만, 그래도 우리는 서로 일치하는 게 꽤 있었다. 폭탄주를 맛있게 제조하는 그를 보면 절로 술맛이 났고, 소박한 안주 취향도 비슷했다. 나한테 맞춰줘 그런지 모르겠지만, 어쨌든 그와 함께 있으면 마음이 너무 편했다.

그 시절 사스마와리들과 등산모임을 한 달에 한 번 했는데, 그는 헐떡거리는 후배들 사이에서 발군의 실력을 보였다. 물론 딱 한 번 흑역사가 있었다. 경기도 양평으로 '사건기자 MT'를 가서는 전날 밤늦게 술을 마시고 다음날 모두 용문산에 올랐다. 그날 처음으로 석배가 숙취로 중도에 하산했다. 가끔 술자리에서 이 장면을 소환해 놀리곤 했다.

내가 독일 단기특파원으로 가있을 때 그가 영국 연수를 왔다. 그의 가족이 독일로 놀러왔다. 그 뒤에는 우리 가족이 영국에 가서 또 어울렸다. 당시 유모차에 타고 있던 그의 꼬맹이가 중학생이 됐다는 말에 세월이 이렇게 흘러가는구나 싶었다.

그가 사회정책부장이 됐을 때 너무 착해서 업무 스트레스를 속으로 삭히지 않을까 걱정스러웠다. 그는 나름대로 자신만의 방식으로 이겨내려고 했던 것 같다. 쉬는 날에 혼자서 북한산 산행을 한다는 말을 듣고 놀란 적 있다.

같은 조직, 같은 공간에 있어도 사실 자주 보는 것은 아니다. 내가 사회부장을 떠나고 함께 일하지 않으면서 예전처럼 어울리지 못했다. 열심히 일하는 그의 시간을 빼앗으면 안 된다는 자각도 뒤늦게 있었다. 비록 자주 만나지는 못해도 그는 늘 가깝게 있었다.

지금도 그가 하늘로 여행을 갔지만 그가 멀리 있는 것 같지는 않다. 내가 석배를 생각하는 한 그는 내게 늘 존재하는 것이다. 슬픔이 아니라 따뜻한 추억으로.

기자 안석배,
인간 안석배를 그리며

박두식

조선일보 경영기획본부장, 전 편집국장

'안석배' 하면 먼저 떠올리게 되는 단어가 몇 개 있습니다. 반 듯하다, 믿음직스럽다, 따뜻하다 같은 말들입니다.

제가 고인과 처음 함께 일한 것은 2001년 초입니다. 사회부 경력이라곤 수습기자 시절 몇 개월 근무한 것밖에 없는 제가 기동팀장으로 가면서였습니다. 안석배 기자가 그때 기동팀장 바로 밑에서 입사한 지 1~3년 안팎의 젊은 기자들을 통솔해야 하는 '바이스(부팀장)'였습니다. 20년 전 그 겨울의 첫 회식이 지 금도 기억납니다. 이미 2차, 3차의 술자리를 내달린 취객 기자

추모글

10여 명을 한 명 한 명 택시를 잡아주고 혹시 모를 사고에 대비해 택시 번호를 일일이 수첩에 적었던 사람이 안석배 바이스였습니다. 자기 몸도 수습하기 힘들 텐데 그는 누구도 시키지 않은 그 궂은 일을 마다하지 않았습니다. 제 기억 속의 안석배는 그런 사람입니다.

제가 편집국장 시절 내우외환으로 흔들리던 사회정책부 부장 적임자로 그를 먼저 떠올리게 된 것도 이런 경험들이 쌓여서 만든 고인에 대한 믿음 때문이었습니다. 그를 떠나보낸 후 너무 자주 무거운 짐을 안겼던 것 아닌가 하는 자책을 하곤 합니다.

선·후배들이 믿고 따르고 의지할 수 있는 한결같은 사람이 '기자 안석배', '인간 안석배'입니다. 그런 그와 함께 일할 수 있었다는 것은 세상 무엇과도 바꿀 수 없는 커다란 행운이었습니다.

비록 인생은 짧았지만
풍성한 열매를 맺었습니다

정권현
조선일보 편집국 선임기자

벌써 7개월이 지났군요. 시간에 쫓기는 일상에 기억이 점점 흐릿해지는 것은 어쩔 수 없지만, 나보다 늦게 태어나 먼저 떠나가신 후배님 빈자리를 누군가가 채우고, 그리고 나서 아무 일 없었다는 듯이 돌아가는 세상사와 세월의 야속함에 무상함을 느낍니다.

올해 첫 토요일 북한산 백운대에 올랐습니다. 체감온도 영하 20도에 산꼭대기의 칼바람은 매서웠습니다. 귀하랑 자주 다니던 산행 코스이지요. 백운대에서 우이동 쪽으로 내려와 산행주 마시러 가던 단골집에 들러 찬 소주를 한잔 들이켰더니 왈칵 눈물이 쏟아졌습니다. 어느 해 겨울인가 설산雪山을 한번 밟아보자면서 산에 올랐다가 아이젠을 깜빡 잊고 가는 바람에 귀하의 아이젠 한 짝을 빌려 신었던 일은 이제 기억이 가물가물합니다. 2018년 추석 연휴 마지막 날 북한산에 올랐다 내려와 청진옥에서 소주 한 잔 나눈 것이 마지막 등산이 될 줄이야 상상이나 했겠습니까. "곧 퇴원하니, 같이 등산 가서야지요" 그게 병실에 누워있던 귀하랑 나눈 마지막 통화가 됐습니다.

입사한 뒤 같은 부서에서 선·후배 사이로 맺어진 것은 2002년 사회부 법조팀에서였습니다. 회사에 대한 세무 사찰과 그에 따른 사주 구속의 여파로 상당수의 검찰 간부들이 조선일보 기자들을 멀리하거나 박대하던 시절이었습니다. 그런데도 귀하를 무시한 검사는 단 한 명도 없었던 것으로 기억납니다. 단정한 외모에 글로벌 스탠다드 매너, 감히 범접할 수 없는 '포스'가 풍기는 귀하의 취재요청을 무시했다간 큰일 나겠다 싶었겠지요. "어이 안석배, 선배인 내 전화는 안 받아주는 검사가 후배인 니 전화는 받아주는 이유가 뭐냐" "오늘 중으로 큰 거 하나 챙겨. 알았지" 선배들이 짜증내고 윽박질러도 싫은 표정 짓는 경우는 본 적이 없었습니다.

그가 훌쩍 떠난 뒤 많이 허전합니다. 자주 가던 술집에 들러
도 귀하의 한 자리가 비어있다는 느낌을 지울 수가 없습니다.
술이 약한데다 급술이라 빨리 뻗어버리는 저를 집까지 실어 날
라 주느라 제 가족들과도 잘 아는데, '패피 아저씨'로 통했습니
다. 패피? '패션 피플fashion people'이라는 뜻이랍니다. 칼날처럼
다리미질한 와이셔츠 차림에, 술을 아무리 마셔도 취한 표시가
안 난다고 저희 집 딸들이 붙인 호칭이랍니다.

교육담당 기자, 논설실을 거치면서도 힘들 때는 늘 함께해줬
습니다. 신문사에서 선배가 후배에게 '인생 상담'을 하는 경우를
상상해보셨나요.
"야 안석배, 내가 요새 '심리적 퇴사' 상태인데 어쩌면 좋아"
"에이 왜 그러시나요. 아닌 걸 너무 잘 아는데" 둘 사이의 대화
는 늘 이런 식이었습니다. '심리적 퇴사'라는 용어는 제가 만들
어 저작권을 가진 용어인데, 이런 쪽팔리는(?) 이야기를 부담 없
이 하고, 그걸 받아주는 후배가 안석배였습니다. 그만큼 '속이
꽉 찬 사나이'였습니다.

"20대에 죽은 사람은 20대까지의 봄·여름·가을·겨울 사계절이 있고, 50대에 죽은 사람이나 100살까지 산 사람에게도 제각각의 사계절이 있게 마련"이라는 말이 있습니다. 19세기 일본에서 걸출한 사무라이 한 사람이 뜻을 펴지 못하고 31살에 죽음을 맞이하면서 후배들에게 남긴 유언이라고 합니다. 귀하에 앞서 요절한 후배 장례식장에서 입에 올렸던 말인데, 다시 그 말을 들려주고 싶습니다. 안석배 후배님의 인생은 비록 짧았지만 풍성한 열매를 맺었다고. 그대가 살았던 53년의 열매가 맺어 그 씨앗은 앞으로도 계속 이어질 것이라고.

그는
신사였습니다

조정훈
조선일보 총무국장

그는 신사였습니다. 항상 넉넉한 웃음으로 모든 것을 감싸 안는 사람이었습니다. 후배에겐 엄하면서도 자상한 선배였고, 선배에겐 함께 일하고 싶은 최고의 후배였습니다. 저는 안석배 기자와 '교육담당데스크와 교육담당 1진' 관계가 된 이후 더욱 가깝게 지냈습니다. 저는 교육부를 출입한 적이 없었지만, 아무 걱정이 없었습니다. 대학에서 입학관련 업무를 하는 지인들이 "안석배 기자야말로 우리나라 교육에 대해 통찰력이 있는 제대로 된 기자"라고 입을 모았기 때문입니다. 함께 일하면서 그들의 평가가 틀리지 않았다는 걸 확인할 수 있었습니다.

저는 그가 화를 내는 걸 본 적이 없습니다. 말도 안 되는 상황에서조차 상대를 배려하는 모습에 존경심이 들 정도였습니다. 아마도 그는 혼자 순례자처럼 산행을 하며 그 스트레스를 풀지 않았을까 짐작만 해볼 뿐입니다. 그는 술자리에서도 절대 흐트러지는 법이 없었습니다. 교육부에서 '술 좀 한다'는 인사들이 당시 저와 안 팀장에게 "술로 제압하겠다"며 달려들었다가 KO 된 적이 한두 번이 아닙니다. 생각해보면 위장이 튼튼해서가 아니라 절대 흐트러지지 않겠다는 정신력으로 버틴 것 같습니다.

둘이서 이런저런 고민을 많이 나누기도 했습니다. 얘기를 하면 할수록 "아, 이 사람 참 진국이구나"라는 생각이 들었습니다. 회사 후배에게 존경심을 느껴본 경우는 안석배 부장밖에 없습니다.

안 부장이 암에 걸렸다는 소식은 청천벽력 같았습니다. 다른 기자들에 비해 운동도 열심히 했던 터였기에 더욱 아쉬웠습니다. 투병 중이던 그를 압구정동 집 근처 고깃집에서 만났습니다. 머리카락이 많이 빠져서 모자를 쓰고 나왔지만, 표정은 밝았습니다. 곧 복직하겠다는 의지도 강했습니다. 정말 다행이라고 생각했습니다.

그런데 그 다음에 그의 얼굴을 직접 본 곳은 장례식장 입관실이었습니다. 너무도 허망했습니다. 그의 아들이 안 부장의 관에 아버지 이름을 적는 모습을 볼 때는 정말 감정을 주체하기 힘들었습니다. 마지막 천국 가는 길에 내가 함께할 수 있다는 것만으로도 감사하게 생각하고 있었지만, 그 순간만은 정말 견디기 힘들었습니다.

가족들이 조선일보 동료들에게 감사하는 마음으로 보내준 펜을 저도 간직하고 있습니다. 하지만 그 펜을 쓰지는 못하고 가끔 꺼내보기만 합니다. 펜 한쪽에는 '안석배 기자' 다른 한쪽에는 '치열함과 균형감'이라고 적혀 있습니다. 정말 그를 잘 표현하는 말입니다. 안 부장은 이젠 치열할 필요가 없는 천국에서 안식하고 있을 겁니다. 천국에서 다시 그를 만났을 때 부끄럽지 않도록 저도 더 치열하게, 더 배려하며 살아야겠다고 다짐해 봅니다.

추억 속에
영원히 살아있는 사람

차학봉
조선일보 부동산전문기자, 영동고 선배

　고인이 사회정책부장을 맡았을 때 우연히 고인의 자리와 매우 가까운 곳에 나의 책상이 있었다. 불과 5~6미터. 매일 몇 번은 그와 눈길이 마주쳤고 몇 번은 그의 책상 옆을 지나다녔다. 고교 선배로 같은 회사에 있어 술자리에서는 가끔 만났지만, 일하는 방식과 품성 등 그의 진면목을 가까운 거리에서 지켜볼 수 있었던 소중한 기회였다.

　마감 시간에 쫓기고 쏟아지는 원고 더미 속에서 허우적거려야 하는 신문사 부장들은 매일 매일 새로운 전투를 치른다. 아침에 출근하면 하얀 도화지 한 장이 기다리고 있다. 일선 기자들의 아침 보고를 시작으로, 어떤 그림을 그릴지 고민이 시작된다. 오후가 될수록 점점 분주해지고 오후 5시 30분이 되면 백병전을 치르듯 밑그림을 그린다. 밤늦도록 보완에 보완을 거듭, 아침 신문에 작품을 내놓는다.

더 좋은 기사, 경쟁지를 압도하는 신문을 만들기 위해 몰두하다 보면 부장들은 자신도 모르는 사이에 고성을 지르고 얼굴을 붉히기도 한다. 지근거리에서 지켜본 안석배 부장은 정말 '희귀종 부장'이었다. 그는 마감 시간에도 언제나 차분했고 얼굴을 붉히는 일도, 고성을 지르는 일도 없었다. 부장을 하다 보면 후배의 기사가 마음에 들지 않을 때도 있고 낙종으로 낙담할 때도 있다. 고인에게도 그런 일이 수도 없이 많았을 것이다.

그런데도 나는 고인이 얼굴을 붉히거나 화를 내는 모습을 보지 못했다. 사회정책부는 교육, 환경, 복지 등 전문성이 필요한 분야들이 대부분이지만, 입사한 지 얼마 되지 않은 저연차 기자들이 많다. 후배들을 처음부터 새롭게 가르쳐야 하기 때문에 부장이 받는 스트레스는 상상 이상이었을 것이다. 그런데도 어떤 부장들보다 좋은 성과를 냈고 경쟁지를 압도하는 기사를 만들었고 사회를 변화시키는 노력을 했다.

거의 매일 야근을 해 심신이 지칠 텐데도 안 부장은 항상 웃음을 띠며 평상심을 유지했다. 가끔 그의 인격이 교육을 전문으로 하는 기자, 타고난 천성, 독실한 기독교 신자라는 점이 어우러져 만들어진 '선한 결과물'이라는 생각을 하기도 했다. 가끔 마감시간이 끝난 후 늦은 시간 술자리를 할 때면 안 부장은 후배들이 더 좋은 기사를 쓰게 하기 위한 고민, 복지와 환경 분야의 다양한 기획, 뒷걸음질 치는 한국 교육현실을 개혁하고자 하는 열정을 토로하기도 했다. 겸손하고 온아했지만, 고민은 누구보다도 치열한 천상 기자였다. 능력은 물론 인격적으로 존경하는 후배다.

주말에 같이 운동하자는 약속을 했는데, 그가 임박해서 갑자기 취소했다. "몸이 이상한데도 계속 출근하다 보니 상태가 악화된 것 같다"면서 큰 병원에서 진료를 받아야 할 것 같다고 했다. 운동 약속을 다시 잡자고 했는데, 그 약속은 끝내 지켜지지 못했다. 당시만 해도 그냥 독감처럼 지나가는 병일 것이라 생각했다. 너무나 선한 사람이라 그런 일이 생길 것이라고는 상상도 하지 못했다. 그는 투병생활이 길어지는데도 평소처럼 의연함을 잃지 않았다. 행정부국장으로, 교육전문기자로 복직을 준비하던 안 부장을 위해 책상을 준비하기도 했다. 쾌차와 복직을 의심하지 않았다. 너무 안타까웠다. 안 부장은 그를 사랑하는 가족, 동료, 독자들의 가슴 속에, 추억 속에 영원히 살아 있을 것이다.

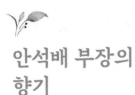

안석배 부장의
향기

박종세
조선일보 편집국 디지털에디터 부국장, 전 사회정책부장

안석배 부장은 워커홀릭이었다. 평기자 시절 현장을 돌아다닐 때나 데스크로서 기사를 지휘하고 손보고 기획할 때나, 부장으로서 사회정책부를 책임지고 이끌 때 그가 흐트러진 모습을 보지 못했다. 선배들은 그를 신뢰했고, 후배들은 믿고 따랐고 동료들은 듬직해했다. 에고가 강한 편집국에서 분노와 오만의 물결이 넘치지만, 그에게 도달하면 순화되고 한풀 꺾여서 배출됐다. 화를 내는 모습도, 누구에게 책임을 떠넘기는 순간도 거의 본 적이 없다.

그가 부장이 된 직후 코리아나 사카에에서 따로 식사를 했다. 전전임 부장으로서 별 대단할 것 없는 노하우를 들려주었는데, 스펀지처럼 빨아들였다. 부장으로서 그는 펄펄 날았다. 적은 인원으로 종합면 기획을 쏟아내고, 현안의 디테일도 장악했다. 부서의 사정이 복잡했지만 내색하지 않고, 속으로 삭여 평화를 유지했다.

눈치가 없는 나는 자주 다른 사람의 말 속에서 어떤 사람의 특성을 각성할 때가 있다. 디테일은 잘 기억나지 않는 어느 저녁 식사자리였는데, 예약에 문제가 있어 안 부장이 오해받는 상황이 있었다. 그가 화장실을 가느라 잠시 자리를 비우자, 동석했던 후배 여기자들이 "안 선배는 정말 무례하거나 구질구질한 것 싫어하는데…"라고 말했다. 그날 그는 트렌치코트를 입고 있었는데, 정말 영국신사 같았다.

내색하지 않았지만, 그는 무거운 짐에 때로 힘겨워했을 것이다. 사실 우리 모두가 그렇지 않은가. 오후 회의가 끝난 뒤 에어팟을 꽂고 성공회 주변을 빠르게 걸어가던 그를 종종 목격했다. 끓는 격정과 스트레스의 김을 빼는 루틴이 아닐까 짐작했다. 비슷한 길을 걷는 직장동료로서 애잔했다.

지나온 길을 스칠 때 향기가 나는 인생이 성공한 삶이라고 나는 생각한다. 안 부장의 향기가 그립다. 온유한 품성, 젠틀맨의 품격이 그립다. 말을 걸어도 영원히 대답을 들을 수 없고 건널 수 없는 간극만 아득하다.

그와 술은 자주 마셨지만, 노래방은 딱 한 번 같이 갔다. 내 기억 속에 그의 노래를 들은 것도 그날이 처음이자 마지막이다. 그날 나는 노래를 한 곡도 부르지 않았는데, 다른 사람의 노래는 전혀 기억나지 않고, 유독 안 부장의 노래만 또렷이 남아있다. 너무도 진지하게 자기만의 노래를 정말 열심히 부르고 그는 마이크를 내려놓았다. 그가 불렀던 노래의 가사가 어쩌면 그의 인생에 대한 고백이고, 우리에게 남기고 싶은 이야기가 아닐까 하는 생각이 든다. 그를 생각하며 여기 가사를 적는다.

해 저문 어느 오후
집으로 향한 걸음 뒤엔
서툴게 살아왔던
후회로 가득한 지난 날
그리 좋지는 않지만

그리 나쁜 것만도 아니었어

석양도 없는 저녁
내일 하루도 흐리겠지
힘든 일도 있지
드넓은 세상 살다보면
하지만 앞으로 나가
내가 가는 곳이 길이다

Bravo Bravo
my life 나의 인생아
지금껏 달려온
너의 용기를 위해
Bravo Bravo
my life 나의 인생아
찬란한 우리의 미래를 위해

내일은 더 낫겠지
그런 작은 희망 하나로

추모글

사랑할 수 있다면

힘든 1년도 버틸 거야

일어나 앞으로 나가

네가 가는 곳이 길이다

Bravo Bravo

my life 나의 인생아

지금껏 살아온

너의 용기를 위해

Bravo Bravo

my life 나의 인생아

찬란한 우리의 미래를 위해

- 봄여름가을겨울, '브라보 마이 라이프' -

존경하는 후배,
영원한 신사에게

윤정호
TV조선 보도본부 부본부장 겸 시사제작국장

아직도 먹먹하다. 널 떠올릴 때마다. 뭐가 그리 급했을까. 할 일도 많이 남아 있었을 텐데….

한결같던 모습이 여전히 머릿속을 가득 채우고 있는데, 넌 여기 없구나. 인정하고 싶지도, 인정할 수도 없는 현실을 마주하면서 널 다시 추억해본다.

한 번도 찡그린 얼굴을 보여주지 않던 너. 대학평가라는 엄청난 프로젝트를 도맡아 하면서도 표정 하나 달라지지 않았었지. 과도한 업무에 짓눌릴 법도 했지만, 묵묵하게 넌 너의 일을 해결했었어. 곁에서 잠깐 보기만 해도 네가 어떤 사람인지는 다들 금방 알 수 있었다.

술자리는 사람의 본색을 드러나게 만들지. 하지만, 너에게서는 신사(紳士)의 품격만 보였어. 거나하게 취한 선배도, 까불거리던 후배도, 네가 직접 챙기는 따뜻한 사내였어. 흐트러지지 않는 깔끔한 모습, 그게 바로 네 진면목이었다.

전문가로서도 넌 대한민국 교육계의 기둥이었다. 수시로 변하는 입시, 교육의 복마전을 날카로운 메스로 파헤치고, 능숙한 의사처럼 꿰매기도 했지. 입시생을 둔 부모들이 한 번쯤 만나보고 싶어 하는 기자, 그게 바로 너였어.

석배야!
네 이름 부르다 보니, 가슴이 아린다. 그곳에서 잘 지내고 있을 거라 위안도 해보지만, 지금 당장이라도 "선배"라고 부르며 네가 다가올 것 같다. 후배였지만 반듯한 널 항상 마음속 깊이 존경했었다.

석배야!

멀지 않은 날, 술 한 잔 기울이며 지나갔던 얘기들 함께 하자꾸나.

"라떼는"이 정겨울 그날, 나도 기다릴게.

그리운
석배 형

박은호
조선일보 사회정책부장

그리운 석배 형. 오랜만에 이름을 불러봅니다. 오늘 석배 형의 목소리를 오랜만에 들었어요. 2019년 6월 5일 오후 3시 27분부터 2분 3초간 석배 형과 통화한 내용이 제 휴대폰에 녹음돼 있더군요. 논설위원이던 석배 형이 사회정책부장으로 간 지 10개월째 되던 날입니다. 그때 나는 석배 형 후임으로 논설위원으로 일하고 있었지요. 시간강사법 시행에 따른 부작용 문제를 사설로 쓸 준비를 하고 있었는데 이것저것 궁금한 것을 물어보니 석배 형이 조곤조곤 답해주더군요. 그날 마침 주변에 펜과 메모지가 없어서 녹음한 것이 이렇게 뜻하지 않은 즐거움을 안겨주네요. 그날 유난히 목소리가 씩씩하고 힘이 있었어요. 편히 쉬고 있을 지금도 그러리라 바래봅니다.

당신의 흔적은 또 있습니다. 석배 형이 좋아하던 LAMY 펜으로 매일 노트를 하고, 이제는 내가 사회정책부장이 되어 석배 형이 앉아있던 의자와 책상을 물려받았습니다. 이 자리에서 앉았던 석배 형의 모습이 훤히 그려집니다. 부원들이 올린 기사 발제를 읽고, 그중에서 될 만한 아이템을 찾고, 더 취재해보라고 독려하고, 부원들 기사를 더 멋지게 데스킹했겠지요.

석배 형이 부장 인사 발령을 받던 날 기억이 생생합니다. 그날 오후 내게 전화를 걸어 "은호 형, 얼른 좀 만나요"라고 했지요. 회사 1층 주차장 한쪽에 서서 부원들 출입처 배정을 어떻게 해야 할지, 부장이 되어 우선 처리해야 할 일이 무엇인지 등을 물었고 나는 내 의견을 말해주었지요. 그 인사 때 나는 내심 부장 자리를 탐내고 있었는데 석배 형이 온다는 말을 듣고는 묘한 감정이 일기도 했어요. 그러나 그 기분은 순간적으로만 지나갔어요. 내가 일전에 석배 형에게 얘기한 것을 기억하고 있지요? 우리 둘이서 술 취해 코리아나호텔 앞을 손잡고 걸어가면서 내가 말했지요. "석배 형 언제쯤 부장이 될 텐데 나보다 먼저 하소. 다른 사람은 몰라도 석배 형이 부장 되면 내가 부원으로라도 힘껏 도와줄게." 나는 그만큼 석배 형을 믿고 좋아했더랬습니다.

우린 딸아이 이름도 같아요. 내 딸이 몇몇 대학에 붙었을 때 어디에 보내야 할까 석배 형에게 물어보니 그때 "형, 무슨 고민이 필요해. 당연히 ○○대 가야지"라고 코치해 주었지요. 그 말대로 그 대학에 들어간 내 딸은 이제 어느덧 졸업반이 됐습니다. 우리는 서로 이름 뒤에 형을 붙여 불렀지요. 나이는 내가 한 살 많지만 경상도식 호칭으로 내가 석배 형이라고 하고, 당신은 내게 늘 은호 형이나 형이라고 했지요. 언제 또 서로의 이름을 불러볼 수 있을지 아쉬울 뿐입니다. 그리운 석배 형.

Subject 일기장

Name 안석배

Address 201/8

영등高 10/13

( )

(89)

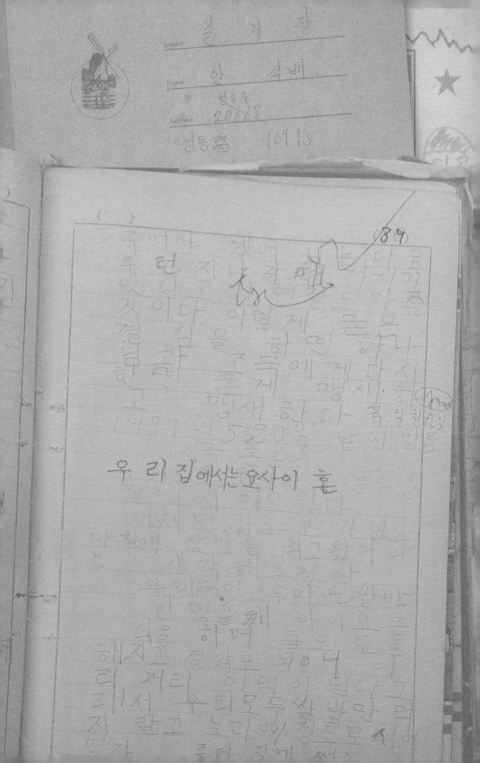

우 리 집에서는 오사이 흔

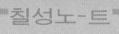

칠성노-트

2장
동네 친구들

1·6
학년

CHIL SUNG

국민학교 4 학년 8 반 13 번
이름 한 석 애

든든했던 우리들의
영원한 친구를 기억하며

김기영
명지대학교 경영학과 교수, 초등학교·고교동창

석배야… 네 이름을 가만히 불러본다.

나의 목소리가 메아리가 되어 부디 하늘나라에 전해지길 바
라며 이 편지를 적는다.

너를 처음 만난 건 고등학교 때였어. 1983년 영동고등학교에
진학해 보니 전교 900명의 학생 중에 아는 친구가 단 한 명도 없
었단다. 마치 외딴 섬에 홀로 버려진 외톨이 같은 기분으로 하
루하루를 보내곤 했지. 그때 먼저 다가와 다정하게 손 내밀어
준 건 너였어. 기억하니? 1983년 어느 봄날의 점심시간을 말이

야. 점심시간에 너와 이런저런 얘기를 나누다가 우리는 서로 같은 초등학교를 졸업했다는 사실을 알게 되었어. 내가 서교초등학교로 전학 온 건 5학년 2학기였어. 너는 그 무렵에 강남으로 전학을 갔으니, 우리가 한 반에서 함께 수업을 들은 적은 없었을 거야. 그럼에도 우리는 그 순간 반가움과 동시에 어떤 연대감을 느꼈던 것 같아. 마치 새로운 비밀 하나를 발견한 것 마냥 기쁜 마음이었지. 그땐 정말 소중한 추억 하나를 공유한 듯이 행복하고 즐거웠지. 그 사실을 계기로 우리는 그렇게 절친이 되었지.

이후에 우리는 대학 시절에 해후하게 되었지. 네 덕분에 서교초등학교 동창 모임이 꾸려지고 난 후, 나는 거의 신촌골로 출근을 하다시피 했어. 경철이, 치덕이, 진이, 민식이 모두 그때 재회하게 되었지. 모임의 일원으로서 자리를 지켜나가는 동안 너와 나는 평생을 같이할 친구였지. 그때 우린 얼마나 많은 추억을 쌓았는지…. 우리 여섯 사람이 누비고 다니던 신촌 구석구석의 밤길이며 포차들이 아직도 눈에 선하다. 그 시절 우리는 그때 당시 유행하던 록카페에도 가보고, 3층짜리 경양식 집에서 무전취식을 하기도 했어. 그 집은 우리의 아지트나 다름없는 곳이었지. 또 서강대 옆에 위치한 작은 중국집, 기억하니? 서로의 잔에 고량주를 따르며 혼란했던 80년대를 탄식하기도 했던 그리운 대학 시절, 그 시절의 중심에 석배 네가 있었다.

학생이었던 때라 주머니는 가벼웠어도 마음만큼은 늘 웃음으로 차고 넘치던 시절이었지. 그런 호기로움 때문이었을까, 고주망태가 되도록 많이 마시던 날도 있었어. 버스비마저 술값으로 탕진할 만큼 무일푼이 되고 나면 늘 집으로 돌아갈 길이 막막했지. 그때 당시 우리의 귀갓길을 책임지던 유일한 버스노선 12번 좌석버스, 그 버스비를 낼 돈이 없었던 거야. 그래서 우리가 어떻게 했니? 참 호기롭게도, 우리는 그때 처음 보는 여대생들에게 다가가 버스비를 빌리곤 했잖아. 그때 그 많은 여대생들은 우리를 어떻게 기억하고 있을까. 리차드 기어와 페트릭 스웨이지로 기억하고 있을까? 고주망태가 된 우리에게 넓은 아량을 베풀어 줄 은인을 찾아 거리를 두리번거리다가 누군가가 눈에 띄기라도 하면 우리는 그때부터 투덕거리기 시작했지. 누가 가서 돈을 빌려 달라고 할 것인가를 두고 네가 가네 마네 하며 실랑이를 벌였던 거야. 술을 진탕 마실 호기로움은 있었어도 돈을 꿀 만한 염치와 배짱은 또 없었던 청춘이었어. 결국 못 이기는

척 나서는 건 언제나 너였어. 나보다 인물 훤칠한 네가 나서면 언제나 버스비를 빌리는 데 무사히 성공할 수 있었잖아. 덕분에 나는 그저 편하게 좌석버스에 몸을 실을 수 있었던 거, 지금 생각해보면 참 아련하고도 그리운 추억들이야.

그렇게 대학 생활을 마친 후, 넌 조선일보 기자로 사회생활을 시작했지. 수습기자 시절을 할 당시, 언젠가 너는 난감한 기색이 되어 내게 그렇게 말했잖아. 경찰에게 기삿거리를 달라며 독촉을 해야 하는데, 그 과정이 힘들다고 말이야. 아마 경찰의 책상 위에 발을 떡하니 올려놓고 기삿거리를 달라고 으름장이나 놓아야 간신히 기삿감을 건질 수 있었던 모양인지, 그렇게 말을 하는 네 얼굴에 난색이 역력했어. 모질지 못한 너의 성정에 그런 대거리를 완수하는 일이 어디 쉬웠겠어. 넌 그만큼 심성이 착했던 녀석이야. 하지만 그렇다고 마냥 착하고 순둥하기만 한 건 아니었어. 그 치열한 조직에서도 최고의 자리까지 우뚝 올랐으니 말이야, 그때 처음으로 생각했어. 이 녀석 마냥 무르기만 하지 않고 강단과 근성 하나 제대로구나, 하고 말이지. 그런 너를 보며 우린 정말 자랑스러웠어. 그렇게 세상살이 이치를 터득하고 난 너의 안목과 식견이 얼마나 어른스러워 보였는지 몰라.

너를 친구로 둔 일이 내겐 얼마나 큰 힘이 되고 깨우침이 되었
는지. 그때 너는 언제나 또래 친구들보다 한 수 앞을 내다보는
녀석이었지.

2019년이 떠오른다. 그해 6월, 화창했던 어느 날이었지. 성산
대교 위를 건너는데 문득 네 목소리가 너무 듣고 싶은 거야. 네
게 전화 걸어 잘 지내냐며 물었지. 그리고 수화기 너머로 이어
진 2-3초의 침묵…. 침묵을 깨고 나온 첫 마디는, 아프다는 말이
었어. 많이 아프다고, 투병 중이라고. 전혀 예상치 못했던 대답
에 그 순간 얼마나 미안했고, 또 얼마나 당황했는지 몰라. 누구
보다 건강했던 너였기에 그 충격은 더 컸는지도 모르겠다. 그때
만 해도 그렇게 대답했잖아. 치료 잘 받고 곧 얼굴 보자고. 너의
그 말이 아직도 생생한데…. 치료 기간 동안 간간이 통화만 하
고 얼굴 한번 보지 못한 일이 아직까지도 후회로 남아 어찌할지
모르겠다.

석배야!
누구보다 속 깊고 명민하던 너였어. 너와의 이른 작별이 우
리의 가슴을 아프고 슬프게 하지만 네가 남긴 발자취만큼은 누
구보다 길다는 걸 알아. 어쩌면 네 곁에 남은 이들도 너의 발자

취 중의 하나가 될지도 몰라. 그러니 너에게 부끄럽지 않은 친구가 될게. 그렇게 남기 위해 최선을 다할게. 고등학교 때도, 대학교 때도, 그리곤 사회인이 되어서도 항상 든든하게 곁을 지켜 준 석배야. 너와 다시 만날 그날을 기다리며 이만 글을 줄인다. 우리 다시 만날 그날이 오면 신촌골에서의 추억을 안주 삼아 거나하게 한껏 취해 보자꾸나. 고량주 한 잔에 웃음 한 소절 피우며 말이야. 부디 이 글이 하늘나라에도 가 닿기를 바라며 마지막으로 이렇게 외쳐본다.

　사랑한다, 석배야!

▲ 서교 초등학교 동창들 (왼쪽부터 안석배, 윤경철, 이정미, 이치덕, 변희재)

추억의 터널을 밝혀주는
등불이 되어

윤경철

합격의 법학원 국제정치학 강사, 초등학교 동창

석배와 나는 초등학교 동창이다. 우리는 서교초등학교 5학년 8반이었다. 다툰 적은 한 번도 없고 서로 지지하는 사이였다. 그 때 그 시절, 가장 먼저 떠오르는 것은 학급의 기자 생활을 함께 했던 것이다. 당시 조선일보 刊 초등학생용 어린이 신문이 발행되었는데, 그 신문에서 우리 학급과 학교에 도움이 될 만한 기사를 오려서 예쁜 종이에 붙여 눈에 띄게 꾸미고 거기에 자기 생각을 담아 교실 뒤 벽의 공고란에 붙이는 것이 해야 할 일이었다. 또한 학내 일정이나 사건 사고를 알리는 것도 할 일이었다. 당시 석배는 또래에 비해 남다른 친구였고, 기사 선정을 잘

했던 것으로 기억한다. 또한 학급 친구들에게 좋은 글을 써주곤
해서 담임선생님한테 칭찬도 자주 받곤 했다. 석배가 조선일보
기자가 되었다는 얘기를 들었을 때 나는 기자라는 직종이 석배
와 꽤나 어울린다고 생각했다. 본인의 적성을 잘 찾아간 것 같
았고, 내가 다 뿌듯했다.

석배를 보면 떠오르는 몇 가지 일화들이 있다. 짧게 이야기
해보려 한다.

초등학교 당시 우리는 교내 기자 활동을 했다. 기자로 활동
하던 사람은 세 사람이었다. 석배와 나, 쾌활한 유경이(현 싱가포

르 거주/아래 사진의 맨 왼쪽 하얀색 티셔츠)와 같이했었다. 공부는 석배와 유경이가 주로 1등, 2등을 다투는 가운데 내가 간헐적으로 이 둘을 제치는 형국이었다. 그런데 우리 셋은 경쟁 속에서도 서로 친밀하였다. 경쟁 사이인 만큼 서로 견제할 법도 한데, 그런 기류가 전혀 흐르지 않고 그저 사이가 좋았다. 그것이 가능할 수 있었던 이유는 아마도 이 두 사람의 유순하고 착한 성품 때문이었을 것이다. 한번은 이런 일이 있었다. 내가 반장이었을 때였다. 담임선생님은 교실에서 떠든 사람의 이름을 적으라는 명을 내렸고, 나는 알겠다고 했다. 어느 날 담임선생님이 자리를 잠시 비운 사이 나는 분부대로 '떠든 사람'의 이름을 적었다. 개중에는 유경이도 있었다. 나는 그저 선생이 하라는 대로 할 뿐이었기에 어쩔 수 없었다. 그 결과 유경이는 손바닥에 매를 맞는 체벌을 받았고, 크게 토라지고 말았다. 나는 토라진 유경이의 기분과 마음이 납득이 가지 않았을뿐더러 나대로 억울한 면이 있었다. 그 결과 우리는 무려 한 달여라는 기간 동안 서로 말을 섞지 않았다. 이때 석배의 개입이 없었다면 유경이와 나는 그대로 척을 질 뻔했다. 유경이와 나 사이에 흐르는 냉랭한 기류를 감지한 석배가 난처해하면서 나와 유경이와의 화해를 위해 무던히도 애를 쓴 것이다.

2019년 유경이가 서울에 왔을 때였다. 광화문에서 친구들과 만나 오랜만에 무진장 떠들면서 회포를 푼 적이 있었다. 시간이 늦어지자 석배가 유경이와 집 방향이 같아 데려다주려고 나머지와 서로 방향을 틀었을 때 그들의 뒷모습을 보고 내가 뒤늦게 뭔가 아쉬워 "아차, 야! 사진 한 방 안 찍었다"라고 소리쳤다. 그때 10미터쯤 떨어진 석배가 "자주 볼 텐데 다음에 찍어"라고 하였다. 이때가 나와 석배와의 마지막 순간이었다. 나쁜 친구! 뭘 자주 보나? 꿈에서 보려고? 유경이도 이 순간이 아쉽다고 한다.

초등학교 때는 방과 후 친한 친구들 집에 놀러 가는 것이 일상이었다. 당시 서교초등학교 뒷문 근처에 살던 석배네로 놀러 간 적이 있다. 석배의 집은 작은 단독 주택이었고, 작은 마당이 딸린 집이었다. 어린 나이에도 친구의 아버지가 법무부 고위 관료라는 사실에 호기심이 일었던 것 같다. 집안은 단아한 분위기였고 석배 어머니가 우리를 반겨주면서 맛있는 먹을거리를 주셨다. 이때 석배한테 여동생이 있다는 것을 알게 되었다(이분이 발인 날 서성이는 나한테 커피를 사주신 분이다. 너무 감사하고 반가웠다). 한참을 놀던 중 어머니가 석배에게 다가왔다. 말씀 내용을 듣자 하니 아마 석배 어머니가 석배에게 미리 당부한 숙제 거리가 있었

던 모양이고, 그걸 확인하는 차원에서 묻는 것 같았다. 아무래
도 우리가 너무 놀았다고 판단하신 모양이었다. 혹여나 꾸중이
라도 들을세라 나를 포함한 친구들이 모두 겁을 먹고 있는 사이
석배가 대답했다. 전부 이행하였다면서 '해맑게' 웃는 얼굴로 대
답하는 것이었다. 난 지금도 이 장면이 잊히지 않는다. 석배 마
음의 깊이는 나와 비교가 되지 않는다고 생각했다. 나를 포함한
다른 친구들은 그저 어머니의 등장이 무서워 도망가려고 했는
데, 석배는 달랐던 것이다.

석배와 나는 당시 보이스카우트 활동도 같이했다. 석배는 리
더십이 뛰어나 조장이었다. 석배는 또래보다 키가 큰 편이었다.
아마 뒤에 계신 키가 크신 어머니 덕분일 것이다. (사진 참조) 석배
의 왼편으로는 항상 내가 있었으니 친했나 보다. 나는 좀 작았
다. 당시에는 학교로 도시락을 싸가지고 다녀야 했다. 난 석배
의 도시락 반찬을 좋아했다. 요즘 말로 럭셔리했으니까. 한번은
나의 멸치볶음 반찬 때문에 비교되는 마음을 "칼슘 먹어야 키
큰다더라"라는 말로 상쇄하려 한 적이 있다. 그때 석배는 별소
리를 다 한다면서 아무렇지도 않게 내 반찬을 먹어주었다. 석배
는 이해심이 있는 친구였다.

▲ 1977년 서교초등학교 4학년 보이스카우트 활동

그런데 5학년 가을에서 겨울로 넘어갈 즈음, 석배가 전학을 가게 되었다. 먼저 유경이가 일본으로 간 터라 친한 친구들이 없어 마음이 공허해졌다. 한편으로는 '내가 학급에서 1등이 되겠네'라는 생각도 했지만 기영이가 전학 오기 전까지였다. 석배와 기영이는 초등학교에서 서로 만난 적이 없다. 그런데 이들이 영동고등학교 재학 중에 밥을 먹다가 우연히 같은 초등학교 같은 반 출신이라는 것을 알게 되었다는 것을 듣고 '이 무슨 인연인가?' 생각한 적이 있다.

석배와 중고등학교 시절에는 교류가 없었다. 아마 전학 가면 영영 못 본다고 생각했는지도 모른다. 그러다 대학생이 되어 치덕이 극본, 나의 연출로 초등학교 동창회西遊會가 조직되었다. 연대 앞에서 모였을 때 석배와 유경이의 6년간의 변화된 모습은 어떨까 하는 설렘이 있었다(맨 아래 사진. 근택이 왼쪽으로 진이). 석배

▲ 1987년 대학교 1학년 진이, 근택이와

와 유경이는 초등학교 시절의 모습과 성격이 그대로였다. 놀랍고 반가웠다. 이후 사회인이 되어 석배와 동창회를 통해 일 년에 한두 차례 정도 만나왔다.

나이 50에 들어섰을 때 석배가 또 한 번 나를 놀라게 했다. 대부분 61세가 정년이지만 자신이 몸담고 있는 직종의 분위기는 57세나 58세에 은퇴해서 후배에게 길을 열어주는 것이 보기 좋은 그림이라고 했다. 은퇴 후의 삶에 대비하려면 50줄에 들어서는 자신은 지금부터 그때를 준비해야 한다는 것이었다. 미래 설계는커녕 다음 날의 강의 준비로 밤을 새우는 나를 에둘러 꼬집은 것 같았다. 석배는 항상 남들보다 먼저 미래 준비를 하고 있었다.

석배는 나에게 우리나라 교육계에 관한 질문도 곧잘 던지곤 했다. 국가고시를 준비하는 수험생들에게 비친 우리나라 교육 현실을 꼼꼼히 질문하기도 했다. 아마도 관련 기사를 준비하려는 것 같았다. 석배는 한국 사회 내 교육 영역의 전문가였는데 그런 그가 수험세계로까지 관심 분야를 넓히려는 것 같아 반가웠다. 북한은 평양 중심의 인민들만 제대로 먹여 살리면 유지되는 정권이라는 말을 들었을 땐 국제정치학의 선출인단 이론까지 이미 알고 있나, 하는 놀라움도 있었다.

그러던 어느 날, 석배의 승진 소식이 들려왔고 너무 바빠서 모임에 못 나온다는 말이 들려왔다. 그때만 해도 나는 그저 석배가 업무적으로 많이 바쁘려니 하고 생각했다. 그저 미래에 대한 책임 의식 때문에 업무에 매진한다고 생각했다. 그러다가 갑자기 그의 발병 소식을 듣게 되었다. 그 소식을 듣던 순간 나는 그 자리에서 그만 오열하고 말았다. 그리고 바로 문자메시지를 보냈다. 네가 살아야 내가 산다고. 석배 말에 따르면 치료 경과가 좋으니 내년 봄에는 퇴원이 가능할 거라고 했다. 그렇게 말하며 나를 안심시켰다. 그러다가 코로나 사태를 맞이하면서 정신없는 날들이 지나갔고, 그런 날들로부터 잠시 숨 돌릴 즈음에야 치덕이에게 석배 근황을 물어볼 수 있었다. 지금 생각하면 그 순간이 내가 직접 전화를 걸어 목소리라도 들어볼 수 있는 마지막 기회였는데… 이기적으로라도 행동했었어야 하는 게 아닌가, 하는 생각에 아쉬움이 너무 크다.

돌이켜보면 석배는 배울 것이 많은 친구였다. 세상을 바라보는 문제의식과 깊은 사유, 온화하고 따뜻한 성품, 올곧은 생각 등이 그랬다. 이렇게 배울 점이 많은 사람은 결코 흔하지 않다. 그래서인지 이 글을 쓰면서도 초등학교 시절과 청·중년 시절을 공시적으로 회고하게 된다.

　이른 아침, 현관문 너머로 기사님이 신문을 떨구고 가는 소리가 들린다. 조선일보 신문이다. 이제 더는 석배가 쓴 기사를 볼 수 없다는 사실에 마음이 저려온다. 하지만 기사를 볼 수 없다고 해서 석배의 존재마저 흐릿해지는 것은 아니다. 석배의 목소리와 눈빛은 언제나 내 마음 한구석에 남아 추억의 터널을 환히 밝히는 등불이 되어줄 테니 말이다.

2021년 4월 30일

석배에게 띄우는 편지

권재민
캘리포니아주립대학 교수, 고교동창

석배야, 나는 아직도 네가 하늘나라로 갔다는 게 믿기지 않는구나.

석배야, 네가 아플 때 연락을 자주 못 한 게 마음에 걸린다. 네가 투병 소식을 전해올 때만 해도 이제 곧 이겨내서 나아지겠지, 하고 생각했단다. 어서 건강해져서 우리가 소원했던 것처럼 함께 모여 여행하자고, 몇 년 내로 애들 대학 보내고 여행 가자고 했는데 이렇게 널 먼저 보내다니 너무 슬프고 괴롭구나. 부모님 병환으로 인해 급하게 한국에 갈 때마다 늦은 퇴근길에도 반갑게 만나러 달려와 준 네 모습이, 네 목소리가 바로 엊그제 같은데…. 너와 함께했던 순간들을 짧게나마 적어보려 해.

석배와의 첫 만남

너를 알게 된 때는 초등학교 6학년이었어. 그날도 나는 동네 놀이터에서 친구들과 놀고 있었지. 그때 놀이터에서 우연히 마주친 여자아이가 대뜸 우리에게 다가와 오빠 자랑을 하는 게 아니겠어? "우리 오빠 키도 크다.", "우리 오빠 잘생겼다", "우리 오빠 공부도 잘한다." 칭찬 일색이었어. 이 아이가 훗날 알게 된 석배 너의 동생, 윤정이었어. 그때만 해도 어린 나는 대체 이 아이가 이토록 자랑하는 오빠는 누굴까, 하고 궁금해졌지. 어느 날이었어. 그 아이가 "오빠다!"라고 소리치며 우리 또래 남자아이에게 뛰어가더라. 석배 너와의 첫 만남은 그렇게 이루어졌지. 너는 정말 윤정이 말처럼 잘생기고 키도 훤칠하니 크더라. 공부도 잘하게 생겼고 말이야. 그날을 계기로 우리는 친구 사이가 되었어. 지금도 그날 천천히 걸어오던 너의 모습이 또렷이 기억이 난다.

함께 한 행복한 순간들

그렇게 너를 처음 알게 되었지만 키 큰 너와 키 작은 나는 한동안 서로 살갑게 지낼 기회 없이 중학생이 되고, 또 고등학생이 되었지. 고2 때 공부하러 간 독서실에서 다시 만나고 그때부터 우리 모두 친해지게 되었지. 새삼 돌이켜 생각해보니 너와 난 초등학교, 중학교, 고등학교, 그리고 대학교를 쭈욱 함께 다닌 손에 꼽히는 몇 안 되는 동기동창이었네. 함께 도서관에서 공부하고 저녁 먹고 노을 지는 백양로를 걷던 기억, 공군장교 사관생도 사천훈련소에 널 만나러 규철이와 면회 갔던 일, 양평으로, 인제로, 용평으로 우리 모두 함께 추운 겨울 여행을 떠났던 추억, 하루 종일 스키 타고 땀을 뻘뻘 흘리고 시끌벅적 사우나 하던 그 시절, 우리 친구들 함께한 즐거웠던 순간순간이 모두 아름다웠고 눈물 나게 그립구나.

미국에서의 추억

내가 미국으로 떠나기 전날 밤새 함께 지새우고, 우리 둘 다 싱글이던 지난 세기에 뉴저지에서 광어 낚시하러 갔던 거 재밌었어. 나는 한 마리도 못 잡고 네가 한 마리 낚았는데 좀 작다고 바다로 돌려보내주고 한 마리 사다 먹었지. 텍사스 휴스턴에 형님네 왔을 때는 메디컬 센터에서 만나 점심도 먹고 나사에 아폴로 달 탐사 로켓 보러 가고 우리 집에 들러서 석화에 맥주 마시던 거, 생각하면 눈물이 난다. 이제 내가 캘리포니아로 왔으니 꼭 우리 집에 놀러 와서 함께 요세미티로 하이킹도 가고 다 같이 캘리포니아 돌고 그랜드캐니언으로, 옐로우스톤으로 미국 횡단 여행하자고 했었는데.

무한한 격려와 의지

우리 중에 제일 점잖고 올바른 인품을 가진 사람, 언제나 마음의 의지가 되는 큰 나무 같은 친구, 안석배. 너를 알고 지내는 동안 네가 화를 내거나 남을 험담하는 모습을 한 번도 본 적이 없구나. 그러고 보니 석배는 항상 우리들의 듬직한 맏형 같은 친구였어. 친구의 성취도 자기 일처럼 기뻐해 주고 말이야. 마음고생하고 힘들 때 네가 어깨를 두드리며 따뜻한 말로 격려해주면 다시 일어날 힘이 났지. 누군가의 성난 마음도 부드럽고 차분하게 달래주는 큰 나무 같은 친구. 너는 그저 시끌벅적하게 떠드는 우리의 얘기를 조용히 듣고 있다가 한 마디씩 드문드문 보태곤 했어. 하지만 네가 던지는 그 한 마디란 촌철살인 같았지. 수면 위로 돌멩이 하나 던지듯 대화의 핵심과 문제의 사안을 훅 찔러 모두를 아차, 싶게 만들면서도 동시에 좌중을 유쾌하게 만드는 은은한 유머가 있었달까, 아무튼 그런 맛이 있었어. 그런 식으로 무리의 균형감을 조용히 잡아주는 사람, 석배 네가 바로 그런 친구였지.

아, 또 기억난다. 내가 두 시간짜리 영화 '영웅본색'을 본 날이었지. 영화를 보고 나서 신이 난 내가 한참을 떠들어대니까, 세시간 넘게 설명한다며 네가 웃기도 했잖아. 석배야, 그립다. 함께 북한산 둘레길을 걷고 향긋한 커피를 즐기며 맛나고 좋은 것은 서로 나누고 싶어 하면서도 언제나 한결같은 격려와 마음 깊이 의지가 되는, 네가 바로 그런 사람이었는데….

석배야, 우린 네가 많이 보고 싶다. 지금도 아파트 모퉁이를 돌며 걸어 나오는 네가 보이는 것 같다.

석배야, 네가 우리 친구여서 우리는 행복했다. 너는 우리 마음 안에 언제나 우리와 함께 있을 거야. 고통 없는 하나님 곁에서 잘 지내고 있어. 우리 나중에 꼭 다시 만나자.

2020년 11월 30일

추모글

Remembering 석배

노스캐롤라이나 A&T 주립대학교 교수, 고교동창

Mr. Ilki-Kim. 1106-1967 Somwhere Street Earth,Universe(EU)

Mr. Seokbae Ahn, 0703-1967 Heaven Street, The Land of God (LG)

Messenger: A Mail-Angel with a Delivery License approved by LG

Dear Seokbae -

How are you? It's been a while since we said good-bye to each other on the Earth, where I'm still residing, and you used to be.

I hope that you are now enjoying your new "life" in peace over there. What kind of life do you have in your territory which is called the Land of God? What do you do over the weekend? What job (dedicated to your God) did you get? Something like a journalism-related one? I hope so. Do you observe (using a "telescope") your family members and all members of "Gong-Shim-Dang"? If so, then say hello to us, please.

As for myself, I have been gradually overcoming my deep sorrow arising from my (respectable) father passing away in the summer of 2019. I greatly appreciate your support during the tough period for my family. Your encouragement supplied me with a good amount of positive energy.

During my short visit to your residence that summer, you said you were scheduled to receive a chemotherapy. All Gong-Shim-Dang members were concerned about you. However, you said you would finally be OK ("Don't worry, guys") in order to "relieve" us. Such a saying was a typical behavior to you, I mean, you have always been making people around you feel concern-free. In fact, you were a strong "magnet" which provided an attractive force for those people. All of us have been aware of this fact very well, and therefore we have been able to rely on you in various regards. I guess, you are now surrounded by many good people over there working for God because it is you, Seokbae.

Several days later (after my father's funeral and our last physical meeting), I came back to my ordinary life here in America. And then, around the early April of 2020 (as far as I remember), I got a Kakaotalk message from our friend, Kyucheol that your health status became way more severe than originally anticipated. It was a big bad surprise. I immediately Kakaotalked to you. Even at such a stage, you responded to me, "Thank you, Ilki. I'll be alright." It was our last conversation on this planet. I became speechless.

It reminded me of many joint activities (highly memorable!) between us during my stay in Korea (about 25 years ago). Yes, it occurred a long time ago, entirely because I left Korea at that time. We had shared many different things (beautifully!), say, by studying together during our college-preparation period (a tough one, both mentally and physically) affiliated with the "Jongro Hakwon". Subsequently, during our college period, we have also spent a lot of the joint times studying together, hiking together, and exchanging our views on the social and political issues as well as the girl issues (no surprise! we were innocent young guys constantly interested in pretty girls).

My friend, it is high time now to say good-bye again.

Rest peacefully under the love of God.

Sincerely Yours,

Ilki (in Raleigh, North Carolina)

PS) I humbly wish that your family members move on here by overcoming the family tragedy. I have thus far been attempting to do so, as my mother has often emphasized to me and my sisters. I believe your family members do so indeed.

PPS) I need to confess at this point that I had been hesitant to write a letter to you, never because I forgot you, but entirely because I had been afraid my "rough" (or "low-grade") writing could somehow be misconstrued for your family members and several people around you. Through the steady (non-offensive, obviously) and kind encouragement of Hoonseok, however, I finally became motivated to do this. Thanks, Hoonseok. Otherwise, I could lose an opportunity for making such a proud contribution⋯ Anyway, we miss you, Seokbae.

February 5th, 2021

추억을
회고하며

김진경

㈜풀무원 이사, 고교동창

석배는 애처가

언제였던가, 퇴근 후 어느 저녁에 석배와 술 한잔했다. 우리 사이엔 많은 얘기들이 오갔었다. 애들 얘기, 회사 얘기, 정치 얘기, 이런저런 얘기들을 하다가 문득 이런 생각이 들었다.

"석배야, 미국 이민 와라. 애들 교육도 생각해야지. 애들 미래를 생각해서라도 미국에서 공부시키는 게 좋아. 한국이 경쟁이 좀 치열한 나라니?"

"응, 나도 그러고 싶은데 와이프가 내가 글 쓰는 게 좋대. 그래서 난 기자를 해야 해."

직업 선택의 자유마저 없는 석배는 애처가였다….

중배 형 쫓겨나다

석배가 해준 얘기다. 중배 형이 레지던트 때의 얘기다.

석배 어머니께서 어느 날 감기에 심하게 걸리셨단다. 그 무렵 중배 형은 일이 바빠 집에만 오면 소파와 身소일체의 경지에 다다랐을 정도로 피곤하던 때였다. 어머니가 중배 형을 보고 말씀하셨단다.

"중배야, 엄마가 너무 아픈데 누워만 있지 말고 약 좀 줘. 주사를 놔 주던지."

"엄마, 감기는 바이러스라 약이 없어요. 그냥 쉬세요."

그러자 어머니가 성난 목소리로 대뜸 소리치셨단다.

"나가 이 XX야!"

중배 형은 그렇게 코트도 못 입고 쫓겨났단다. 사실은 배운 대로 정확하게 얘기한 죄밖에 없는데…. 형과 동생이 모두 진실에는 타협이 없는 성격인가 보다.

석배는 만능 운동선수

석배는 등산을 좋아했다. 뿐만 아니라 테니스와 볼링도 잘

치는 친구였다.

등산 같이 간 지 벌써 몇십 년 전인 것 같다. 등산 갔다가 내려오는 길에 순두부나 파전을 먹는 게 너무 좋았다. 나는 술은 마시지 않지만 말이다.

가끔 테니스도 쳤는데 나는 공을 가지고 하는 운동은 다 젬병이라 잘하지는 못했지만 그냥 친구 만나는 게 좋아 가끔 따라나갔다. 문제는 석배가 무릎이 안 좋다는 점이었다. 무릎이 안 좋으면 달리기가 필요한 운동을 피해야 하지 않나. 하지만 석배는 꼭 그런 운동만 좋아했다. 운동하고 나면 다음 날에는 무릎에 압박 붕대를 하고 절뚝거리기까지 하였다. 왜 아픈 운동만 좋아했는지… 그때 말렸어야 하는 건데….

앞집 근무

석배와 나는 길 하나를 사이에 둔 공군본부와 해군본부에 근무했다. 대방동이 생각보다 출퇴근이 쉽지 않은 곳이다.

"석배야, 차 한 대 사서 같이 출퇴근할까? 앞으로 1년은 더 같이 다녀야 하는데"

"그래 좋은 생각이다. 한 대 사자."

"누가 운전하냐?"

추모글

그렇게 운전은 서로에게 미루다가 몇 달 후 해군본부는 계룡대로 이전되었다. 내 제대를 몇 달 앞두고…. 어차피 될 일이 아니었나 보다.

중앙도서관 3층 휴게실은 우리들의 아지트

모두에게 그렇지만 중앙도서관 3층 휴게실은 우리들의 아지트였다.

석배, 택중, 재민, 태용 형, 모두 소파에 앉아 공부는 안 하고 열심히 토론했다.

요즘 같으면 코로나 때문에 꿈도 못 꾸겠지만 그때는 담배연기 가득한 휴게실에서 자판기 커피 한 잔으로 몇 시간을 보내곤 했다.

어떨 때는 수다 떨다가 강의도 빼먹고 갑자기 먹고 싶은 게 생겨 같이 밖에 나가기도 하고 미팅 대타도 뛰고….

절대 시국에 대한 토론은 없었고 누가 소개팅 시켜줄 것인지가 대부분이었지만… 역사는 항상 중도 3층 휴게실에서 태어난다.

언제든지 약속이 없어도 핸드폰이 없어도 중앙도서관 3층 휴게실에만 가면 친구들을 만나 마음껏 떠들 수 있던 그때가 그립다.

그를 생각하면
두 가지가 마음에 떠오른다

이대희

효산의료재단 이사장, 고교동창

공심당 친구들과 함께했던 날들이 떠오른다. 친구들과는 일
년에 몇 번씩 만나 밤늦은 시각에 커피 또는 맥주를 마시며 이
런저런 얘기를 나누곤 했다. 그렇게 회포를 풀었던 시간들. 그
날들 속에서 석배도 늘 함께였다. 석배는 참으로 온화하고도 정
직하게 세상을 바라보았던 지식인이요 언론인이었다. 이 글을
쓰는 지금도 석배의 유쾌한 웃음이 떠오른다. 참 좋은 친구다.

석배는 부지런한 친구였다. 함께 섬겼던 새로운 교회 주일
아침 8시 1부 예배 때마다 꾸준히 자기 자리를 지키고는, 다음

날 월요일 신문 발간을 위해 직장으로 출근하곤 했다. 그런 석배의 모습을 보며 나는 스스로가 반성이 되기도 했고, 또 그런 석배의 모습이 새삼 대단하게 여겨지기도 했다.

참으로 성실한 삶이라고 생각했다. 교회에서 마주칠 때마다 석배의 얼굴에 옅게 드리워 있던 피로의 기적을 기억한다. 그때마다 나는 피로한 와중에도 예배에 꼬박꼬박 참석하는 석배의 근면함을 재차 확인하며 존경스러운 마음이 되곤 했다. 그런 녀석이 안쓰럽게 여겨질 때도 있었다. 우려 섞인 존경이었다.

석배와 나는 여러 인연이 겹쳐 있는 사이이다. 석배 아버님은 내 아버님의 고등학교 선배이시고, 석배 어머님은 내 어머님과 여고 동기동창이시다. 석배의 형님 되시는 중배 형님은 나와 같은 의료인으로서 특히 나 같은 세부 전공인 종양내과 의사이시다. 또 위에서 언급한 대로 최근 수년간 같은 교회를 다녔다. 그래서 참 특별한 친구라고 할 수 있다. 떠올리면 살며시 웃게 된다. 인연의 끈이 서로 얽히고설키는 중에도 우리는 각자의 삶을 꾸려나가느라 바빴다. 3, 40대를 바쁘게 보내느라 서로 조금 더 자주 만나지 못했던 것이 아쉬울 따름이다.

영국에서 특파원 시절을 보내기 전에 잠시 석배를 만났던 기억이 있다. 그때 당시 한참 재미있게 읽었던 『재즈처럼 하나님은blue like jazz』이라는 책을 석배에게 전달했던 기억이 난다.

석배를 보낸 후 식사 자리를 가졌었다. 현주 씨와 서영이와 석배 동생인 윤정 사모와의 식사 자리에서 이 책이 아직 석배의 서가에 꽂혀있다는 얘기를 듣게 되었다. 또 친구 석배가 얼마나 성실히 설교 말씀을 받고 글로 정리하여 왔는지, 매일의 작은 시간을 들여 말씀을 묵상하며 빼곡히 고백을 정리하여 왔는지를 전해 듣게 되었다. 그리고 어떻게 하나님께서 윤정 사모를 신앙으로 또 사모의 길로 이끄셨는지도 사뭇 드라마 같은 이야기를 듣게 되었다.

석배가 가고 남은 가족들을 향한 하나님의 손길을 느꼈다. 하나님께 참 감사한 마음이 들었다. 성경의 다음 구절을 떠올려 본다. '주 예수를 믿어라. 그리하면 너와 네 집이 구원을 받으리라(사도행전16:31).' 이 말씀을 기억하며 남은 가족들을 떠올린다. 현주 씨와 서영이, 재익이뿐 아니라 아버님과 어머님, 중배 형님네도 다시 석배와 찬란한 재회를 하게 될 날을 떠올린다. 절대자 하나님의 품 안에 온전히 의탁하시는 삶으로 나아가게 되리라 믿는다.

　석배야, 하늘나라에서 잘 있지? 그곳은 이곳보다 평화로우리라 믿는다. 가족들이 네 몫까지 다해 열심히 살아가는 모습을 지켜봐 줘. 이곳에서도 틈틈이 네 생각을 하며 지낼게. 친구야! 곧 보자꾸나. I will pray with you.

내 친구 석배를
기억하며

정규철

㈜팬타토닉 대표이사, 고교동창

오늘 볼일을 보러 가다가 우연히 석배의 집 앞을 지나치게 되었다. 그냥 지나칠 수가 없었다. 석배의 집 앞에 멈춰 서서 잠시 옛 생각에 잠겼다. 그때 내 귓가에는 찰리 헤이든과 팻 매스니가 흐르고 있었다.

내 친구 석배, 어릴 때부터 늘 함께한 친구라서 그랬을까?

앞으로도 늘 함께할 것이라고 믿었다. 한 치의 의심도 없이 말이다. 그래서 늘 여유가 있었다. 늙어서도 같이 놀 시간 많다고…. 이렇게 빨리 떠날 거라곤 생각지도 못했다.

석배가 가고 난 후에도 세상은 아무렇지 않게 바쁘게 돌아갔다. 상실감이 무색하게 내 일상도 정신없이 돌아갔고 석배의 죽음도 그새 자주 잊혀졌다.

3일간의 장례식과 이후 조문 몇 번 간 것만으로 석배와 함께한 지난 세월들은 추억의 서랍 속으로 봉인되었다. 장례식장에 가서도 나는 석배의 부재를 온전히 받아들일 수가 없었다. 사실 지금도 실감이 잘 나질 않는다.

지금 당장이라도 석배에게 전화를 걸면 석배가 "나다~" 하고 정답게 얘기할 것만 같다. 유난히 차분하고 안정감을 주던 석배의 목소리가 아직도 귓가에 생생하다. 얼마 전 마지막으로 동네 카페에서 만났을 때가 떠오른다. 예가체프를 마시던 석배의 모습. 모자도 의외로 잘 어울렸고, 짙은 색 뿔테 안경을 쓴 모습도 중후한 글쟁이 느낌이 물씬 났다. 어릴 적 애늙은이가 이제야 물을 만났구나 싶었다. 품위 있게 늙어갈 준비가 잘 되어있었다. 그래서 보기 좋았고 이런 친구를 둔 내가 복이 많다고 느꼈다.

옛 생각에서 빠져나올 즈음, 나는 석배네 집 뒤편 놀이터에 앉아있었다. 찰리 헤이든과 팻 메스니의 앨범이 끝나가고 있었다. 모두 자주 듣던 곡들인데, 어쩐지 사운드가 전과는 다르게 들렸다. 석배가 있는 세상과 그렇지 않은 세상에서 듣는 곡들은 느낌 또한 달랐다. 눈물이 났다. 장례식 내내 흘렸던 눈물과는 달랐다. 내가 무엇을 잃었는지 이제야 비로소 알 것 같았다. 찰리 헤이든의 베이스 소리가 나지막이 울리며 사라졌다.

　석배야, 안녕. 이제야 작별 인사를 제대로 한다. 보고 싶다, 친구야.

2020년 어느 늦은 가을 주말에.

추억을
아로새기다

정선희
친구 정규철 님의 동생

그 시절이 그리운 건, 그 골목이 그리운 건
단지 지금보다 젊은 내가 보고 싶어서가 아니다.

- '응답하라 1988' 중에서

▲ 정규철 동생 정선희가 원본 사진을 바탕으로 조각해준 판화

그리움이 밀고 들어오는 순간을 예견할 수 있다면
오래도록 그 순간을 만끽할 수 있게 준비라도
할텐데, 친절하지 못했던 이별처럼 그리움도
불친절하게 찾아왔다.

- 천서란, 천 개의 파랑

▲ 친구 동생 정선희가 원본 사진을 바탕으로 조각해준 판화

추모글

석배를
그리워하며

김택중
㈜대림 대표이사, 고교동창

너를 생각하면 가장 먼저 떠오르는 장면은 언제나 똑같아.

그건 바로 우리가 공군 장교훈련소에 입소하는 날이야. 너랑 같이 서울역에서 진주역 완행 기차표를 구매했지. 1991년 추운 겨울이었고 이것도 추억이라며 가족 배웅도 없이 둘만 침대형 완행열차를 타고 밤새 10시간 걸려서 진주까지 도착하는 기차였어! 기억나지? 찬란한 젊음을 같이해준 친구야, 그립다! 고등학교 4년, 대학교 4년, 공군 장교 4년(그중 2년은 대방동에서 같이 근무) 해서 총 12년을 붙어 다녔어.

서로 다른 취미와 취향을 지닌 우리는 한 번의 갈등도 겪지 않고 잘 지냈지. 고민과 근심을 누구보다 먼저 나누고 이야기하는 사이였어. 미래에 대한 고민으로 가장 치열하던 시기에 너는 내 옆에 있었지.

자주 보지는 못했지만 그래도 참 꾸준히 만났었어. 등산하면서 꾸준히 같이 다니기도 했지. 기억하니? 장교 훈련 때 행군 걷기를 싫어한 우리끼리 나누던 농담 말이야. 우린 이제 사회 나가면 3보 이상은 승차하자고 말하곤 했잖아. 그런 우리가 어느덧 등산을 취미로 삼는 나이가 되다니…. 아무튼 등산을 같이 다니다 보니까 산에서 함께 찍은 사진도 많았지. 너와 함께 한 마지막 등산은 한라산 당일치기였는데, 아직도 그날의 기억이 생생하다.

네가 조선일보 논설위원 될 때 내가 내 주변 지인들에게 얼마나 자랑하고 다녔는지 모르지? 안석배가 내 친구라고! 묵묵히 같이 걷기만 해도 든든한 친구였어. 누구나 한 번 사는 인생, 누구든 언제나 끝이 있고 네가 조금 먼저 갔으니 가서 내 자리 맡아놔라! 나중에라도 보자, 친구야!

추억 한 잔을
기울이던 날들

이성구
㈜세양여행사 대표이사, 고교동창

사회생활을 시작한 후로 석배는 조선일보에 입사하여 기자
가 되었다. 처음 그 소식을 듣던 날 녀석이 얼마나 자랑스럽던
지. 반가운 마음에 언제 한 번 만난다면 둘이서 꼭 술 한잔하리
라고 마음먹었다.

그러던 2006년 여름, 영국으로 회사 출장을 가게 되었고 마침
당시에 특파원으로 영국에 나가 있던 석배를 만날 기회가 있었
다. 출장 일정 중 만날 수 있는 날을 서로 맞춰보았는데 딱 하루
만 런던에서 만날 수 있었다. 그날은 내 생애 처음으로 뮤지컬

을 볼 수 있는 기회였음에도 과감히 포기하고 석배와 런던 시내에서 만나게 되었다.

그날 석배가 나를 데려간 곳은 런던의 전형적인 펍이었다. 이름은 잘 기억나지 않는다. 그곳에서 생전 처음으로 Guiness Draught 흑맥주를 마실 수 있었다. 석배는 듣던 대로 애주가였고, 2시간이 조금 넘는 시간 동안 대여섯 종류의 맥주를 각 500CC씩 싹싹 비워가며 소개시켜주었다. 덕분에 나는 대취하여 숙소로 돌아갔었다. 석배는 끝까지 한 잔도 마시지 않은 것 같은 얼굴로 택시에 나를 태워주었다. 택시 기사에게 내 숙소 주소까지 알려주며 말이다. 그런 식으로 사람을 살뜰히 챙길 줄 아는 사람이었다.

이후 석배와는 몇 번의 술자리를 했지만 단 한 번도 취한 모습은커녕 흐트러진 모습을 본 적이 없다. 그 모습을 보며 내심 부러워한 적이 한두 번이 아니었다. 마지막으로 기억나는 석배와의 유쾌했던 술자리는 허름한 서촌 식당의 2층이었다.

그곳에서 우리는 항상 하던 대로 소맥과 수육을 시켰다. 술을 마신 내가 어김없이 목소리가 커진 반면 석배는 예의 그 사람 좋은 미소를 지닌 채 조용히 잔을 비우고 있었다. 시간이 흘러 소주를 각각 2병 가까이 비워가던 10시쯤 되었을 때, 석배는 다시 회사로 들어가 봐야 한다며 자리를 일어나는데 놀라운 건 역시 조금도 흐트러짐이 없었다는 것이다. 아쉬워할 법도 한데 몸에 밴 기자 생활 때문인지 쿨하게 먼저 일어나는 그를 보며 나는 그저 감탄할 뿐이었다.

그 이후로도 몇 번인가 골프를 함께 친 기억이 있다. 페이스북을 통해 간간이 접한 석배는 항상 자전거를 타거나 등산을 즐기며 스포츠맨으로 변신한 모습이었다. 그런데 어느 날 갑자기 병상에 누워있다는 소식을 듣고는 깜짝 놀랐었다. 워낙 낙천적이고 건강했던 걸로 기억해 곧 회복되었다는 말을 듣고 당연히 그러려니 하고 조만간 한번 만나야겠다고 했었는데 그만….

친구야, 우리가 다시 만나게 되면 꼭 한 상 가득히 차려놓고, 우리 젊은 날처럼 집이나 회사로 돌아가야 할 걱정 없이 밤새도록 마시며 못다 한 이야기 나누자. 그때가 되면 흐트러진 모습을 보여줘도 얼마든지 용서할 테니.

▲ 영동고교 친구들과 골프 모임

▲ 고교 동창 택중이와

3장

대학시절 친구들

우리 놀고봐 멤버들이
기억하는 석배

고중학
회사원, 대학시절 친구

석배를 처음 만난 건 아마도 1987년 정도일 것으로 추측됩니다. 정확한 기억은 아닙니다만 대학교를 입학하고 정말 정신없이 놀던 시절에 만났던 것으로 보아 아마도 그즈음일 겁니다. 제 사촌 형(용석)이 연세대학교 사회학과에 입학하면서 사회학과를 함께 다니던 형의 동기들과도 자연스럽게 어울릴 기회가 생겼지요. 그러고 보면 석배와 저의 인연은 용석이 형의 오지랖(?)과 저의 철면피적인 성격이 조화를 이뤄 탄생한, 약간은 어울리지 않는 조합에서 시작이 되었다고 해도 과언이 아니겠네요. 어디 석배뿐이었겠습니까? 아직 절친으로 지내며 서로를 너무

나도 아껴주는 우리의 무서운 조직 놀고봐의 모든 사람들과의 인연은 용석이 형으로부터 시작했다고 봐야지요. 아! 여기서 혹시 놀고봐의 정체를 궁금해하시는 분들을 위해서 잠깐 쉬어가는 코너로 저희 어마어마한 조직원들을 소개해 드릴게요. 아마 석배도 이 모임을 가장 좋아하고 그 자리를 항상 즐거워했을 겁니다. 놀고봐의 멤버는 다섯 쌍의 부부와 그에 딸린 아이들 7명으로 구성되었지요. 어디서 숨겨놓은 자식을 데려오지 않는 이상 더 늘어날 것 같지는 않네요. 그럼 멤버들을 보실까요?

용석 : 실질적인 조직의 브레인으로 모든 일을 뒤에서 조종하는 인물이다. 사회적으로 성공한 인물로서 재계와 학계의 영향력을 바탕으로 조직원들의 안위와 건강을 위해 전국의 맛집을 꿰고 있는 자다.

지선 : 항상 조용하게 움직이는 자로서 심리전에 아주 능하다. 차분한 성격을 바탕으로 상대방을 홀리는 능력이 탁월하다. 조직원들조차도 그의 정확한 정체를 알 수 없으며 용석을 통해서만 연락을 주고받으며 은밀하게 행동한다.

준서 : 용마산 대원 전투에서 용석과 함께 치열한 사투를 벌이

며 살아남은 자로서 현재는 경제 분야의 살아있는 전설
로 통한다. 한때는 용석과 보스 자리를 놓고 치열한 경
쟁을 벌이기도 했으나 현재는 더 큰 야망을 품고 위험
한 여정을 시작한다.

선정 : 조직의 법무 담당자로서 냉철함과 따뜻한 마음을 동시
에 가진 자다. 최근 새롭게 마련한 안가로 몸을 옮겨 살
아있는 비밀병기들을 육성 중이다. 준서에 대한 연민
의 정을 떨쳐 낼 수 없어 항상 뒤에서 그를 바라본다.

훈석 : 조직의 지략가이다. 중국 후한 말에 태어났다면 조조
를 누르고 위나라 최고의 재상이 되었을 인물이다. 본
인의 사업체를 기반으로 조직의 모든 모임과 연락을 책
임지며 그의 손에 의하여 대부분의 식당 예약과 메뉴가
결정된다.

수정 : 이름 그대로 수정과 같이 맑고 순수한 영혼의 소유자이
다. 말수가 많지는 않으나 그 속이 깊어 본인을 희생하
여 어린 조직원들을 돌보는 자다. 조직의 정기모임에
잘 나타나지 않아 한때는 사병army을 키워 쿠데타를 도
모한다는 의심을 받기도 했다.

중학 : 어디로 튈지 모르는 예측 불가능한 성격의 소유자며 거

침없는 언행과 말투로 조직원들의 눈 밖에 나기도 하지만 용석의 비호를 받는 인물로서 가늘고 긴 생명력을 보여 준다. 현재는 지방 소도시에서 칩거하며 제7의 전성기를 준비 중이다.

윤정 : 조직의 자금책이다. 상대적으로 새롭게 가입한 인원이나 조직 내 믿음이 높아 모든 조직의 자금을 보관하고 관리하는 역할을 맡고 있다. 강인한 체력과 정신력으로 모든 일에 머리보다 몸이 앞서는 전형적인 행동대원이다.

석배 : 차분하고 부드러운 성격으로 조직 내에서 그를 싫어하는 자는 없다. 진중한 성격으로 그의 말 한마디가 주는 무게감이 남다르다. 언론을 장악하여 본인의 이미지를 만들어 간다는 첩보도 있었으나 확인된 바는 없다.

현주 : 아이돌 연습생 출신이라는 소문이 있을 정도로 출중한 미모와 패션센스를 자랑한다. 미모 뒤에 숨겨진 시원한 성격과 남들에 대한 배려심으로 항상 조직원들의 사랑을 독차지한다. 한때는 석배의 첫사랑으로 유명세를 치르기도 했다.

우리 조직 놀고봐가 조금은 이해가 되셨나요? 아주 무시무시한 사람들입니다. 좋은 사람들이기도 하고요. 만나면 기분 좋고 안 보면 보고 싶은 그런 친구들이 옆에 있어서 너무나도 행복합니다.

석배야~ 아마도 거기엔 좋은 사람들이 더 많이 있겠지? 그렇다고 우리 잊어버리고 너무 재미있게 지내지는 마라. 네가 없는 시간이 아쉽고 너의 모습이 항상 그립기는 하지만 그보다 더 큰 사랑으로 너의 빈자리를 채워보도록 하마. 거기서 보는 우리 모습은 어떨지 궁금하네. 우리 노는 꼬락서니가 너무 찌질해 보이지만 않았으면 좋겠는데 말이지.

너를 생각하면 겸연쩍은 웃음을 띠며 조용한 목소리로 이야기를 하던 모습이 생각난다. 말수가 적고 조용한 성격만큼 한마디 한마디가 진중하고 속이 깊었던 친구였는데. 그런 네가 힘든 시간을 보낼 때 따뜻한 말 한마디 못 해준 것이 계속해서 마음에 걸리는구나. 나중에 다시 만날 때 내가 너에게 달려가 진한 뽀뽀를 날리더라도 너무 당황스러워하지 말고 그냥 담담히 받아들이도록 하여라. 나중에 보자, 석배야.

추모글

행복하고 즐거운 날들을
추억하며

강윤정
놀고봐 친구

석배 씨,

지나고 보니 세월이 참 빠르게 흘러가는 것 같습니다. 추억해 보면 석배 씨의 가족과 함께한 시간이 꽤나 길었어요.

지난 시절의 사진들을 찬찬히 들여다봅니다. 현주 씨와 제가 서영이와 현진이를 품에 안고 찍은 사진, 여수 향일암에 올라 함께 바라본 가슴 벅찬 전경, 부여 여행에서 땀을 뻘뻘 흘리며 보여준 재익이의 멋진 댄스, 남산타워를 바라보며 자리했던 근사한 저녁 식사 등 참으로 많은 시간을 공유하고 나누었네요. 석배 씨를 생각하면 항상 마음 따뜻하고 다정한 모습이 먼저 떠오릅니다. 아마도 서영이와 재익이도 아빠의 그런 다정한 모습을 가장 오래 그리고 가장 많이 기억할 겁니다. 그들이 자라면서 아빠의 손길이 필요한 날들이 오겠지요. 그런 날이 올 때마다 아빠의 부재를 슬퍼하기보단 그런 다정한 아빠를 다시금 마음에 품을 수 있는 소중한 시간이 될 거라고 생각합니다. 현주 씨 또한 이 시간을 아이들과 함께 지내면서 나중에 석배 씨에게 들려줄 많은 이야깃거리들을 모아 둘 거예요. 그 얘기를 나눌 수 있는 시간을 조금만 기다려주세요. 현주 씨와 아이들이 외롭지 않도록 놀고봐도 늘 함께하겠습니다. 언젠가 완전체가 되어 다시 뭉치는 날이 오면 예전보다 더 행복하고 즐거운 추억 만들어요.

추모글

석배 없이 맞이한
첫 크리스마스

이준서

동국대학교 교수, 대학시절 친구

석배야~

오랜만에 불러보네…. 잘 있지? 이제는 하늘나라 그곳에 잘 적응했으리라 생각해.

고등학교 동기도, 대학교 동기도, 신문사 동기도 아닌데 너와 나는 참 가깝게 지냈지. 너의 고등학교 절친인 훈석이 내 대학 절친이고 나의 고등학교 절친인 용석이 너의 대학 절친이라는 묘하디 묘한 인연으로다가….

빛바랜 사진을 보니, 네가 생각보다 많이 등장한다는 사실에 그리움이 더 밀려온다.

대학 시절 나름 폼 잡는다고 시사영어 잡지 스터디도 같이 했고, 딱 한 번 했던 내 동아리 공연에도 네가 와 있더구나. 어느 해였던가, 여름 설악산과 동해에서 찍은 사진에도 우리는 어깨동무를 하고 있더라.

내 결혼식 사회 봐준 것도 너무 고맙고 말이야.

1999년 여름인가 외국에서 공부하던 내가 잠깐 한국에 왔을 때 결혼할 사람이라고 현주 씨를 소개해 준 것도 기억이 생생하다. 이후 모두들 가정을 이루어 가족끼리 모임을 이어간 것이 너와의 인연을 더욱 돈독하게 해주었지.

무엇보다도 한 10년 전인가 교육 전문기자와 대학교수로 시작해서 코 삐뚤어지게 술 먹고 뜨거운 포옹으로 마무리 지었던 그 시간은 서로의 진면목을 알 수 있었던 좋은 기회였지. 나중에 다른 교수들이 그러더라. 너 참 좋은 기자님 같다고.

너는 그런 사람이야. 너보다 항상 다른 사람을 먼저 배려하고, 있는 듯 없는 듯 본인의 역할을 묵묵히 해 나가는 사람. 싫은 소리 한 번 하지 않고 기분이 나빠도 내색하지 않는 사람.

장례식 날, 많은 이들이 너와의 작별을 애통해했지. 특히 동기와 후배들이 통곡하는 모습을 보며 석배 너는 정말 올바르고 참다운 삶을 살았구나, 하는 생각을 했다.

작년 여름, 너의 암 진단 소식에 우리 모두는 몹시 분노했지. 하지만 석배는 잘 이겨내리라 믿었고 기대대로 완치 판정을 받았지. 크리스마스 모임에 너의 밝은 모습을 다시 보며 누군가에게 진심으로 감사 인사를 하고 싶었다. 하지만 이리 허망하게 떠날 줄이야…. 너무 빨리 떠난 네가 원망스럽고 그 황망함에 할 말을 잃었다. 누구보다 건강하고 올곧은 석배에게 일어난 일을 믿을 수가 없었어.

더 많이 함께하지 못해 안타깝고, 투병의 외로움을 더 다독이지 못한 죄책감에 괴로웠다. 조용한 저녁, 선정이랑 한잔할 때면 '석배는 왜 이리 일찍 갔을까? 등산 좋아하는 석배, 우리 동네 지날 때면 푸성귀 얹은 비빔밥 한 그릇 뚝딱 같이 먹으려 했는데' 하며 너를 추억하곤 한다. 하지만 뭐 어때? 모두가 갈 길을 석배가 조금 먼저 간 것일 뿐인데.

석배야~ 훗날 다 같이 그곳에서 다시 만나자. 그때까지 현주 씨, 서영이, 재익이는 우리가 짬짬이 챙기고 있을게.

다시 볼 날까지 잘 있어.~

넉넉한
마음

김선정
한국릴리 변호사, 대학시절 친구

어느 해였던가요. 짬 내어 계획한 스키여행에 흔쾌히 초보인 나를 끼워줬던 석배 씨. 그 대가로 정작 본인은 후진 스키를 타며 나를 붙잡고, 일으키고 이끌어주었지요. 그 넉넉한 마음을 되돌려주지 못한 시간들이 후회가 됩니다. 이렇게 서둘러 갈 줄을 알았더라면 조금 더 부지런히 얼굴 보아둘 걸 그랬지요.

어느덧 오월입니다. 곧 석배 씨가 떠난 계절이 돌아옵니다. 어느 때보다 환한 햇살, 새 소리, 바람결, 바위에 부딪히는 햇볕. 이 모든 소리가 상상도 안 될 만큼 아름다울 그곳에서 편안하기를 바라는 마음입니다. '놀고봐'와 다시 만나 모두 함께 여행 갈 때까지 말이에요.

▲ 놀고봐 멤버들(왼쪽 하단부터 시계 반대 방향으로 이훈석, 안석배, 고중학, 장용석, 이준서, 김선정, 조지선, 강윤정, 이현주)

함께 걸어온
40여 년의 세월

이훈석

(주)핀코엔지니어링 전무, 40년 절친

엄마친구 아들 초딩 석배 & 40년 후에 다시 본 그림

초등학교 때 너와 어떻게 친해졌는지 지금도 가물가물하다. 그만큼 오래된 추억이라는 거겠지. 그 당시 너는 큰 키와 잘생긴 얼굴, 그리고 점잖은 성격에 공부도 잘하는 엄마 친구 아들에 가까웠는데 우리가 어떻게 친하게 되었는지 기억도 이해도 되지 않는다. 세훈이와 셋이 동네 이곳저곳을 쏘다니다가 어느 날 너희 집에 처음 갔을 때 복도에 걸려있던 그림들을 봤을 때의 느낌은, 인생에서 가장 강렬한 경험 중의 하나였었지. 영화에서나 볼 수 있었던 그림들이 집 복도에 줄줄이 걸려있던 그 장면…. 거의 40여 년이 흘러 작년에 네가 첫 퇴원하고 너희 집에 갔을 때 또다시 마주친 그 똑같은 그림들… 너와 내가 40여 년의 짧지 않은 시간을 함께 공유하고 추억을 만들면서 여기까지 왔구나 하는 생각이 그 그림들을 보고 문득 들었단다. 석배년 그 그림들처럼 항상 변함없던 놈이었고 시간이 지나면서 가치가 더 빛나는 녀석이었지. 이런 든든한 녀석과 40여 년의 세월을 함께 걸어올 수 있었음을 신께 감사해본다.

아메리카나, 우신 독서실 그리고 난다랑 찻집 - 우리의 고등학교 시절

초등학교, 중학교 그리고 고등학교마저 같이 다닐 줄은…. 그때 공심당(같은 마음을 간직하라는 의미) 친구들을 만나 공부하기도 힘든 시기에 우리는 어떻게 그런 많은 추억을 같이 만들었을까? 아메리카나에 가서 양파링과 감자튀김을 시켜 뜨거워 입에 넣기도 힘든 것을 먼저 먹겠다고 시합했던 우리의 유치함, 너는 키도 다 컸고 점잖은 성격이었지만 다른 놈들은 아직 덜 자라 유치한 농담 할 때 창피해했던 기억, 그리고 나름 공부한다고 다녔던 집 앞 우신 독서실에서 틈틈이 영화 보러 다니고 난다랑에 가서 차 마셨던 것…. 그리고 여학생들과의 만남도…. 질풍

노도 시기의 아이들이 그렇듯 좌충우돌할 때도 석배 넌 어린 나이에도 중심을 잃지 않고 정도에서 크게 벗어나는 일이 없었지. 친구들의 중심추 같은 역할을 하던 너를 보면서 어쩜 어린놈이 저럴 수 있나 신기하기도 했단다. 친구들이 정신없이 떠들 때면 넌 경청하다가 중간중간에 한마디 툭 던지곤 했지. 그 촌철살인 같은 한 마디가 우리 모두를 더 웃게 했고 우리의 추억에 양념 같은 역할을 했었지. 너의 그 뜬금없이 웃긴 한 마디가 그리워진다.

AFKN 청취반과 던킨도너츠 & 우리의 생일

항상 우리 생활의 모범은 너로 인해 시작되었던 것 같아. 대학교 1학년 여름방학 때 아무도 그럴 생각조차 못 할 때 네가 영어 AFKN 듣기 수업을 하러 다닌다고… 너를 따라 친구들 모두 새벽 6시에 집을 나서 영어학원에 가서 1시간 영어 배우고 아침 일찍 문을 여는 던킨도너츠에 몰려가 온종일 뭐 하고 놀지에 대해 몇 시간씩 대책 회의 하던 일 기억나니? 노는 계획을 점심 먹을 때까지 세우다가 밤늦게까지 놀러 다니던 우리의 방학 생활… 우리의 방해만 없었다면 아마 넌 영어의 달인이 되었거나 우리 중에 가장 먼저 유학을 갔었을 텐데….

너와 비슷한 시기에 생일이었던 터라 생일파티를 항상 같이 했던 일이 떠오른다. 우리의 생일은 장마 기간이라 비가 오는 와중에도 빗속을 뚫고 이곳저곳을 쏘다녀야 했잖아. 마음만큼은 넉넉했던 우리들의 대학 생활.

친구들은 이런저런 이유로 방위로 군대를 끝마칠 때도 석배 넌 항상 정도를 걷는 성품대로 공군 장교로 군 복무도 마치고 친구들 다 가던 유학도 가지 않고 바로 취직해서 사회생활을 시작했었지. 인생의 선택마다 석배 네가 한 선택들은 항상 정도와 성실 그 자체였던 것 같아.

용평 여행과 놀고봐 모임에서의 친구들과 가족들

용평이었네. 우리가 여행을 가기 시작한 곳도, 고등학교와 대학교 때 겨울 방학을 같이 보내던 곳도, 그리고 가족이 생겨 처음으로 가족여행을 간 곳도. 고등학교 때 용평에서 시작된 우리의 여정은 점차 길어져 나중에는 놀고봐 멤버들의 가족까지 합류하게 되었지. 석배 너와 함께 해온 추억이 그만큼 깊어져 왔던 것 같아.

석배 너를 알고 지내는 동안 네가 뭔가에 불평하거나 부정적인 감정에 휩싸이던 것을 본 기억이 별로 없지. 하지만 단 하나,

울분을 터트리는 유일한 순간이 있다면 그건 바로 가족과 시간을 많이 보내지 못할 때였어. 또 우리와 맘대로 여행할 수 없는 현실을 상기시킬 때면 매우 힘들어했지. 놀고봐가 어쩌다가 몇 박 며칠로 모임 일정을 감행하기라도 할 때면 넌 바쁜 일정을 조율하느라 늘 힘들어했지. 아마 기자라는 직종의 특성 때문이었을 거야. 그렇게 애를 먹으면서도 기어이 모임에 참석하는 너는 열성 멤버였지. 재익이는 모두를 즐겁게 해주는 귀염둥이 마스코트였고, 서영이는 사랑스러운 동생이자 믿음직한 언니로 성장했고, 우리를 살갑게 챙기는 현주 씨의 그 따뜻함에 감탄하느라 모임을 설레면서 기다리곤 했단다. 너와 너의 가족으로 우리 모두 행복할 수 있었음을 감사하고 고맙게 생각해.

이루지 못한 은퇴 후의 계획 - 그러나 계속될 우리의 추억

시간이 없을 때면 밤늦게 집 앞 카페하네에서, 때론 신호등 앞에 서서 얘기를 이어갔지. 우린 언제나 어린 시절처럼 맘대로 여행 다니고 경험하던 추억을 떠올리며 언제 그런 날이 다시 올 수 있을까 생각하곤 했지. 나이가 들어 은퇴 시기가 다가오면서 우리는 은퇴 후의 계획에 관해서도 이야기를 나눴어. 은퇴 후의 삶에 대해 말이야. 은퇴 후 같이 노는 얘기를 하면 넌 어린아이처럼 설레어 하기도, 또 한편으론 은퇴하면 뭘 해야 하나 걱정도 하곤 했지. 미국 서부로 가 거기에 있는 친구들과 함께 대륙횡단을 하는 계획을 얘기하면 넌 싱긋이 웃었지. 기자 생활에 지쳐 있던 네가 우리의 계획만으로도 즐거워하던 순간이 떠오른다. 12월에 완쾌했다고 진짜로 4월에 미국 여행 가자고 했을 때 난 너무 가고 싶기도, 한편으로 너의 건강이 조금 걱정되기도 했었는데…. 결국 신은 우리에게 그 시간은 허락하지 않으셨지. 지금도 생각해본다. 만약 4월 미국 여행을 우리가 갈 수 있었다면 우리는 또 어떤 추억을 만들었을지….

석배야, 나의 은퇴 후 계획에는 너와 함께하는 일도 포함되어 있었단다. 또 공심당 친구들과 함께, 놀고봐 가족들과 함께 여행 다니면서 노년을 보내는 일이 포함되어 있었는데… 이젠 그 꿈은 이룰 수 없게 되었구나. 비록 너는 먼저 떠났지만 대신 현주 씨, 서영이와 재익이를 데리고 다니며 너 대신 많이 챙길게. 또 즐겁고 힘든 일 함께하면서 인생을 같이 걸어가는 일은 계속할 생각이다. 너 없이 논다고 너무 섭섭해하지 마라. 나중에 네가 있는 그곳에서 만나면 또 다른 추억을 만들어 갈 테니까.

언제나 바르고
푸근한 사람

홍수정
놀고봐 친구

　석배 오빠와의 인연은 남편으로부터 시작된다. 그는 '남편의 가장 친한 친구'이자 '가장 특별한 친구'이다. 남편이 사람들에 대해서 너그러운 편이 아님에도 불구하고 내가 지켜본 20년이 넘는 시간 동안 석배라는 친구에 대해서는 절대적인 신뢰와 믿음을 표현해왔다. 항상 애틋하고 그리운 40년 지기 친구 사이가 남자들 사이에도 존재할 수 있다는 것을 알게 해주었다.

　그렇게 남편의 친구로 출발한 인연은 놀고봐 가족 간의 모임이 오랜 시간 쌓여가며 서로가 서로에게 인생을 같이 걸어가는 친구들이 되었고, 안석배라는 사람도 나에게 친구이자 가족 같은 존재가 되었다.

나의 친구 안석배는 남편의 친구이자 내가 좋아하는 친구의 남편이며 사랑하는 서영이와 재익이의 아빠이다. 이렇게 여러 타이틀을 가진 석배 오빠의 죽음은 나에게도 너무나 큰 슬픔이었다.

20년을 넘게 알고 지냈지만 석배 오빠와는 개인적으로 얘기를 나눈 기억이 많지 않았다. 최근에 들은 이야기지만 석배 오빠는 오래된 여자 친구들과도 별로 얘기를 나누지 않았다고 했다. 친구의 아내와 여자 친구들에게도 예의를 갖추고 배려하는 그의 바른 성품을 느낄 수 있었다. 그래도 몇 년 전부터는 대화가 좀 편안해졌었다. 아마 서로가 가족이 되어가고 있었던 것 같다.

안석배라는 사람은 향기가 나는 사람이었다. 남자들이 지니기 힘든 깨끗하고 청량한 소나무 향 같은… 평생 나쁜 일은 하지 않았을 것 같은 사람이다. 실제로도 그렇게 살았던 것 같다. 그렇게 모범적인 사람이 친구들은 엄청나게 좋아했다. 놀고봐 가족 모임을 하며 모두가 친구가 되니 만나면 좋아하는 표정을 숨기지 못하고 어린아이처럼 해맑게 웃었다. 그 표정이 잊혀지

지 않는다. 20년 동안 잊을 수 없는 석배 오빠의 얼굴이 3가지가
있다.

첫 번째는 남편과 결혼 전 함이 들어오는 날이었다. 우리 집
에서 함잡이가 끝나고 식사를 하는데 석배 오빠가 그때서야 자
신의 베프가 결혼한다는 사실이 실감이 난 모양이었다. 버림받
은 강아지 같은 표정을 지으며 남편에게 '진짜 가냐?'라고 한마
디 했다. '이 사람이 충격이 크구나'라고 느꼈고 그 얼굴 표정이
아직도 잊혀지지 않는다.

두 번째는 10년 전쯤 우리 가족과 함께 용평 스키장으로 여
행을 갔을 때이다. 장난꾸러기 두 어린 아들을 데리고 힘겹게
고생하는 남편은 시트콤을 찍는 것 같았다면 공주님처럼 예쁘
고 얌전했던 서영이와 석배 오빠는 우아한 음악이 흐르는 영화
를 찍는 것 같았다. 아이들이 어렸기 때문에 스키를 태우려면
아빠들이 아이들 폴대를 잡고 직접 걸어 올라가서 데리고 내려
오는 것을 반복해야 했다. 경사가 있는 눈밭을 오르내리는 일이
꽤 힘들었는데 스키 타는 것에 재미를 느낀 서영이는 계속 반복
했고, 석배 오빠는 긴 시간 동안 한 마디 불평 없이 끌고 오르내
리기를 반복했다. 멀리서 봐도 너무 예쁜 딸과 아빠의 모습이었
다. 설원에서 어린 딸을 사랑스럽게 바라보며 스키를 가르치는

석배 오빠의 모습은 지금도 기억이 생생하다.

세 번째는 오랜 항암치료 끝에 완치 판정을 받고 크리스마스 이브에 만난 모습이다. 가발을 멋스럽게 쓰고 환하게 웃던 모습을 떠올리면 지금도 눈물이 난다. 다시 주어진 삶에 들뜬 모습이었고 친구들과 만나 한없이 기쁜 모습이었다. 우리 모두가 앞으로의 만남, 함께할 여행을 상상하며 행복했었다. 나에게는 그날이 석배 오빠와의 마지막 만남이었다.

그리고 마주한 장례식장 안내판의 석배 오빠 사진.. 그 장소에 전혀 어울리지 않는 얼굴이었고 올해의 기자상 기사에나 있을 법한 그런 얼굴이었다.

석배 오빠가 떠나기 6개월 전에 비슷한 병으로 조카를 떠나보낸 경험이 있는 나는 그의 죽음을 남편보다는 현실적으로 받아들일 수 있었던 것 같다. 남편은 같은 일을 겪었지만 가장 친한 친구가 갑자기 떠난 현실을 믿고 싶어 하지 않았다. 아마 생각해 본 적도 없었으리라.

이렇게 멋지고 올바른 사람이 우리 곁을 먼저 떠난 이유를 알 수는 없지만 우리가 다 같이 함께하지 못한 시간을 먼 훗날 또 다른 인연으로 함께할 수 있기를 기원해본다.

보고 싶은 안석배
디스하기

장용석
연세대학교 교수, 사회학과 동기

저는 안석배 기자를 1987년부터 알고 지낸 오랜 친구입니다. 결혼하고 아이 낳고 가족들이 같이 모이는 모임에서 함께 나이 먹어온 절친이라 생각하고요. 안 기자와 생일날이 같아서 왠지 하늘이 만들어 준 각별한 인연이 있어 보이기도 하는 뭐 그런 사이입니다.

아마도 이 책은 우리 곁을 일찍 떠난 안석배 기자에 대한 추억과 자랑으로 가득할 겁니다. 안석배 디스! 안석배 친구를 미워할 수밖에 없는 이유! 한 챕터 정도 욕하기로 써도 나쁘진 않을

듯하네요. 제가 써야죠. 들어 보면 많은 분들이 공감할 겁니다.

투철한 직업의식이 있음에도 기자스럽지 못하게 따뜻한 인품을 과시합니다. 이 책에 기고하신 많은 기자 분들! 오해 마세요. 기자 분들은 대부분 철저한 직업 전문성을 과시하며 본캐(본래 캐릭터)를 만들어 갑니다. 좀처럼 상대에게 극존칭을 하지 않으며 본인의 독립성을 지키고, 취재원에게 냉철하고 직설적인 질문을 던집니다. 멋지고 부러운 전문직입니다. 안석배 기자는 말하는 톤과 매너부터 훌륭한 기자 되긴 틀려먹은 사람입니다. 나긋나긋한 목소리, 잔잔한 미소, 그리고 무엇보다 겸손한 태도! 그러니 기자로 출세하긴 글러 먹었다고 생각했습니다. 그런데 깊이 있는 글을 쓰는 리포터, 촌철살인 논객인 논설위원, 데스크를 이끄는 부장 역할 등 기자 분들이 해야 할 일들은 대부분 다 잘하더군요. 게다가 많은 동료 선후배분들이 존경하기까지… 참으로 기이한 일이죠.

교수도 아니면서 늘 공부합니다. 아는 건 많은데 말하기를 더디 하고 늘 듣고 있습니다. 그리고 그보다 더 무섭게 늘 기록하고 있고요. 가족들에게 남긴 수첩이 수십 권이라 정리하기도 힘든 정도랍니다. 그래서 필요 이상의 통찰력 있는 글과 성찰이 담긴 보도가 가능했을 겁니다.

게다가 한국교육의 미래를 혼자서 책임지는 슈퍼맨인 줄 착각하는 병에 걸려있었습니다. 2018년 말에 쓴 칼럼 〈서울대 총장과 교육부 장관의 '단거리 경쟁'〉에서 안 기자가 가진 이 병의 끝판을 볼 수 있었습니다. "1948년 이후 지금까지 교육부 장관은 57명이다. 평균 재임 기간 428일로 1년 2개월이 채 안 된다. 서울대 총장은 2년 반, 교육부 장관은 일 년 남짓 일하는 나라다. 남들은 '총장은 마라톤 선수가 돼야 한다'라고 하는데, 우리는 총장과 교육부 장관이 단거리를 뛰며 '누가 빨리 끝내나' 재임 단축 경쟁을 벌인다. 이런 나라에서 '교육이 왜 이러냐'고 묻는 게 우스운 일이다." 한국 고등교육이 깊은 호흡과 장기적 계획이 되지 못하는 현세를 누구보다도 안타까워했습니다. 제가 여러 번 구박했어요. 본인 은퇴 후 걱정이나 장기적으로 하라고….

가족을 지나치게 사랑합니다. 가장 치명적인 약점이죠. 배우 최수종이 국민 밉상 남편이라면 안석배도 못지않은 밉상입니다. 서영이 재익이 이야기만 나오면 감출 수 없는 미소가 가득합니다. 옆에 있는 사람 무안하게 현명하고 야무진 게다가 아름다운 아내를 은근히 자랑스러워합니다. 부모님, 형님, 여동생 심지어는 여동생 남편까지 뭐가 그리 좋은지 그분들을 이야기할 때면 사방이 하트입니다.

더 중요한 거 하나 더! 하는 일에 별 도움도 안 될 텐데 쓸데없이 잘생겼습니다. 그리고 화를 낼 줄 모릅니다. 그래서 그를 아는 지인들이 모두 그를 사랑하는 모양입니다. 오랜 친구로 그를 알아오고 보아온 저는 늘 그의 모습에서 도전을 받았습니다. 인성, 지성에 쓸데없는 미모까지…. 그래서 디스 항목 하나 더 추가요! 저처럼 괜찮은 인간을 늘 부끄럽게 만듭니다.

이젠 우리를 두고 먼저 천국에 가서 구박할 큰 핑계 하나가 더 늘었습니다. 우리 모두가 그리워하고 보고 싶어 애타게 합니다. 이런 사랑 받아 본 분 어디 한번 나와 보시죠.

흉볼 게 아직 너무 많은데 더 쓰려 하니 자꾸 더 보고 싶어집니다. 두고두고 디스하며 같이 살고 싶었는데 기막히게 우리 모두에게 큰 그리움을 남기고 떠난 친구가 그리고 그 사람의 따뜻한 미소가 오늘은 더 많이 생각나네요.

　남겨진 가족들, 친구들, 동료들이 오래오래 아주 많이 행복하길 간절히 기도합니다. 그래야 천국에서 평화롭게 기다릴 안석배 기자를 함께 흉보며, 그리워하며, 위로하며, 힘차게 살아갈 수 있으니까요.

석배가 보고 싶은 2020년 12월 마지막 날에

그 한결같음이
자랑스러웠다

조지선
연세대학교 심리과학이노베이션연구소 전문연구원, 대학동기

석배를 만난 것은 대학 시절 용석(나의 남편)을 통해서였다. 당시 용석과 나는 소위 '썸 타는' 사이였는데, 매사에 긍정적인 용석은 나를 자신의 여자 친구로 확신했는지 자기보다 열 배 정도는 더 잘난 아이를 자꾸 옆에 달고 나타났다. 그가 안석배였다.

그의 말엔 나이답지 않은 격조가 있었다. 반듯하게 자란 도련님. 요즘 세상과 동떨어진 표현인지 몰라도 이 말처럼 20살 청년 석배의 모습을 딱 맞게 그려내는 묘사가 또 있을까 싶다. 타임슬립 드라마에서 조선시대의 앳된 선비가 대학 생활을 한

다면 아마 그 모습일 것이다. 실제로 그는 우아한 패밀리에서
나고 자란 사람이었으리라. 그의 생각과 처신을 보면 단정한 가
풍과 다른 그 무엇을 짐작할 필요가 없었다.

용석 특유의 출싹댐(지금은 기능적 외향성이라고 생각하는) 덕분에
석배의 기품이 더 부각된 것은 사실이다. 이쯤 되면 '애 말고 쟤
랑 사귀면 더 좋을 텐데' 이럴 법도 하다. 아니, 그러겠다는 게
아니라 한 번쯤은 그런 생각이 스칠 수도 있는 것 아닌가. 그런
데 그 생각을 꿈에서도 하지 않은 것 같다. 내 어린 눈에도 그는
선명하게, 나와는 결이 다르고 격이 달랐다. 다른 세상에 속한
사람 같았다. 그 인간의 품격은 대체 언제부터 시작된 것일까.
'응애'하는 울음소리도 나긋나긋했을까?

상냥하고 품위 있게 이야기하는 사람을 좋아한다. 그리고 그
말본새에 어울리는 속내를 가진 사람을 존경한다. 석배가 딱 그
랬다. 그와 연을 이어왔던 30년이 넘는 기간 동안, 어느 장소에
누구와 함께 있든, 그는 겉과 속이 모두 참되고 어진 사람이었
다. 그 한결같음이 자랑스러웠다. 나와 용석에게 그런 친구가
있었다. 그가 일평생을 통해 몸소 보여준 그 너그러움을 이제라

추모글

도 조금씩 해보려고 한다. 말하기 전에 한 번 더 생각하고 화내기를 더디 하며 다시 용서하는 그의 넓은 도량을 흉내라도 내볼 수 있으면 좋겠다.

늘 빙긋이 웃는 게 전부였던 그였지만 어금니까지 드러내며 행복감을 숨기지 못할 때가 있었는데 이유는 한 가지였다. 아름다운 그의 아내 현주가 재치 넘치는 입담을 뽐내며 서영과 재익이 이야기를 할 때면 어린애처럼 큰 소리 내어 웃어 젖혔다. 아이들 이야기에만 터지는 아빠의 파안대소. 진짜 사랑이다 싶었다. 그 환한 얼굴이, 웃음소리가 그립다.

마지막이 돼버린 그의 짧은 메시지를 영원히 가슴에 담아 두고자 한다.

"병원에 있어요. 힘들어도 곧 좋은 소식을 기원합니다! 지금 누워있는 입원실이 나에게는, 야곱에게 환상과 서약의 장소인 벧엘 같은 곳입니다. 두 친구에게 늘 감사합니다. 내 아내, 서영, 재익이가 이 시기 잘 극복할 수 있기를 중보 부탁드립니다. 벗들 코로나 주의하고, 건강하게 봅시다.^^"

병실을 약속의 장소로 여긴 그는 마냥 순하기만 한 사람이 아니었다. 부드러운 껍질 속엔 전사의 기세가 감춰져 있었다. 그는 끝까지 포기하지 않았다. 어떤 어려움도 극복할 준비가 되어있었다. 그를 너무 일찍 천국으로 데려가신 하나님의 뜻을 지금은 알 수 없다. 아마 너무 사랑하시기에 그러셨나 보다. 다만 나는 친구의 부탁을 끝까지 들어주려고 한다. 현주와 서영, 재익을 위한 기도가 내 입에 머물게 하는 것. 그 약속만은 지키고 싶다.

영원히 기억할
석배 삼촌

장준아
에모리대학 학생, 놀고봐 주니어 멤버

I've grown up fully aware that my parents(장용석/조지선) were blessed with great college friends. My earliest memories in Korea involve trips to Jeju or Yeosu with my parents and their college friends & kids. Little did I know how significant these kids would be in my life. We pretty much grew up together and they were the only people outside of my school friends/ core social circle.

Out of all of my dad's friends, I always admired 석배삼

촌 the most because of his incredible work ethic and humble personality. An annual gathering I vividly remember took place at the Chinese restaurant inside the 조선일보 building on a Saturday; 석배삼촌 had to work on the weekend and had to leave a little early to go back to his office (which in this case was just a couple floors away). I looked up to his grit and appreciated the time he took out of his busy schedule to meet with us.

I'm sometimes baffled by how it's already been over 6 months since I've last seen him. I've said goodbye to multiple people in the past (including my grandfather and great-grandmother), but I think letting 석배삼촌 go has impacted me the most. There are moments where I randomly think about him, scroll through our Facebook conversation from 2014, and wonder what life could've been like if he was still--physically--here. While I still find it hard to believe that he will no longer be present during our annual gatherings, I want to thank him for teaching me something invaluable: the importance of surrounding yourself with good people. The bond I've seen in the 놀고봐 circle is like no other. I think we can all agree that 석배삼촌's passing served as a reminder that having long-lasting friendships is an extreme blessing that not everyone gets. I think this experience has brought me and 서영이 even closer, and I will forever be grateful to know that she'll be around to help me when I face difficult situations.

While it'll take me a little more time to fondly remember 석배삼촌s passing, I think the experience has taught me so many invaluable lessons that college can't. I want to thank him for showing me what it means to truly live your life to the fullest: surrounding yourself with amazing friends and always, passionately, doing what you love.

형 같은 친구

원재연
연세대학교 사회학과 교수, 사회학과 동기

1987년 봄, 추운 겨울 모두 논술과 면접을 무사히 통과하여 신입생이 되었다. 동기 장용석과 전기승이 항상 맨 앞에 앉아서 끊임없이 농담을 던지며 깨알 같은 유머 코드를 담당했다면, 석배는 듬직한 형 같았다. 항상 차분함과 침착함을 담당하는 믿음직한 친구였다. 정확히 왜인지는 모르지만, 석배가 있으면 언제나 편안하고 안심할 수 있었다. 지금에서야 뒤늦게 깨달았지만, 석배의 그 든든함은 20대 초의 청년에게서는 무척 찾아보기 힘든 능력이었고, 아직도 배우고 싶은 장점이다. 1980년대는 무척 혼란스러웠던 시기인데, 그 시대의 암울함과 우울함 속에서도 반대쪽 균형을 잡아주는 안정감이 석배에겐 있었다.

초등학교 동기인 화학공학과 이태규 교수가 사실 석배의 고등학교 1년 후배이니, 석배는 정말 우리에게 형 같은 친구였다. 그 당시 사회학과 학생들에게 종합관 405호실은 계속 전공수업을 듣는 공간이었다. 이름이 '이응'으로 시작하는지라, 수업 때마다 "안석배, 안호성, 양지영…" 등으로 '이응' 성들이 호명될 때면 자동으로 대답할 준비를 해야 했고, 신입생환영회, 개강모임, MT 등 여러 학과 활동에서 같은 조에 편성되게 되었다. 시대가 시대인지라 대학교 2학년까지 도서관학과(현 문헌정보학과), 심리학과와 함께 교련 수업을 들어야 했다. 1학년 때는 문무대 교육, 2학년 때는 전방 입소 교육을 받아야 했었다. 지금도 석배가 군복을 입고 철모를 썼던 모습이 생각난다. 힘들었던 고등학교 생활에서 해방되어서 어렵게 대학교에 들어갔지만, 왜 다른 기억이 아니라 문무대와 전방 입소 같은 기억이 강하게 남아있는지는 모르겠다. 아마도 힘들게 흙 속에서 구르며 고생하는 와중에도 형같이 믿음직한 석배를 찾았던 듯하다. 석배는 힘들고 피곤할 때 편하게 어깨동무를 할 수 있는 그런 친구였다.

1991년 봄, 학부 졸업 이후 석배는 학사장교로 가게 되었고,

제 5 차 문무대 병영훈련 수료기념
(1987. 4 . 11)

▲ 1987년 문무대 입소 훈련
  뒤에서 셋째 줄 왼쪽에서 세 번째: 안석배
  맨 앞 깃발 줄 왼쪽에서 여덟 번째: 장용석
  석배로부터 세 번째: 원재연

추모글

나는 대학원 진학 이후 유학을 가게 되었다. 한동안 연락이 끊어졌다가 동기 장용석 덕분에 다시 연락이 되었다. 그러다가 2016년 졸업 25주년 홈커밍데이에 함께 참석하게 되었다. 그날 참석한 동기 중에 석배도 있었다. 졸업 25년이 지났어도 석배는 여전히 듬직했고, 장용석은 여전히 유머담당이었다. 행사 이후 저녁까지 하며 오랜만에 회포를 풀었던 즐거운 시간이었다. 그 당시 모교와 후배들을 위해 흔쾌히 기부했던 석배를 정말 고맙게 생각한다.

2021년 2월, 이 글을 준비하며 석배와 함께 찍었던 사진들을 찾아보았다. 그러다가 사진마다 석배 곁에서 그 든든함에 기대고 있던 나를 발견했다.

▲ 1990년대 초, 동기 조경진 집에서 사회학과 87학번 동기들과 함께
(시계방향으로)이태준, 안석배, 원재연, 서경희, 문형렬, 조경진

20살 즈음의
석배를 기억하며

조경진
고려사이버대학 교수, 사회학과 동기

중년에 들어선 지금, 여러 친구들과 동료들을 먼저 저세상으로 보냈지만 나이가 들수록 부고 소식을 받아들이는 것이 점점 어렵게 느껴진다. 왜 하필 하면 석배인가? 말도 안 되는 질문이지만, 석배가 없는 이 세상은 조금 더 불완전하고, 덜 친절한 세상이 되었다는 생각을 떨쳐버릴 수가 없다.

사실 학창시절 석배와 아주 많이 친했던 것은 아니다. 두루 같이 잘 지내는 친구들이 있었지만 석배와 속마음을 터놓고 깊은 대화를 나누거나, 같이 놀러 다니거나 했던 기억은 없다. 그러나 석배는 학과에서 누구와도 잘 지냈고, 진지하고 친절했으

며 때로는 조용하고 내성적인 것 같았지만 의외로 특유의 유머
와 위트를 가지고 있기도 했다. 지금은 잔상으로 남아있는 기억
들이지만, 석배의 차분함과 절제된 언행은 어수선했던 80년대
말의 대학 분위기와 대비를 이루면서 개인적으로 내게는 일종
의 안정감과 안도감을 느끼게 해주었다.

　석배에 대한 이런 기억은 등하굣길에 그와 버스를 같이 타게
되면서 생기게 된 것 같다. 당시 개포동에서 신촌까지 운행하는
12번 좌석버스 노선이 있었는데, 나는 도곡동 개나리 아파트 앞
에서 버스를 타고, 석배는 압구정역 부근에서 버스를 탔다. 어
쩌다가 우연히 같은 버스를 타게 되면 우리는 세상 돌아가는 이
야기, 학교 수업에 관한 이야기, 졸업 후 무엇을 할 것인가에 대
한 이야기를 나누곤 했다. 당시 나는 철이 덜 든 것은 둘째 치고,
이 세상을 알아가고 내가 설 자리를 찾느라 좌충우돌하면서 어
설픈 연애행각에 많은 시간을 보내고 있었다. 석배는 연대 정문
에서 인문관까지 올라가는 가파른 오르막길에서도 산만하게 이
런저런 얘기를 늘어놓는 내 말을 잘 들어주었는데, 가장 고마웠
던 것은 나에 대한, 또는 세상에 대한 판단을 하거나 훈계를 하
지 않았다는 점이다. 항상 신중하게 대화에 임하는 석배를 보

면서 나는 내가 많이 성급하고 성숙하지 못하다는 생각을 자주 했었다. 그 시절에 우리는 얼마나 쉽게 남을 비난하고 자기확신에 차 있었는가? 그러기에 석배가 더 고맙고 편안한 친구로 내 머릿속에 남아있는 것 같다.

  지금 어른이 된 나에게 20살 즈음의 석배를 묘사하라고 한다면 나는 그를 "젠틀맨"이라고 할 것이다. 성격이 온화해서 '젠틀gentle하다'라는 의미에서 '젠틀맨'이기도 하지만, 석배는 실제로 '신사적gentleman-like'이기도 했다. 여기서 신사적이라 함은, 항상 예의가 바르고 점잖지만 거만하거나 독선적이지 않고 겸손한 그의 성품을 일컫는다. 석배는 항상 배려심이 깊었고, 굳이 말로 드러낼 필요가 없었던, 모종의 근본적인 선함을 가지고 있었다. 나는 학창시절 내내 그가 누구를 흉보거나 비난하는 것을 본 적이 없다. 그가 화를 내는 모습도 단 한 번 본 적이 없다. 수업 토론 시간에 언성을 높이거나 흥분을 하고 자기주장을 강하게 펴는 경우도 없었다. 그렇다고 그가 세상에 무관심했거나 생각이나 감정이 없었던 것은 아니었다고 본다. 석배는 조용했지만 무언으로 주변을 관찰하고 세상의 정보를 흡수하고 있다는 느낌이 들 때가 종종 있었다. 나도 그런 경향이 있는데 아마 그런 면에서 석배에게 친화력을 느꼈던 것 같다. 그런 세상에 관한 관심이 그로 하여금 기자의 길을 가게 한 것은 아니었을까?

사실 나는 그의 꿈이 무엇이었는지, 그가 살면서 겪은 희로애락은 무엇인지, 세상에 남기고 싶어 한 것은 무엇이었는지, 그의 깊은 내면의 세계에 대해서는 알지 못한다. 다만 그동안 내가 보아온 석배의 모습을 통해 다음과 같은 몇 가지 사실만을 미루어 짐작할 뿐이다. 신사적인 그가 부모님을 극진히 생각하는 효자였을 것이라는 사실과, 아내에게는 더없이 좋은 남편이었을 것이며, 자녀들에게는 더할 나위 없이 훌륭한 아버지였을 것이라는 점이다. 직장에서도 동료나 상사로서 마찬가지일 것으로 생각한다. 석배는 지금 우리가 사는 세상이 가장 필요로 하는 온화함과 겸손함, 그리고 포용력의 덕목을 가지고 있었다. 그래서 그의 빈자리가 더 크게 느껴지는 것이 아닌가 싶다.

학창시절 앨범에서 석배가 있는 사진을 찾았다. 1992년 1월 30일에 찍은 것이니, 엄밀한 의미에서 학창시절은 아니고 졸업하고 약 1년 후에 찍은 사진이다. 장소는 우리 집인데, 사회학과 친구들이 여럿 같이 모여 있다. 실은 그 며칠 전에, 우리는 신촌에서 같이 술 한잔하면서 각자 자기가 들어선 길, 가고자 하는 길, 가야 할 길에 대해서 늦은 시간까지 담소를 나누었다. 나

▲ 1992년 1월 30일, 사회학과 87학번 동기들과 함께(좌측 상단부터 재연, 경희, 석배, 형렬, 범수, 태준, 그리고 나 경진)

만 걸하게 마셨는지 귀갓길에 빙판에 미끄러지면서 다리를 크게 다치는 웃기지만 웃지 못할 일이 벌어졌었다. 친구들은 이튿날 고맙게도 이렇게 문병을 와주었다. 모두 사회나 대학원 초년생으로, 취준생으로 또는 군대나 결혼을 앞두고 불확실한 미래를 내다보고 있었던 시기에 이렇게 서로 격려하고 지지하는 모습을 포착한 사진을 보면서 만감이 교차한다. 이렇게 좋은 추억과 친구들이 있었음을…. 이 얼마나 큰 축복인가.

석배야, 함께했었던 소중한 시간 정말 고맙다. 그 기억 오래오래 간직할게. 사회학과의 가장 젠틀했던 영혼, 편히 쉬기를….

어쩌면 내 인생을
바꿨을지도 모르는 사람

안혜리
중앙일보 논설위원, 대학후배

안석배 선배를 떠올릴 때면 늘 이런 엉뚱한 상상이 뒤를 따른
다. 혹여라도 오해 마시길. 평범한 과 선후배 사이를 벗어나는
일은 전혀 없었으니까. 그런데도 항상 이런 생각이 이어지는 건
그럴만한 이유가 있다.

고교 시절엔 대학 가서 사회학을 공부하고 싶었고, 그 바람대
로 사회학과에 들어갔다. 그런데 웬걸. 막상 입학하고 보니 숨
이 막혔다. 대학이 문제인지 과가 문제인지 당시엔 가리기 어려
웠으나 어쨌든 기대했던 캠퍼스의 자유보다는 386 운동권 특유

의 전체주의적인 분위기가 만연해있다고 느낀 탓이다. 페미니
즘 바람이 불기 한참 전이었지만 하이힐이라도 신고 학교 가면
"누구 보여주려고 이 고생 하느냐"는 과 여자 교수의 쓸데없는
힐난도 듣기 싫었다.

　여기서 4년을 버틸 수 있을까, 라는 비관적인 생각에 입학하
자마자 어렴풋이 재수 생각을 하기도 했다. 바로 그 무렵 안석
배 선배를 비롯해 좋은 4학년 선배들을 만났다. 1학년 지도 교
수였던 김용학 교수님 책 출간 관련 프로젝트에 운 좋게 합류한
덕분이다.

　편협하지 않고, 인생을 긍정적으로 바라보며, 사람을 있는 그
대로 인정해주고, 학식 아니라 학교 밖 맛있는 밥 잘 사주는, 그
야말로 계속 알아가고 싶은 선배들 덕분에 재수 생각은 완전히
접었다.

　모르겠다. 그때 안석배 선배 등을 만나지 못했더라도 그냥 툴
툴거리다 학교에 적응해서 무난히 졸업했을지. 아니면 재수해
서 다른 학교 갔거나, 최소한 부적응으로 뭔가 일이 안 풀렸을지

도. 분명한 건 신입생 시절 좋은 사람을 만났고, 졸업은 물론 지금까지의 인생에서도 그 긍정적인 영향을 받았다는 점이다.

공교롭게도 둘 다 언론사에 입사했고, 사는 동네도 비슷해서 출근길 지하철역에서, 그리고 아이 데리러 간 초등학교 정문 앞에서, 주말 아파트 단지 안에서 간간이 마주쳤다. 그때마다 반가웠지만 늘 가까이 있기에 오히려 더 자주 볼 생각을 못 했다.

그런 선배가 갑자기 떠났다는 소식을 들었을 때 너무 놀랐고, 아쉽고, 슬펐다. 내게 많은 걸 준 좋은 사람에게 나는 왜 그리 무심했나. 아프다는 얘기를 들었을 때도 그냥 툴툴 털고 일어나면 한번 봐야지, 했다. 얼굴 한 번 더 못 보고 떠나보낸 게 계속 걸린다.

선배는 떠나면서도 또 나에게 이런 긍정적인 영향을 끼친다. 좋은 사람은 미루지 말고 자주 보기. 선배, 고마웠어요. 오래도록 기억할게요.

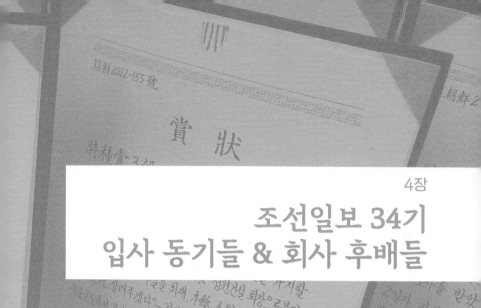

4장

조선일보 34기
입사 동기들 & 회사 후배들

입사 동기들

하늘에서 다시 만나는 날,
여행을 떠나자

한윤재
SK(주) C&C 부사장

수년 전 '꽃보다 청춘' 마추픽추 편을 보면서 그와의 여행을
꿈꿨습니다. 수십 년을 함께 같은 길을 걸어 온 남자 세 명이 마
추픽추를 바라보며 눈물을 흘리는 장면이 마음을 가득 채웠습
니다. 어느 술자리에서인가 조심스레 얘기를 꺼냈더니 정말 좋
은 아이디어라며 언젠가 꼭 함께 가자, 그가 반짝이는 눈으로
내 마음을 두 팔 벌려 받아주었습니다.

청천벽력 같은 암 발병 소식을 듣고 도저히 그냥 있을 수 없
어서 '면회 불가'가 걸려있는 병실 문을 밀치고 들어가 15분 정
도 두런두런 이야기 나눴습니다. 이제는 안정을 취해야 한다며

눈치 주는 간호사에 밀려 병원 문을 나설 때, 병실에 그 혼자 남겨 두고 나오기 얼마나 싫던지요. 집으로 돌아오는 길에 아무 이유 없이 '동물원'의 '시청 앞 지하철역에서'를 듣고 싶었습니다. 낯익은 멜로디와 가사였지만 그날따라 노랫말 한마디 한마디가 가슴을 파고들었습니다. 쾌유를 기원하는 마음으로 운전대를 잡고 눈물을 삼켰습니다.

다 함께 좋은 자리, 마다치 않던 그였지만 노래방 마이크는 가능한 안 받으려고 물러섰지요. 그래도 여러 차례 권하면 멋쩍은 듯 마이크를 받아 들곤 '봄여름가을겨울'의 '브라보 마이 라이프'를 멋지게 불렀습니다. 그 노래를 들어야 시원하게 자리를 파하던 밤이 헤아리기 어렵습니다.

모진 세상 속 내가 힘겨울 때마다 너무 빠르지도, 아주 늦지도 않게 전화를 걸어온 것도 그였습니다. 윤재야, 힘내라. 너를 믿는다. 넌 정말 좋은 사람이고 다 잘 될 거야. 길지 않은 말 속에 눌러 담은 진심에 무너지던 가슴은 다시 어느새 새로운 용기로 가득 차곤 했습니다.

어쩌다 모임 자리에서 논쟁이 붙을 때, 자리에 있는 모두를 배려하면서 세심하게 마무리하는 것도 그의 몫이었습니다. 어

추모글

쩌면 우리가 그에게 너무 많은 것을 의지했던 것 같네요.

이제 그의 몸은 우리 곁을 떠났습니다. 하지만 그의 넋은 늘 우리와 함께할 겁니다. 아무리 길어도 50년을 넘지 않을 겁니다. 하늘나라에서 다시 만날 때, '브라보 마이 라이프'를 목놓아 부르면서 다리 아플 때까지 여행하렵니다. 여행 도중 사소한 말다툼도 그와 함께라면 걱정 없겠지요. '시청 앞 지하철역에서'는 오래전 병실에서 만났던 날 얘깃거리에 곁들여 들으려고요.

지난해 이른 가을 점심 식사와 성탄절 다음날 몇몇 동기들과 함께했던 저녁 식사가 그와의 마지막 만남이었습니다. 올 초부터 다시 항암치료에 들어간 뒤에는 문자로만 안부를 주고받을 수 있었습니다. 이겨낼 것이다, 기도해 달라는 그의 짧은 문자들이 이제는 그와의 마지막 추억으로 남고 말았네요.

발인을 앞둔 날, 유난히 예쁜 저녁노을이 그 추억들을 서럽도록 아름답게 만들었습니다. 근심과 고통 없는 곳에서 평안한 휴식을 누릴 겁니다. 우리도 이 세상 근심 고통 이겨내고 활짝 웃는 얼굴로 그와 만날 준비하겠습니다. 그립고 그립고 또 그립습니다.

내 30년 친구야, 너와 함께 흘린 땀 냄새가 그립다.

내가 땀 흘릴 때마다
너를 기억할게

선주성

공군장교 88기 동기, 조선비즈 근무

안석배, 처음 그를 본 것은 머리부터 발끝까지 흙투성이 상태였을 때였다. 1991년 3월 중순 어느 날, 공군 사관후보생(사후) 88기는 진주 공군교육사령부 장교 훈련 연병장에 있었다. 정밀 신체검사, 체력검사를 하기 위한 3박 4일간의 가 입교 기간이 끝나고 최종 불합격자를 태운 버스가 연병장을 떠났다. 500여 명의 예비 군인들은 불안감과 설렘으로 낮게 웅성거리며 줄도 제대로 맞추지 않고 서 있었다. 전날 비가 와서 질펀거리는 연병장 위로는 초봄의 햇살이 제법 강하게 내리쬐고 있었다.

연병장 한쪽 야트막한 언덕 위에는 후보생들이 앞으로 4개월 가까이 생활할 빨간 벽돌의 사관 병동 건물이 있었다. 갑자기 문이 거세게 열리고 유리창이 깨지며, 몽둥이를 들고 빨간 모자들이 나타나 심한 욕설을 내뱉었다. "야 이 개새끼들아! 너희들이 지금도 민간인인 줄 알아! 다들 뒤로 취침! 앞으로 취침! 옆으로 굴러! 대가리 박아!" 왜 그들이 화가 나 있는지는 모르기에 모두가 당황하여 오합지졸 상태로 명령에 따랐다. 그렇게 2시간 가까이 굴렀다. 사복 차림으로 어리바리하게 서 있던 민간인들은 머리부터 발끝까지 진흙을 뒤집어쓰고 군인이 되는 시간, 장교가 되는 긴 고난의 시간을 시작했다. 진창이 된 머리를 깎기 전 목욕탕에 대기하고 있을 때 안석배를 처음 보았다. 그와 나는 같은 2구대 소속이었다. 나와 그의 30년 인연이 시작되는 순간이었다. 처음 만난 그 순간, 모두가 진흙을 뒤집어쓰고 있었지만 그의 당당하고 늠름한 모습은 눈에 띄었다.

　그 후 '특별 내무교육(특내) 기간'이라 이름 붙여진 3주 동안 직각 식사, 직각 보행, 눈동자 항상 정면 주시, 웃지 말기, 목청 높여 대답하기 등 극한 규율이 주는 고통 속에서도 그의 얼굴은 항상 여유와 미소가 흘렀다. 특내가 끝나고 나서 기초군사훈련

과정에 접어들자 서로 대화할 수 있는 시간이 생겼다. 그는 힘든 군사훈련 속에서도 늘 예의를 잃지 않았다. 후보생끼리는 나이를 불문하고 평어 쓰기를 강요받았지만, 그는 공개적인 자리를 제외하곤 늘 모두에게 경어를 썼다. 나이가 한 살이라도 많은 사람에게는 '위험하게도' 형이라고 불렀다. 항상 배려하고 솔선수범했다. 부드럽고 따뜻했다. '사관과 신사'라는 영화 제목과 같이 그는 가장 신사다운 장교 후보생이었다.

16주간의 기초군사훈련을 마치고 특기 배치를 받은 후 각자 특기 교육을 받았다. 그에게는 인사행정, 나에게는 교육 특기가 주어졌다. 4주간의 특기 교육을 마치고 1991년 8월 1일, 그와 나는 대한민국 공군 소위로 임관했다. 우리는 힘차게 포옹을 하고 각자 임지로 떠났다.

그를 다시 만난 것은 군 생활 3년을 보내고 난 뒤 언론사 입시장에서였다. 몇 군데에서 만났다. 입사 제한 나이에 꽉 찬 그와 나는 만날 때마다 서로를 격려했다. 그러다 조선일보 입사시험장에서 다시 만났다. 논술 및 작문 시험, 면접 시험장에 그와 같이 있는 것이 나에게는 힘이 되었다. 좋은 친구와 같은 회사

추모글

에 다닌다면 즐거울 것 같았다. 그와 나는 같이 합격했다.

거의 최종 관문과 다름없는 건강검진을 마치고 조선일보 34기가 될 여러 명이 음식점에 모였다. 그와 나, 34기 최연장자인 권만우와 최원규도 있었다. 안석배가 나를 형이라고 불렀기에 나도 자연스럽게 한 살 많은 권만우에게 형이라 불렀다. 고대 출신이면서 안석배와 동갑내기인 최원규가 권만우와 내게 형이라 불러 자연스럽게 서로 존중하면서도 친구 같은 관계가 되었다. 이런 관계는 수습 때에도 이어졌다. 언론사 수습은 군대 훈련 때보다 더 엄격한 상하관계, 수평관계를 요구했다. 동기간에는 서로 평어를 쓰도록 강요했다. 하지만 안석배를 중심으로 이미 나이에 따른 존중 관계가 형성된 34기 사이에서는 그런 강요가 통하지 않았다.

수습 때 선배들과의 술자리에서 선배들이 강권하는 '오리지널 폭탄주(양주+맥주)'를 마시기 힘들어하는 동기의 술잔을 그는 대신 받아 마시기도 했다. 하지만 그는 술이 아무리 취해도 한 치의 흐트러짐을 보이지 않았다. 늘 부드럽고 배려하는 모습은 그가 화가 난 상태에서도, 취기가 있는 상태에서도 똑같았다.

그는 짧은 시간의 편집부 근무를 제외하고 오랜 시간 교육 담당 기자로 조선일보에서 일했다. 그가 교육 관련 칼럼을 쓸 때, 내 주변에는 그의 팬이 꽤 많았다. 교육업에 종사하는 내 지인들이 그를 만나고 싶어 해 입사 동기라는 '빽'을 동원, 저녁 자리를 주선하기도 했다. 안석배의 친구라는 것이 자랑스러웠다.

내가 조선일보를 떠났다가 다시 돌아오고 나서 그를 자주 만나게 되었다. 우리는 사내 헬스장의 단골 멤버였다. 그와 나는 달리기와 등산에 관해 자주 이야기를 나누었다. 트레드밀에서 1시간 가까이 달리고 난 후 땀에 흠뻑 젖어 샤워실로 가며 내게 던지던 그의 웃음이 지금 이 순간 떠올라 내 눈이 갑자기 뜨거워져 잠시 글쓰기를 멈출 수밖에 없다.

그와 나는 함께 샤워를 하며 주말에 산에 같이 가자고 여러 번 약속했다. 언젠가는 내가 페이스북에 올린 북한산 다녀온 글을 보고, 구체적으로 동반 산행 약속을 잡았다. 그런데 그 약속을 실행하기 직전 그가 사회정책부장이 되어 약속이 미루어졌다. 조선일보 편집국 부장들은 자기를 돌볼 수 있는 시간이 부족했다. 정말 이를 악물고 자기 시간을 만들지 않으면 건강을 잃기 십상이다. 안석배는 몸 관리를 위해 시간을 쪼개 운동했다. 하지만 산에 갈 시간은 부족한 것 같았다. 나와 그의 북한산 동반 산행 약속은 결국 이루어지지 못한 허언이 되고 말았다.

이제는 그 허언의 약속이라도 잡을 수 없게 되었다. 군대 훈련과 회사생활과 운동을 같이하면서 보여준 그의 부드러운 미소가 그립다. 작년 그가 떠난 후 이 땅에는 코로나19가 창궐하고 있다. 그의 땀 냄새가 진하게 배어 있는 회사 헬스장도 문을 닫았다. 회사 헬스장에서는 운동은 못 하지만 샤워는 할 수 있어, 가끔 샤워하러 갈 때마다 그와 벌거벗은 몸으로 머리에 비누칠을 잔뜩 하고 운동 후 충만감을 나누었던 느낌이 살아온다. 군대 훈련 때 함께 흘렸던 소금기 서린 땀 냄새도 함께 느껴진다. 그와 나는 땀으로 이어진 형제였다.

나는 2021년 새해 첫날 북한산 백운대에 오르며 안석배의 명복을 기원했다. 달리기를 하면서 땀을 흠뻑 흘릴 때, 그의 모습을 떠올리며, 그의 남겨진 가족들이 건강하고 행복하길 기도한다. 석배야, 나와 함께 북한산도 오르고 마라톤도 달리며 땀 흠뻑 흘려보자. 내가 땀 흘릴 때마다 너를 기억할게.

동기 안석배 씨를
추모하며

황성혜
한국화이자 전무

　군 복무를 해보지 않은 제게 조선일보 34기 동기들은 감히 '군대 동기 같은' 사람들이라 말할 수 있는 분들입니다. 사회생활을 함께 시작하며 고민을 나눴고, 역사의 현장을 경험하고 싶었던 꿈을 나눴고, 이제는 각자의 길을 달리 걸어가고 있습니다.

　유독 재기발랄하고 개성 많은 동기들 중에 안석배 씨는 조용히 뒤에서 껄껄거리며 웃음 짓는, '무대의 조연' 같은 분이었습니다. 어느 자리에선 있는 듯 없는 듯했지만, 노래방에서 '브라보 마이 라이프'를 목청껏 부르거나 등산과 하이킹을 열심히 하는 걸 보면 '그 숨은 에너지가 어디에서 나오나' 싶었습니다.

그러면서도 동기들 한 사람 한 사람을 챙기는 울타리 같은 그를 모두가 따르고 참 좋아했습니다. 오래간만에 만난 동기들에게 안부를 묻고, 공감하고, 응원해주던 그의 진지함이 세월이 흐를수록 더 귀해 보였습니다.

수년 전 교회 예배당에서 우연히 그를 만났던 때를 기억합니다. 멀리서 가족들과 찬양하고 기도하며 예배드리던 그의 모습이 참 행복해 보였습니다. 아프다는 소식을 접하고 놀라서 연락했을 때, 석배 씨는 "함께 기도해 달라"고 했습니다. 생각날 때면 예배당에서 기도드렸고, 지난해 봄엔 몇몇 동기와 함께 꽃바구니와 손글씨 카드를 모아 보낼 계획을 했었습니다. 그때 생각해둔 고운 하얀 꽃바구니는 결국 그가 떠난 장례식장에 놓였습니다.

너무나 많은 사람들이 착하고 유쾌했던 '젠틀맨 안석배'를 그리워합니다. 그가 세상에 남긴 선한 영향력과 그득한 향기는 그가 떠난 후에도 더 깊고 강하게 퍼지고 있습니다. 석배 씨, 하늘나라 하나님 품에 안겨 평온하실 것 믿고 기도드립니다.

평강과 위로가
함께하시길

정상혁
디지틀조선 방송본부장

훤칠한 외모에 흐트러짐 없는 자세 그리고 곧은 성정….
1995년 입사 동기로 만난 그는 범접하기 어려웠습니다. 더욱이
두 살 많은 그에게 신문사 관례상 존칭어를 생략해야 했던 입장
에선 멋쩍을 수밖에 없었습니다. 어느 날 술자리에서 그의 소탈
함과 따스함을 알고 처음으로 형이라 불렀습니다. 안 그래도 취
색 빨리 도는 그의 얼굴이 더욱 빨개졌던 기억이 납니다.

그 후 석배 형은 고민을 끝까지 들어 준 멘토였고, 궂은일도
마다하지 않고 도와준 후원자였으며 사람과의 갈등을 좁혀 준

조정자였습니다. 이른 아침 사내 헬스장에서 마주치면 트레드밀에서 같이 땀을 뻘뻘 흘린 후 상쾌하게 하루를 시작하곤 했습니다. 그런데 갑작스럽게 들려 온 부음 소식. 만나면 반드시 헤어지는 게 인간사의 순리라 하지만 그 시기가 이리도 빨리 올 줄 정말 몰랐습니다. 속절없지만 그와 더 많은 시간을 같이하지 못한 게 너무나 후회스럽습니다.

노제 날 아침 운구차에 실려 온 그와 마지막 작별 인사를 나눴습니다. 아빠가 청춘을 바쳐 일했던 조선일보 건물을 물끄러미 바라보며 아빠에 대한 마지막 기억을 주워 담던 딸을 보고 솟구쳐 오르는 눈물을 참을 수 없었습니다. 석배 형, 고통 없는 그곳에서 편안히 쉬세요. 나중에 또 만납시다! 다시 한번 유족 분들께 하나님이 주시는 평강과 위로가 함께하시길 기도합니다.

그곳에서
잘 지내고 있니?

조인원
조선 멀티미디어영상부장

석배야, 그곳에서 잘 지내고 있니?

전화 걸면 언제나 "응, 그래. 뭘 도와줄까?"라며 내게 묻던 네 목소리가 아직 귓가에 생생한데 성탄절 이브인 오늘, 멀리 떠난 널 그리워하는 글을 쓰고 있다니 믿기지 않는구나. 처음 회사에서 우리가 만난 모습이 아직도 또렷이 기억난다. 그 후로 함께 지낸 세월 동안 그 모습 그대로 변치 않고 친절한 모습으로 너는 살았지.

15년 전쯤일 거야, 네가 사회부에 있을 때 경기도 포천의 비

추모글

인가 장애인시설에서 함께 취재했을 때가 생각난다.

장애인들에게 조심스럽게 질문하던 모습과 취재를 마치고 일어나는 너에게 한 장애인이 아쉬워 손을 놓지 않자 한 사회복지사가 "이제 그만 가셔야 된다"라며 잡은 손을 떼어놓을 때까지 조용히 기다리던 모습도.

하늘색 셔츠 입은 네 모습이 액자에 담겨 회사 앞에 도착했던 지난여름의 어느 아침, 회사 선후배들이 펑펑 울던 모습을 보면서 그런 생각이 들었단다. 네가 얼마나 좋은 사람이었으면 사람들이 저렇게 슬퍼할까 하고.

고마웠어, 석배야. 광화문 같은 회사에서 24년 넘게 동료로 지냈으면서도 이 말을 이제야 하는 것도 미안하구나. 회사로 들어오는 성공회 성당 돌담 위에 라일락이 피는 봄날이면 언제나 흰 코트를 입고 출근하던 멋진 네 모습이 기억나겠지. 회사에서 오가며 마주치면 우리가 주고받던 미소까지도.

2020년 12월 24일

안석배 부장을
추모하며

김현숙
조선일보 편집부 기자

2020년 마지막 날에 이 글을 씁니다.

그를 처음 만난 건 1994년 12월 을지로 백병원 수습기자 신체 검사장이었습니다. 트렌치코트를 단정하게 차려 입은 그는 한눈에 봐도 바른 생활 사나이였습니다. 그 이미지는 20년 넘게 함께 신문사 생활을 하면서 한 번도 벗어난 적이 없었습니다.

안 부장을 마지막으로 본 건 그가 야간 국장을 하던 2019년 어느 날이었습니다. 나중에 들었습니다. 열이 펄펄 나는 데도 해열제 먹어 가면서 버텼다는 것을요. 그는 그런 사람이었습니다. 마감 시간에 쫓기고, 선배들이 싫은 소리를 하고, 후배들이 어떤 실수를 해도 그는 허허 하면서 웃어넘기는 여유를 가진 사람이었습니다.

입사 초기 편집부에서 함께했던 시간들이 생각납니다. 3교대 야근조를 할 때였습니다. 새벽 5시쯤 배달된 타사 조간신문들을 받아 들고, 물 먹은 건 없는지 조마조마해하면서 신문을 펼치던 기억이 납니다. 그 새벽에 야근조 선배들의 무용담을 들으며 청진동 해장국 집에 들러 하루를 마무리하던 일이 엊그제 같습니다.

인명은 재천이라고 하지만 정말 안타깝습니다. 우리 안 부장이 이렇게 빨리 세상을 떠날지 몰랐습니다. 안 부장 투병 중 문병 한 번 못 해서 가슴 아픕니다. 이래서 좋았다, 저래서 고마웠다, 이런 말들을 아끼지 않고 했으면 지금 덜 후회할 것 같습니다. 안 부장을 알게 돼 제가 좀 더 나은 사람이 된 것 같습니다. 34기 동기들이 그를 얼마나 좋아하고 의지하고 자랑스러워하는지 모릅니다. 하늘나라에 있는 안 부장이 흡족해하면 좋겠습니다.

웃음소리

이건호
이화여자대학교 커뮤니케이션·미디어학부 교수

사람마다 웃음소리가 다르다. 그리고 거기에 사람의 품성이 숨었다. 하지만 대부분 공통적 의성어로 묶인다. 하하하, 호호호, 까르르 등. 웃음소리뿐이겠는가? 관습과 관행으로 크게 정리되는 거의 모든 세상사가 그런 제한적 표현에 담긴다. 이런 한계를 뚫고 석배는 내게 그만의 웃음소리로 다가왔다. 굳이 적어보자면 이렇다. '횟횟횟~'

처음 수습 시절 봤을 때 그의 웃음에서 소리를 들은 기억이 없다. 그만큼 조용했다. 나중에 가까워져 그가 내 앞에서 웃음

추모글

에 소리를 넣기 시작할 때도 그 차분함은 그대로였다. 빠르지 않게 '횟, 횟'하고 웃으면 대부분 공감한다는 뜻이다. 舌戰을 펴던 내가 그 웃음에 머쓱해진 적이 있다. 굳이 논쟁적일 필요도 없던 사안이었던 것으로 기억한다. 조용하면서도 강했다. 특히 '횟'하는 단절적 웃음은 상대방을 움찔하게끔 했다. 그 웃음이 얼굴의 미소와 버무려지면, 그 탄식 같던 외마디가 사람을 꾸짖는 건지 아니면 다 알고 뜻을 함께한다는 건지 해석하기 애매했다. 그래서 스스로를 돌아보게 했다. 반성하게 하는 웃음이었다. 잰 속도로 크게 지르는 '휘르르횟'은 함께 있는 사람들에게 힘을 줬다. 고민을 털고 대폿집을 나설 때, 평소 조용한 그답지 않게 적극적으로 동료의 어깨를 치거나 손을 잡고 던지는 웃음에 묻는 소리다. 그러면서 그는 동료와 선후배 사이에 그 웃음을 통해 귀감이 되어가고 있었다. 학계로 옮긴 내게 취재 등을 위해 걸어온 수화기 너머 '횟', '횟, 횟', '휘르르횟' 등이 변주될 때 그의 성장과 발전을 느끼며 흐뭇했다.

개인의 웃음소리는 일관적이다. 그의 성격을 나타낼 정도로. 석배는 차분하며 강했고 타인에게 귀감이 되는 웃음을 가진 사람이었다. 석배의 상가에서 만난 회사 선후배들은 문병 갔을 때 그가 웃었다는 얘기를 들려줬다. 차마 묻지는 못했지만, 거기에 그의 소리가 묻어 있었을 거라 상상했다. 그 생각이 머릿속에 떠오른 순간, 그의 웃음소리는 내가 반성하며 살아갈 자극제가 되어있음을 깨달았다. 그를 마지막으로 보내는 장소에서마저 나는 그로부터 선물을 받은 셈이다. 늘 한결같았던 그의 웃음을 기억하며 사는 것으로 그를 추모하려 한다.

추모글

고무밴드로 남은
사나이

조희천
안국연구원 원장

2018년 봄 날씨 좋던 어느 날, 중년 남자 둘은 처진 배가 그대로 드러나는 쫄쫄이를 입고 성수대교부터 양평까지 자전거 길을 내달렸다. 헉헉거리다 씩씩거리다 가끔은 히히거리기도 했다. 세 시간여 이중주 끝에 도달한 양평. 누가 먼저라 할 것도 없이 양평 양근천 옆 화천갈비로 한달음에 들어간 우리는 맥주와 소주, 소갈비를 해치웠다. 다음번에는 전차에 자전거를 싣고 양평으로 와서 출발하자. 코스는 이포보, 충주 탄금대를 거쳐 낙동보로…. 한반도 지도가 눈앞에 펼쳐졌다. 그렇게 2차전 계획을 세운 우리는 연내 목표 달성을 호기롭게 다짐하며 자전거를 싣고 귀경 전차에 올랐다. 의기양양도 잠시, 주말 승객 속에서 눈에 띄는 민망한 쫄쫄이 차림임을 깨달은 나는 승객들 시선을 신경 쓰랴, 자꾸 넘어지려는 자전거를 붙잡으랴 정신없어서 그가 어느새 멋진 바람막이 점퍼를 허리에 두르고 내 뒤에 서서 여유롭게 씩 웃고 있었음을 내릴 무렵에야 자각했다. 며칠 뒤, 다른 기회에 만난 그는 내게 고무밴드 하나를 내밀었다. "전차 안에서 자전거가 넘어지지 않도록 전차 수평 손잡이와 자전거를 묶어두려면 꼭 필요한 거야." 한 수 앞도 내다보지 못하는 쫄쫄이 레벨 주제인지라 '준비의 왕' 바람막이 레벨이 하사하는 고무밴드에 감지덕지할 뿐이었다. "땡큐, 고무밴드!" 시간이 흘러 2021년. 한 번도 써보지 못한 고무밴드는 내 자전거에 그대로 달려있다. 탄금대도 가보지 못했다. 사나이만 고무밴드로 남았다.

가장 존경받는
교육기자

김덕한
조선일보 에버그린콘텐츠 부장

석배를 처음 만난 건 '조선일보 34기 인턴 합격자' 신분이었던 1994년 11월이었습니다. 당시는 한 달간의 인턴 과정이 사실상 최종면접이었기에 긴장과 초조함이 가득한 시간이었습니다. 치열한 경쟁과 견제가 벌어졌지만 그는 늘 평상심을 잃지 않는 우직하고 따뜻한 사람이었습니다. 연갈색 트렌치코트를 입은 귀공자 같은 그의 모습을 지금도 잊을 수 없습니다.

석배는 처음 모습 그대로 늘 동기들의 중심에 서 있었습니다. 동기들끼리 웃을 때도, 울 때도, 격렬한 논쟁이 붙을 때도,

늘 한발 물러서 있는 듯하지만 마지막까지 사람을 챙기고 함께
했던 가장 따뜻한 벗이었습니다.

그런 석배가 법조팀으로 옮긴 후, 석 달쯤 지났을 때 청와대
를 놀라게 할 특종을 했습니다. 대통령의 조카가 케이블TV 회
사에서 10억대 사기를 쳤다는 기사는 여러 스캔들로 휘청거리
던 김대중 정부에 비수가 될 만한 기사였습니다. 온화한 성품으
로 많은 취재원들의 존경을 받는 그이지만, 기자로서 타협하지
않는 날카로운 근성을 지녔음을 강렬하게 보여줬습니다.

석배는 가장 존경받는 교육 기자였습니다. 석배가 교육팀을
지키고 있을 때가 조선일보 교육팀의 전성기였습니다. 2013년
수능 분석 보도 등 수많은 특종, '신문은 선생님' 같은 차별화된
지면, QS 아시아대학평가 도입 등은 모두 석배가 아니면 이뤄
내기 힘든 일이었습니다.

그런 석배가 입원했다는 소식을 듣고도 전화 한 통 못 할 만
큼 나는 그냥 덤덤하게 그를 믿고만 있었습니다. 2019년 7월 어
느 날 석배에게서 문자가 왔습니다. "알다시피 난 병원에 있다.
열이 열흘째 안 떨어져 검사 중이네. 곧 나을 거야." 나는 "왜 그
놈의 열이 안 떨어져. 곧 도망갈 거야. 걱정하지 말고 조리 잘

해"라고 답했습니다. 그때는 그가 이렇게 우리 곁을 떠날 거라고 상상조차 하지 못했습니다.

그해 가을 어느 맑은 날, 항암치료가 성공적으로 끝나고 점심을 함께했습니다. 엄청난 고통을 이겨내고도 늘 그렇듯 담담하고 우직한 모습의 석배가 너무 뿌듯했습니다. 그렇게 나을 수 있었지만 석배는 이미 그 이전에 자기 기다리지 말고 빨리 후임 사회정책부장을 임명하라고 회사에 얘기해 둔 상황이었습니다. 어느 누구에게도 폐 끼치지 않으려는, 고결한 사람이었음을 한참이 지난 후에야 알았습니다.

자기 자신을 지키지 못했지만 석배는 여러 사람을 지키고 살리는 사람이었습니다. 석배가 바이스 캡을 할 때 입사한 한 후배 기자는 "힘들고 어려운 일을 늘 솔선수범하는 멋진 선배였다"라며 "부드럽지만 강하게 이끌어준 안 선배가 없었다면 지금까지 회사를 다닐 수 있었을지조차 의심스럽다"라고 했습니다.

내가 뉴욕 특파원일 때 뉴욕을 방문한 한 동기는 사이클복을 사면서 석배 거까지 한 벌을 더 샀습니다. 석배를 왜 그렇게 좋아하냐고 물었더니 "동료들이 각종 추문에 휩싸여 사회적 비판

대상이 됐을 때도 자기 문제처럼 고민하고 격려해 준 사람"이라고 했습니다.

석배의 빈소에서 따뜻한 국물 한술을 삼킬 때 참고 있던 울음이 복받쳤습니다. 석배와 동기가 되고, 25년을 함께했다는 건너무도 큰 축복입니다. 그 축복이 이렇게 끝나는 것이 한스러웠습니다. 그러나 우리 가슴 속에 석배는 항상 따뜻한 모습으로함께할 겁니다.

석배가 즐겨 불렀던 '브라보 마이 라이프'를 여러 번 되돌려듣습니다. '브라보 브라보 마이 라이프 나의 인생아. 지금껏 달려온 너의 용기를 위해. 찬란한 우리의 미래를 위해'. 석배와 함께 할, 아직 오지 않은 미래를 우리는 기다리고 있습니다.

추모글

브라보 마이 라이프

김영진
TV조선 산업부장

브라보 브라보 마이 라이프 나의 인생아

지금껏 달려온 너의 용기를 위해

브라보 브라보 마이 라이프 나의 인생아

찬란한 우리의 미래를 위해

- 봄여름가을겨울, '브라보 마이 라이프' -

친구 석배가 가장 즐겨 불렀던 노래 '브라보 마이 라이프'의 한 대목이다. 이 구절이 나오면 모두가 어깨동무하며 합창했던 모습이 지금도 눈에 선하다.

서툴게 살아 후회스럽지만 그리 나쁘지도 않았고
힘든 일도 있지만 내가 가는 곳이 길이고
작은 희망 하나로도 힘든 1년을 버틸 수 있을 거라 믿고
하늘의 새처럼 날개를 펼쳐 보자는
노랫말처럼,
지친 하루를 마감하고 또 다른 내일을 준비하는
우리를 위로하고 쓰다듬어줬다.

석배의 따뜻하고 살뜰한 맘이 그대로 담겨 있다.
하루하루 치열하게 살아왔던 석배는 '브라보' 하며, "그래 우린 잘 살고 있으니 그리 걱정할 거 없어"라며 서로 보듬고 마음을 나눴다.

석배를 생각하면 늘 떠오르는 이 노래. 조금 힘이 들 때, 위로받고 싶을 때면 브라보를 노래할 것 같다.
지금도 석배를 부르면, 넉넉하게 웃으면서 다시 우리 곁에 다가올 것만 같다.

가슴 따뜻한 친구,
석배를 추모하며

강훈
조선일보 전 논설위원

2003년 봄 서울지검 기자실에서 석배를 처음 만났습니다. 타사 동기로 검찰을 출입하게 된 저에게 석배는 "어서 와" 하며 환하게 웃었습니다.

매일 아침, 사건이 터지고 광화문에선 불호령이 떨어져도 석배는 늘 미소를 잃지 않았습니다. 후배들을 나무랄 만한데도 석배는 혼자 삭였고 떠안았습니다. 반듯한 친구였습니다.

1년 뒤 조선일보로 옮겨온 저에게 "어서 와. 같이 일할 줄 알았어." 하며 손을 꼭 잡아주던 석배였습니다. 자주 보진 못했지만 만날 때면 저를 더 걱정하고 챙겼습니다. 따뜻한 친구였습니다.

먼저 떠났다는 소식에 모진 하늘을 원망했습니다. 반듯한 사람은 왜 늘 먼저 데려가는지. 겨울밤, 밖은 매섭게 차갑습니다. 석배의 따뜻함이 그립습니다.

추모글

젠틀한 사람,
안석배

조희련

중앙대학교 인문콘텐츠연구소 HK조교수

점잖고 예의 바르고 배려심 많은 사람. '킹스맨'이라는 영화가
나오기 전부터 "Manners maketh man"을 실천한 신사gentleman.
불같이 화내거나 언성을 높인 적 없는 고귀한 인품의 소유자. 안
석배 씨는 내게 그런 동기였다.

내가 조선일보를 퇴사하고 학위를 취득한 후 국내 대학을 전
전하면서 연구를 계속할 때, 그가 쓴 교육 기사는 답답한 우리
나라 교육 현주소를 꿰뚫어보고 있어서, 기사를 읽으면서 공감
을 많이 했다. 예를 들어 2016년 5월 26일 자 '동서남북'에서는

교육부 지침에 따라 학과 이름을 자주 바꿀 수밖에 없는 한국 대학의 난처한 상황을 꼬집었고, 2016년 12월 13일 자 '만물상'에서는 개천에서 용이 나오지 않는 사회를 비판했다. 그의 기사를 읽으면서 무릎을 친 적이 많았는데 그때 "기사 참 잘 썼네요. 정말 공감해요"라고 말 못 건넨 것이 못내 후회된다.

안석배 씨와 34기 동기가 다 함께 백발 휘날리며 신나게 게이트볼 칠 날을 그렸었는데, 이제 그러지 못하게 돼 너무 슬프다. 아니다, 슬퍼하지 말자. 그는 지금 천국에서 우리를 지켜보고 있으리라. 천국에서 하나님과 티타임을 가지면서 즐겁게 담소를 나누고 있으리라. 여기 남겨진 우리는 우리의 삶을 치열하게 살아내서 이야기보따리 한 아름 안고 언젠가 그를 만나러 가면 되는 것이다.

따뜻했던 석배 형의
목소리를 추억하며

임정욱

TBT 공동대표

조선일보 34기 입사 동기이긴 하지만 같은 부서에서 안 해본 일은 없는 제게 안석배 씨는 25년 전부터 한결같은 이미지로 남아 있습니다. 95년 입사 당시 따뜻한 미소가 아름답고, 항상 겸손한 신사의 모습이었습니다. 쉽게 흥분하지 않고 항상 허허 웃으며 주위를 배려해 주던 형님의 모습으로 기억합니다.

저는 일찍 편집국을 떠났고 석배 형과 전문분야도 다른데다 조선일보조차도 2006년에 일찍 떠났습니다. 덕분에 석배 형을 만날 일이 많지 않았습니다. 주로 언론에서 접하거나 동기 모임에서 몇 년에 한 번씩 간간이 접하는 것이 전부였습니다. 하지만 가끔 볼 때마다 "정욱이 잘 지내니" 하면서 정이 듬뿍 담긴 인사를 건네는 그 순수하고 따뜻한 모습은 언제나 그대로였습니다. 나이도 먹지 않는 것 같았습니다.

그런 석배 형이 갑자기 세상을 떠났다는 것이 실감이 나지 않네요. 생전에 보다 가깝게 지내지 못한 것이 참 아쉽습니다. 다시 한번 고인의 명복을 빕니다.

추모글

석배야,
부디 하늘나라에서 평안해라

최원규

조선일보 국제부장

석배가 세상을 떠난 후 가족들이 돌린 볼펜 상자를 책상 서랍에 넣어 두고 아직 열지 못하고 있다. 몇 번을 만지작거렸으나 열지 못했다. 볼펜을 손에 쥐면 좋은 기억보다 미안하고 아쉬운 마음부터 들 것 같았다. 석배가 아플 때 전화로 한번 보자고 했던 약속을 지키지 못했다. 지금도 그게 두고두고 마음에 걸린다.

언젠가 회사를 떠날 때 고이 간직하고 있는 그 볼펜을 후배에게 주려 한다. 그리고 이렇게 말하려 한다. 자기가 힘들 때도 늘 선한 웃음 잃지 않았고, 더 힘들다는 다른 사람의 얘기를 먼저

들어줬고, 궂은 일 마다하지 않았고, 그러면서도 독보적인 교육
기자로서의 위상을 가졌던 그런 선배가 조선일보에 있었다고.
그게 석배를 위해 내가 할 수 있는 유일한 일인 것 같아 또 미안
하고 슬프다. 석배야, 부디 하늘나라에서 평안해라.

기자의 꿈을 멋지게
실현시켜 주었던 석배

박용근

SK하이닉스 부사장

'젠틀맨 스타일'인 석배가 영국 옥스퍼드대학으로 해외 연수 간다고 했을 때 주위에서는 "당연히 그러겠지…"라는 분위기였다. 몇 년 앞서 내가 영국 옥스퍼드로 연수 간다고 했을 때 반응 과는 여간 다른 게 아니었다. 항상 석배의 단아한 품성을 좋아 했던 입장에서는, 나와 석배 간에 찾을 수 있는 공통점이라는 게 조선일보 동기라는 것 말고는 옥스퍼드 연수가 유일한 것이라, 여러 자리에서 그 점을 너스레 떨며 얘기하곤 했다.

석배가 옥스퍼드를 다녀온 이후, 연수 시절 경험과 네트워킹을 활용해 쓴 좋은 기사를 읽을 때마다 "역시…"하면서 감탄했다. 그러면서 거기서 받은 졸업장 외에 달리 내세울 게 없었던 나로서는 때로 쥐구멍에 숨고 싶었다.

재작년 어느 저녁, 조선일보 편집국 선후배와 현 근무회사 경영층이 함께 한 자리에서 얼굴 본 게 석배와 마지막이었다. 오래간만에 만난 터라, 소폭과 이런저런 얘기를 주고받으면서 서로의 안부를 확인했는데, 난데없이 날아든 소식은 청천벽력이었다.

재능이 모자라 신문사를 떠난 후, 항상 못 이룬 '기자의 꿈'을 멋지게 실현해 주는 alter ego로서 석배를 바라보곤 했는데, 사랑하는 사람에 대한 하나님의 너무 빠른 손길이 서운할 뿐이다.

▲ 이른 1995년 조선일보 수습교육과정 중 울산 현대중공업 산업시찰중인 34기 입사동기들
(앞 줄 왼쪽 두번째 안석배)

▲ 1995년 여름 수습 교육을 마친 34기 입사 동기들.
조선일보사 편집국 건물 앞에서 (왼쪽 두번째 뒷줄 안석배)

▲ 2017년 10월 현직과 전직 가리지 않고 모인 조선일보 입사 동기들의 즐거운 저녁 모임

\-

회사 후배들

\-

안 선배,
충성!

김수혜

전 쿠팡 전무, 조선일보37기

안 선배,

지난여름 선배를 태운 검은 차가 마지막으로 회사 앞에 멈춰 섰을 때, 다른 사람들처럼 저도 울었습니다.

제 딸이 네댓 살쯤 됐을 때 '쓸쓸하다'라는 말을 하길래 기가 차서 "어린애가 쓸쓸한 게 뭔지나 알아?" 하고 타박한 적이 있습니다. 그때 딸은 눈을 크게 뜨고 항의했습니다. "왜 몰라? 나랑 엄마랑 한 방에 있다가 엄마가 어야 가서 내가 혼자 남으면 그게 쓸쓸한 거야. 보고 싶은데 못 보면 그게 쓸쓸한 거야."

선배가 떠난 뒤 해가 바뀐 지금 제가 느끼는 감정이 바로 그렇습니다. 그날 회사 앞에 모여 선배를 배웅한 200명 가까운 선후배들이 다 마찬가지일 거라고 생각합니다.

선배한테 말씀드린 적은 없지만, 선배는 제게 인생 참고서 같은 분이셨습니다. 살면서 '내가 이래도 될까, 안 될까?' '이렇게 하는 게 옳은가, 저렇게 하는 게 옳은가?' 하는 고민스러운 순간이 올 때, 저는 마음속으로 선배를 호출해보곤 했습니다. '내가 이러는 걸 안 선배가 알면 뭐라고 하실까' 생각해보면 답이 나올 때가 많았습니다.

선배는 후배들 하는 양을 묵묵히 보고 들을 뿐, 좀처럼 소리 내서 꾸짖거나 눈에 보이게 얼굴 찌푸리지 않았습니다. 제가 수선스럽게 길고 짧은 각종 보고와 잡담을 할 때, 선배는 대개 응, 하고 선선히 고개를 끄덕이거나 음, 하고 마시거나 둘 중 하나였습니다. 저는 선배의 '응'과 '음…' 두 가지에 배어 나오는 기색을 살피며 제가 잘했나 못했나 하고 가늠하곤 했습니다.

선배는 말이 없는 분이셨습니다. 그래도 사람을 대하는 법, 사안을 판단하는 법, 도리와 품위를 지키는 법을 선배만큼 제게 많이 가르쳐 준 분이 또 안 계십니다.

　그날 선배 영정을 든 아드님이 눈물을 참는 모습, 검은 옷 입은 언니가 흐느끼는 모습을 보면서, 가족을 두고 떠나는 선배가 얼마나 마음 아팠을까 생각했습니다. 신심 깊은 선배와 달리, 저는 내세도, 천국도, 신도 믿지 않는 경박한 영혼입니다만 그래도 혹시 이 세상 다음에 다른 어떤 세상이 또 존재한다면 거기서도 선배와 만나 선배한테 배우고 싶다고 생각합니다. 그때는 선배가 이번처럼 아프지 말고, 중간에 떠나서 남은 우리를 쓸쓸하게 만들지도 말았으면 좋겠다고 생각합니다.

　안 선배, 충성!

하늘에 계신
안 선배께

이지혜

한국MSD 대외협력 상무, 조선일보43기

하늘에 계신 안 선배께.

오늘처럼 비 내리는 금요일이었습니다, 2020년 5월 15일. 봄비답지 않게 장대비가 종일 이어지던 날, 유난히 선배 생각이 많이 났습니다. "하루가 다르게 신록은 짙어가고, 이 비를 양분 삼아 잎은 또 무성해지겠지요. 선배도 왕성한 생명의 계절이 주는 기운을 받아 씻은 듯 털고 일어나시길…."

그날 선배는 "작년 치료 때보다 많이 힘들지만 그래도 견뎌내야지, 이겨내겠다"라고 하셨는데, 그게 선배와의 마지막 문자 대화가 되고 말았습니다. 꼭 한 달 뒤, 칼럼에 실리던 익숙한 사

추모글

진이 선배의 영정이 되었습니다. 2020년 연초엔 모두들 "이제 됐다, 조만간 한번 보자!"라고, 건강을 되찾은 선배를 축하하며 뵐 날을 꼽고 있었는데, 2021년 1월 우리는 그저 추억할 수 있을 뿐입니다.

선배가 가신 지 7개월이 흘렀답니다. 여전히 실감이 안 납니다. 지금이라도 조선일보 편집국 3층 사회정책부를 찾아가면 말끔한 셔츠 차림의 선배가 데스크를 지키고 계실 것 같습니다. 그 온화한 미소로 반겨주실 것 같습니다.

제가 조선일보에서 12년 남짓 근무하는 동안 줄곧 같은 부서에서 지켜본 선배는 한결같으셨지요. 하루도 어김없이 자리를 지키며 닥치는 마감 시간, 머리에 김 나는 순간에도 험하게 언성 높이는 일이 없었습니다. 수습기자의 엉성한 글도 '바이스'안 선배의 손을 거치면 그럴듯한 기사가 되어 지면에 실렸고, 선배가 이끄는 교육팀은 기획 기사와 특종을 매일같이 쏟아냈습니다. 취재 경쟁으로 타는 듯한 순간에도, 국장, 부장의 다그침이 혹독한 날에도, 취재원과 논쟁이 붙거나 모두가 취한 거나한 술자리에서도 선배는 늘 흐트러짐 없이 반듯한 모습으로, 조곤조곤 이르고 다독여 주셨습니다.

가끔 따님이나 아드님 전화를 받을 때 선배는 또 얼마나 다정하셨던지요. 전쟁 같은 기사 마감도 잠시 잊게 만들던 "음~ 아빠야…" 하는 선배 목소리를 들으면 '누군가의 아버지'로서 무게를 감당하는 데 대한 존경을 넘어 위로받는 심정이 되곤 했습니다.

야간 당직 서던 날 보았던 모습도 떠오릅니다. 52판 기사를 다 넘기고 한숨 돌릴 즈음이면 선배는 다이어리 같은 것을 꺼내 뭔가 진지하게 정리하고 적으시던 것 같습니다. 하루하루 열심히 살아온 선배의 기록이 아니었을까 싶습니다. 책을 한 아름 사서 쌓아 놓고 읽으시던 날도 기억납니다. 점심시간에도 짬을 내 러닝머신을 달리거나 걸어서 출퇴근하신 적도 있지요. "체력이 있어야 글도 된다"라고 하신 다른 선배의 말씀을 새겨들으신 듯했습니다. 선배의 선배들은 저 같은 후배들한테 그러셨죠. "안석배는 말이야, 영국 연수 떠나기 하루 전날까지도 기사 한 면 다 쓰고 갔어, 니들은 참…"

선배가 교육팀장, 논설위원을 거쳐 사회정책부장이 되시는 모습을 지켜보면서 저는 든든했습니다. '꾀부리지 않고, 무리한 욕심 내지 않고 품위 있게, 선배처럼 하루하루 쌓아가면 저렇게 성장할 수 있구나, 매일 조금씩 더 단단해지면 되는 거구나.'

좋은 날엔 함께 기뻐해 주셨고, 힘들고 서럽다 싶은 날엔 어김없이 위로의 말씀을 건네셨습니다. 문상객도 물러가고 슬픔과 피로가 확 밀려오던 순간, 선배는 마감 후 늦은 귀갓길일 텐데 잊지 않고 문자를 보내셨죠. "이지혜 씨 아버님 꼭 좋은 데 가셨을 거다. 너무 마음 아파하지 말고 편히 보내드리소" 제가 식약처로 옮겨 간 이후에도 후배 봐주느라 차장, 국장 가리지 않고 만나주셨는데 되레 제게 "자리 마련해 줘서 고맙다"라고 하셨습니다. 정권이 바뀌고 식약처에서 황당하게 퇴직했을 땐 군이 불러 밥 사주시며, "돌아오고 싶으면 언제든 얘기하라" 하셨죠. 이후 제가 제약회사에서 자리를 찾았을 땐 병석에서도 "정말 잘 됐다"라고 축하해 주셨습니다.

지난 연말 몇몇 선후배들과 오랜만에 인사 나눌 기회가 닿았습니다. 선배의 빈자리가 너무 휑하고 아프다고들 했습니다. 한 선배는 "예전에 말이야, 2차, 3차 한다며 우리 집에 자주 왔거든. 우리 집사람이나 딸들이 제일 좋아한 후배가 안석배 씨야. 늘 매너 좋고 반듯하니까, 딸들이 그 멋쟁이 후배 아저씨 잘 계시냐고…" 말을 못 잇는 그 선배는 핸드폰을 만지작거리다 사진을 찾아 보내 주십니다. 다른 후배가 보내 주었던 사진도 비슷합니다. 부서 야유회나 산행을 다녀오며 찍은 사진들. 너무 젊고 건강한 모습으로 선배가 환하게 웃고 계십니다.

안 선배, 함께 일했던 자랑스러운 기억, 마음이 따뜻해지는 추억을 간직하고 살아갈 수 있게 해 주셔서 감사합니다. 편히 쉬세요.

추모글

하늘에서는
평안하시길

김성모
조선일보 사회정책부 기자

안석배 선배 계신 하늘나라에 편지 쓰려고 종일 사진 석 장을 노트북 옆에 꺼내뒀습니다.

안 선배 기억하시나요? 12년 전인 2009년 5월 23일, 막 태동한 사회정책부가 야유회를 갔던 날이요. 날짜까지 정확하게 기억하는 이유는 바로 이날이 노무현 전 대통령 서거일이었기 때문입니다. 그때 인천공항 근처에 있는 산으로 박정훈 논설실장(당시 부장)을 중심으로, 김민철 논설위원, 이인열 경영기획부장 등 사회정책부원 11명이 함께 산행을 했지요. 당시 노 전 대통령 서거라는 큰 뉴스에 깜짝 놀란 등산객들이 서로 대통령 서거

속보를 알리며 인사한 기억이 아직도 생생하네요. 바로 그날 제가 아마 부원들 단체 사진을 찍었던 '찍사'였나 봅니다. 경치 좋은 곳에서 11명이 옹기종기 모여 단체 사진 찍은 걸 인화를 해뒀더라고요. 분명히 부원들 한 분 한 분 나눠드려야지 생각만 했다가, 그 사진들이 저희 집 서랍 속에 먼지 쌓인 채 있는 걸 한참 뒤에야 발견해냈습니다.

이번에 그 사진들을 다시 펼쳐놓고 바라보니 안 선배의 모습이 제일 밝고, 그 웃음이 그렇게 환할 수가 없었습니다. 사진 속 밝은 그 웃음을 보는데 왜 이리 자꾸 마음이 아리던지요. 그 사진을 보면서 저에게 해주셨던 많은 조언들, 따뜻한 말씀들이 쨍하게 머리에 떠올랐습니다.

특히 2015년은 특별한 해였지요. 안 선배가 교육 데스크를 맡으셨을 때, 제가 교육팀에 배속되며 직접 모시게 됐지요. "내가 너를 빛나게 해줄게." 그때 안 선배가 저에게 하신 첫 마디를 저는 아직도 생생하게 기억합니다. 종합 1면은 원 없이 썼었던 것 같습니다. 1년 내내 국정 교과서 이슈로, 종합 1면에 심심찮게 등장했지요. 그래도 안 선배가 든든하게 봐주시니 무서울 게 없었습니다. 아침부터 밤까지 국내 교과서는 물론 미국 교과서

추모글

까지 가져와 비교하고 분석하고 그렇게 기사 하나하나 만들어 마무리하면 항상 어두컴컴한 밤이었습니다. 그때마다 안 선배는 "고생했다"라면서 고생한 후배들에게 술 한 잔 먹여 보내셨지요. 어쩌다 조금 특별한 날이면, 단골집인 '개미집'을 데려가서 막걸리 한잔했고요, 기분이 더 좋아지시면 압구정 현대아파트 근처 이자카야에도 데려가셨던 기억이 생생합니다.

제가 기사를 쓰다가 오보를 내 '바로 잡습니다' 쓰고 풀 죽어 있을 때, 안 선배가 건넨 말씀도 기억합니다. "설거지하다 보면 그릇 깨트릴 수 있다. 힘내라." 그 한 마디에 정신 차리고 다시 취재하고 기운 냈습니다.

존경하는 선배를 버팀목 삼아 조선일보에서 기자 생활을 해왔던 제가, 지난 6월 노조위원장으로서 선배 별세 노보를 만들어야 했던 사실은 아직도 너무 괴로운 기억입니다. 정말 상상할 수도 없던 그 시간이 아직도 비현실적으로 느껴집니다. 아직도 전화기에서 안 선배 전화가 울려올 것 같고, 메신저에서 "잘 지내지" 말 한마디 건네실 것 같은데 더는 그 목소리 듣지 못해 참으로 그립습니다. 그래도 선배에게 배웠던 그 모든 것들 잊지 않겠습니다. 비록 먼 길 떠나셨지만, 하늘에서는 평안하시길 간절히 기도하겠습니다.

나의 영원한
1진

김연주
조선일보 사회정책부 기자

지난 여름 안 선배가 세상을 떠났다는 소식을 들었을 때 내가
느낀 슬픔은 나조차 이해하기 힘든 수준이었다. 시도 때도 없이
우울감이 찾아와 버스 좌석에 앉아서도, 길을 걷다가도 갑자기
눈물이 났다. 무엇보다 내가 하는 기자 일이 부질없이 느껴져
참 힘들었다.

2006년 입사해 15년간 조선일보를 다니면서, 사회부 · 지방취
재본부 · 엔터테인먼트부 · 국제부를 조금씩 맛보고, 출산 휴가와
영국으로 연수를 다녀온 기간을 제외한 9년을 사회정책부 교육

팀에서 일했다. 그 기간 동안 안 선배는 교육팀장이었고, 나는 그의 팀원이었다. 안 선배가 논설위원·사회정책부장으로 승진했을 때도, 내게 안 선배는 부장이나 위원이 아니라 그냥 1진이었다.

기자들은 다 알겠지만, 1진이란 존재는 늘 좋을 수만은 없다. 아니, 미울 때가 더 많을 것이다. 안 선배는 겉으로 보이는 부드러운 이미지와 달리 내게는 무척 냉혹한 편이었다. 그는 내가 사소한 물이라도 먹으면 "조선일보는 1등 신문이다. 너는 늘 출입처에서 1등을 해야 한다"라고 꾸짖었다. 출입처에 대해 질문했는데 내가 대답을 못 하고 우물쭈물할 때면 "기자가 출입처에 대해 모르는 것은 부끄러운 일"이라고 나무랐다. 나는 안 선배가 원하는 만큼 해내지 못해 자주 자괴감에 빠졌다.

지금도 안 선배를 생각하면 오전 11시쯤 그가 보낸 "회사에 들어오길"이라는 문자 메시지가 떠오른다. 양상훈 편집국장 시절 우리는 거의 매일 종합면 기획을 했다. 오전 11시에 첫 오더를 받아 5시 반까지 종합면 한두 개씩을 막아야 했다. 학교 폭력, 교육감 선거, 대학 평가, 대학 입시까지, 교육 기사가 쏟아지던 시절이었다. 나는 서울시교육청 기자실에 앉아있다가 안 선배 문자를 받자마자 헉헉하면서 회사로 달려가곤 했다.

  지금 생각하면 그 힘든 일을 어떻게 해냈는지 놀랍기만 한데, 그건 전적으로 안 선배의 능력 덕분이었다. 그는 짧은 시간에 온갖 취재원을 동원해 기사 방향을 잡았다. 나는 시키는 대로 취재를 할 뿐이었다. 53판까지 판 갈이를 하고 밤 12시에 집에 가는 날이 허다했다. 힘들었지만 다 같이 일을 해냈다는 성취감이 대단했다. 안 선배는 녹초가 된 후배들을 보면서 "내일 봐라. 정부 정책이 바뀔 거다. 그래서 이 일을 하는 거야"라며 동기를 부여했다.

  그렇게 아침부터 밤까지 함께 일했으니, 안 선배와 나는 남편보다 통화를 많이 했고 함께 보낸 시간도 많았다. 지금 내가 취재하고 기사 쓰는 방식 대부분을 그에게 배웠다.

  이런 시간들을 되짚어 보니 그가 떠났을 때 내가 느낀 감정이 무엇인지 알 것 같았다. 그것은 둥지 잃은 새 같은 것이었다. 그저 막막하고 슬픈 것이다. 그는 나를 벽으로 몰아붙여 힘들게 한 사람이기도 하지만 나의 부족함뿐 아니라 노력과 결실까지 모두 다 알고 있는 유일한 사람이었다. 그런 사람이 이제 더 이상 존재하지 않는다는 사실만으로 나는 인생의 많은 것을 잃어 버린 기분이 들었다.

구구절절 옳은 소리도 변변찮은 선배한테 들으면 반감이 든다. 하지만 안 선배의 지적은 그렇지 않았다. 본인이 늘 최고가 되기 위해 노력했고, 실제로도 최고의 기자였기 때문이다. 안 선배는 출입처에서 타사 기자 그 누구보다 취재를 잘했고 취재원들과 끈끈한 관계를 유지했다. 기자 일을 진심으로 좋아했다. 그는 "기자가 힘들긴 하지만, 하루하루를 가장 충실하게 사는 직업"이라고 했다. 나는 그런 안 선배처럼 되려고 노력했지만 불가능한 일이었다.

안 선배 하면 'S.B.An'이 수놓아진 셔츠 소매와 이름이 새겨진 만년필이 떠오른다. 안 선배 머리는 막 샤워를 하고 나온 것 같이 늘 깔끔했고, 옷은 맞춤양복집에서 맞춘 것처럼 항상 각이 잡혀 있었다. 안 선배를 만난 교육부 공무원들은 하나같이 "기자 같지 않게 부드럽고 나이스한 분"이라고 했다. "안석배 기자를 만난 후 기자의 스펙트럼이 이렇게 넓다는 걸 알게 됐다"라는 사람도 있었다. 취재원들은 안 선배를 '조선일보 젠틀맨'이라고 불렀다. 그럴 때마다 나는 왠지 으쓱해지는 기분이었다.

안 선배는 공무원의 행시 기수를 줄줄 꿰고 있었고, 기수를 기억하는 것에 강하다고 스스로 말했다. 안 선배는 개인적인 이야기를 많이 하진 않았다. 내가 여자 후배라 그랬는지도 모르겠다. 하지만 딸과 아들 이야기가 나올 땐 갑자기 표정이 환해졌던 기억이 난다.

재작년 안 선배는 어려운 시절에 갑자기 부장을 맡아 너무 힘들어했다. 부장 역할을 잘 해내고 싶은데 마음처럼 잘 안되어 답답해한다는 걸 옆에서 느낄 수 있었다. 누군가에게 소리를 지르는 모습도 그때 처음 보았다. 어느 날 오후 본인 자리에 앉아 다리를 쭉 뻗고 얼굴에 손수건을 덮은 채 뒤로 기대있던 모습이 내가 본 안 선배의 마지막이다. 다음날 병가를 내고 출근을 안 했는데 내가 안 선배를 안 이후 병가를 낸 것은 그때가 처음이었다.

며칠 전 TV에서 봄여름가을겨울의 '브라보 마이 라이프' 노래가 나와서 또 한참 울었다. 안 선배는 노래방에서 이 노래만 불렀다. 생전에 안 선배한테 왜 이 노래만 부르는 것인지 이유를 물어보지 못했다. 그것 말고도 많은 것을 묻지 못했는데 이제 물어볼 수가 없다. 선배, 많이 죄송합니다. 보고 싶습니다.

추모글

안 선배,
진심으로 존경합니다

오현석

중앙일보 정치팀 기자,조선일보 47기

그날따라 회사로 들어가는 발걸음이 무거웠습니다. 팀 전체
로는 사나흘 연속 크고 작은 단독 기사를 놓쳤고, 결정적으로
제가 있던 서울시교육청에서 경쟁지 동기에게 '큰물'을 먹은 날
이었습니다. 팀장이던 안석배 선배는 교육팀 전원을 회사로 호
출했습니다. 불호령이 떨어져도 전혀 이상하지 않을 상황이었
습니다.

적막한 회의실에 들어온 안 선배의 첫마디는 "미안하다"였습
니다. 안 선배는 자신의 휴대전화를 꺼내 들고 "하루에 배터리

가 2개 닳도록 전화 취재를 하는데 잘 안 됐다"라며 "앞으론 배터리가 3개 닳을 때까지 노력하겠다"라고 말했습니다. 차분한 목소리였으나, 스스로를 질책하는 듯 느껴질 정도로 진심이 실려 있었습니다. 그러면서 "모두들 힘들겠지만 한 발씩 더 뛰자"라고 후배들을 다독였습니다. 그날 이후 안 선배가 이끄는 교육팀에서 이슈를 놓친 적은 거의 없었던 것으로 기억합니다.

안석배 선배는 그런 분이었습니다. 책임은 늘 자신의 몫으로 돌리고, 그런 모습을 통해 후배들의 잠재력을 이끌어냈습니다. 대한민국에서 출입처를 가장 잘 아는 기자인데도, 취재원 앞에서 늘 예의를 갖췄고 겸손했습니다. 그러면서도 한국교육의 바른 방향을 찾기 위해 진지하게 공부하고 고민했습니다. 진심과 열정으로 자연스레 사람들의 마음을 움직이는 기자였습니다. 안 선배와 함께했던 2년 반을 가장 가슴 뛰던 시절로 기억하는 건 그래서일 겁니다.

12년 전 그날엔 팀 막내였던 저도 어느새 그때의 선배처럼 후배를 더 많이 마주하는 연차가 되어가고 있습니다. 어려움에 부딪힐 때마다 '그때 안 선배는 어떻게 했던가'를 곰곰이 떠올려

보는데, 선배 같은 아름드리나무가 되는 게 무척 어려운 일이라는 걸 깨닫곤 합니다.

제게 안 선배는 기자 생활의 ABC를 가르쳐주신 분입니다. 전체의 흐름을 읽어가며 그 속에서 중요한 사실을 찾아내는 것부터, 취재원과 대화를 어떻게 나누는지까지 모두 안 선배께 배웠습니다. 심지어 선배가 노래방에서 즐겨 부르던 노래도 옆에서 열심히 따라 부르다 보니 제 레퍼토리가 됐습니다. 그렇게 받기만 하고 보답할 길이 없어 늘 죄송했는데, 이젠 이런 마음을 전할 방법조차 없다는 현실이 믿기지 않습니다.

안 선배, 진심으로 존경합니다. 최고의 기자인 선배와 함께 일할 수 있어서 정말 행복했습니다.

안석배 선배의
큰 자리

김효인
조선일보 경제부 기자

안석배 부장을 가장 많이 뵌 곳은 회사 사무실인데도, 부장을 떠올리면 2018년 제 결혼식장에서의 모습이 먼저 생각납니다. 그날 부장께서는 싱글버튼 재킷에 알록달록한 스카프를 매치하셨는데 그 모습이 어쩌나 세련되고 멋지시던지. 친정 식구들이 돌아가며 "회사 상사가 맞냐", "조선일보에 저런 멋쟁이가 다 있냐"고들 하셔서 웃었던 기억입니다. 결혼식 날짜를 미리 잡지 못해 출근하시는 일요일이었는데도, 식장이 사무실과 멀리 떨어져 있었는데도 부장께서는 일찍부터 오셔서 축하의 인사를 건네주셨습니다.

당시에 환경부를 출입하고 있던 저는 미세먼지 관련 기획 기사를 쓰고 있었는데 결혼식 날짜가 다가올수록 미세먼지 농도가 높아져서 걱정이 많았습니다. 시리즈 마무리도 못 하고 신혼여행을 가게 되어서 팀원들에게도 미안하고, 데스크들께는 또 얼마나 눈치가 보였던지요. 제가 근심이 가득한 얼굴로 사무실에 앉아있으니 부장께서 먼저 다가와 "마음 편히 다녀오라"라고 해주셨습니다. 그때뿐 아니라 2013년 팀원으로 처음 뵈었을 때부터 언제나, 부장께서는 그렇게 포용의 리더십으로 후배들을 이끄는 분이었습니다.

또 부장께서는 정말 배울 점이 많은 선배셨습니다. 갓 3년 차 기자로 교육부 출입을 하게 되었을 때 팀장으로 계시던 안석배 선배는 어떤 취재원을 만나든 가장 먼저 거론되는 이름이었습니다. 문제점을 날카롭게 지적하면서도 교육계에 대한 애정이 느껴지는 기사와 칼럼을 쓰셔서 '아프다' 소리를 하기가 힘들다고들 했습니다. 한 교육부 관계자가 저에게 "그런 선배를 만나 정말 좋겠다, 쫓아다니며 많이 배워라"라고 했던 것도 기억납니다.

쫓아다닐 필요도 없이 안석배 부장께서는 필요한 때에 먼저 가르침을 주셨습니다. 삼성전자 이재용 부회장의 아들이 모 국제학교에 사회적배려대상자 전형으로 입학했다는 뉴스가 터져나왔을 때였습니다. 학교에 가서 선생님들, 아이들을 만나 추가 취재를 하라는 지시가 떨어졌지만 교육팀에 온 지 얼마 안 되었던 저는 굳게 닫힌 학교 문 앞에서 서성일 수밖에 없었습니다. 몇 명 없는 취재원들에게 연락을 돌려봤지만 별다른 성과를 얻지 못하고 좌절해 있을 무렵 안 부장께서 전화번호 몇 개를 전해주셨습니다. "연락 해뒀으니 통화 한번 해봐" 하셨던 부장 덕분에 기자로서 큰 자산을 얻었습니다.

그런 부장과 회식 자리에 가면 늘 재미있었습니다. 후배들이 좋아하는 주종(레드와인인지 화이트와인인지까지)도 기억하시고, 때로는 좋아하는 안주도 챙겨 시켜주셨지요. 일 이야기 말고 사는 이야기, 가족들 이야기하실 때는 얼굴에서 미소가 떠나지 않으셔서 가족분들에 대한 사랑이 느껴졌습니다. 부서에 일이 몰리던 2019년 초에는 그런 시간을 가질 여력이 적었습니다. 당시 부장께서 너무 많은 짐을 지고 계셨고, 도움이 되어드리지 못했던 것 같아 죄송스럽습니다.

마지막으로 부장을 뵈었던 것이 2019년 12월 23일, 크리스마스를 이틀 앞둔 부서 송년회 자리였습니다. 휴직 중이셨던 부장께서는 양손 가득 선물을 들고 참석하셨습니다. 셔츠 안쪽으로 스카프를 두르시고, 신발은 검은색 슬립온을 신으신 언제나처럼 세련되고 멋진 모습 그대로셨습니다. 작년 12월 그맘때가 되니 그때 안 부장께서 "잘 지내지?" 하고 먼저 물어주셨던 기억이 떠올랐습니다.

그때 부장을 중심으로 부원들이 모여 찍었던 기념사진이 여전히 제 휴대전화에 남아있습니다. 이 글을 쓰면서 다시 사진을 꺼내어보니 안 부장께서 떠나셨다는 사실이 더욱 믿기지 않습니다. 저처럼 짧다면 짧은 기간 부장과 함께한 후배들의 마음에도 안석배 선배가 크게 남아계신다는 사실이 유족분들께 조금이나마 위로가 되기를 바랍니다.

트렌치코트를 입은
슈퍼맨

정경화
토스 커뮤니케이션스 매니저, 조선일보52기

안석배 선배와 교육팀에서 만 2년 일했으니, 가깝게 지내셨던 선배들에 비하면 짧은 기간일지 모르겠습니다. 그럼에도 저의 길지 않았던 기자 생활 중 가장 치열했던 시간이었기에 글로 남겨 오래 기억하고 싶었습니다. 매일 조금씩 성장했으며, 또 그걸 인정받고 있다는 기쁨 속에서 일했던 기억들이 가득합니다.

"우리나라에 학교가 몇 개 있는 줄 아나?" 입사 후 처음 부서를 옮겨 교육팀에 온 제게 안 선배는 이런 질문을 하셨습니다. "전국에 초·중·고교 1만 1,000여 개가 있고, 학생은 600만 명,

교사도 40만 명이 넘는다. 200개 넘는 대학 역시 교육팀 나와바리(구역)다. 학부모까지 더하면 교육팀이 쓰는 기사는 사실상 전국민을 다룬다." 제가 하고 있는 일이 얼마나 많은 사람에게 영향력을 미치는 중요한 일인지를 숫자로 표현하신 겁니다. 이렇게 확실한 동기부여는 이전에도 이후로도 없었습니다. 팀장으로서 안 선배는 제게 한 번도 "무조건 써라" "어떻게든 해라" 같은 말씀을 하신 적이 없습니다. 늘 충분한 맥락을 짚어주셨고, 제가 취재한 바를 믿어주셨습니다. 신뢰를 받으며 일하는 행운을 누렸습니다.

어느 봄날, 1면부터 이어 달리는 기사를 안 선배와 함께 썼습니다. 며칠 동안 분석한 대학 정원 자료를 들고 아침부터 표를 만들고, 기사를 쓰고 고치고 분주를 떨었습니다. 대문짝만하게 가판이 나가고 나니 안 선배 전화통에 불이 났습니다. 관계자들의 뒤늦은 해명을 더해 52판 마감까지 하고 나니 혼이 빠져나간 것 같았습니다. 안 선배가 "정통호프에서 딱 한 잔만 하고 가자"고 외치셨죠. 저도 뿌듯한 마음에 신이 나서 따라갔습니다. 선배는 "대학 구조조정이 엉뚱하게 흘러가고 있다"라고 열을 올리며 맥주 한 잔을 들이켜시고는 택시를 잡아탔습니다. 저도 집으로 돌아가는 길, 휴대폰에 안 선배 이름이 떴습니다. '기사가 뭔가 잘못됐나' 싶은 마음에 째깍 받았는데 선배는 "잘 들어가고 있지? 오늘 참 잘했다." 하고는 제가 뭐라 답하기도 전에 얼른 끊었습니다. 다른 사람 일로 괴로워하던 제게 "마음이 상했을 것 같아 전화했다. 대신 미안하다." 하신 일도 있었습니다. 당신 잘못이 전혀 아니었는데도요. 두 번 다 용기 내어 전화하셨음을 저는 두 번 다 곧바로 알아차렸습니다.

안 선배와 일할 때 저는 늘 뒷배가 든든한 기자였습니다. 여기저기 쑤시고 다니며 취재하다 막히는 순간이 오면 안 선배가 슈퍼맨처럼 나타났고, 고공 취재로 고급 정보를 쥐어주셨죠. 역사 교과서 국정화가 곧 결정될 거라는 소문이 파다했던 어느 일요일. 아침부터 전화 마와리를 몇 바퀴나 돌았지만 핵심은 알아낼 수가 없었습니다. 그날도 트렌치코트 차림으로 사무실에 들어선 안 선배는 울상인 저를 보더니 휴대폰을 집어 들었습니다. 제 전화는 수신 거부를 한 양 받지 않던 장·차관이, 안 선배 전화는 놓치지 않더군요. 짧은 통화를 마친 선배는 "내일 발표한다"라고 근엄하게 말씀하셨습니다. "지금은 취재가 어려울 거야. 오늘은 내 말 믿고 가면 된다." 전율이 일었습니다. '나는 왜 취재가 안 되나!' 자존심이 상하기보다는, 존경심이 커졌습니다. 제가 가끔 "안석배 선배 같은 기자가 될 수 있다면 죽을 때까지 기자 할 수 있을 것 같다"라는 말을 하곤 했는데, 아마 이날부터 였을 겁니다.

이런 기억들이 일하다가도 별안간 떠오릅니다. 안 선배와 달리 저는 한 번도 용기 내어 감사한 마음을 표현하지 못했습니다. 투병 중이신데 괜찮을까 머뭇거리다 결혼한다는 소식도, 회사를 그만둔다는 소식도 뒤늦게야 알렸던 제가 한심합니다. 곧 다시 뵐 수 있을 줄로만 알았습니다. 저 말고도 많은 분들이 선배와의 추억을 나누어 주시는 것, 그리고 하늘에서는 더 이상 아프지 않으시리라는 게 그저 위안이 됩니다.

▲ 2019년 12월 23일 치료를 마치고 건강한 모습으로
조선일보 사회부서 송년회에 참석한 안석배 기자

▲ 2013년 6월 22일 조선일보 사회 정책부와
TV조선이 함께한 북한산 우이령길 단합대회.
파이팅을 외치고 있는 안석배 기자.

부장,
생각해보니 부장과 처음본지 올해로 무려
2년 7개월이 되었습니다.
그동안 한결같이 많이 참고
힘써들 다독거리며 지내왔는데,
어쩌면 이번에 퇴장으로써
잠깐 쉬고 숨고르고
가족과도 여유롭게 시간 보내시라고
생긴 일이 아닐까 생각했습니다.
저희가 잘 챙기고 있을테니
힘드셔도 많이 드시고 푹 주무세요.
「야 그때 고생했죠」「부장 한잔 받으세요」
같이 나눴는데 말입니다, 이런 농담을
하면서 2019년 겨울을 돌이켜볼날이
생각보다 딱 빨리 올 거에요.
앞서도 너무 놀라겠을텐데
너무 걱정마시고 특별히 잘 챙겨내실거라 믿습니다.
부장 쾌유하세요 ! 수혜드림

부장
해가 타버린가 "너희 부 누군들 어쩌면부터
자정 까지 주 6일씩 일하면 어떻게
버티냐"라고 물었던 적이 있습니다.
그건 너무 고생하셨습니다. 제가 복팀을
좀 더 안정 있게 팀을 운영했으면
부장이 마음을 놓으실 수 있었을 텐데
죄송스러운 마음이 앞섭니다.
앞으로는 더 노력해서 아이템 경쟁,
출고된 기사 걱정 하시지 않고
일찍 퇴근하실 수 있도록
노력하겠습니다.
푹 쉬고 복귀하신 뒤에도
건강 관리 꼭 하셔서 저희를
잘 지켜주셨으면 좋겠습니다.
- 홍준기 -

부장. 죄송합니다.
항병 이겨내시고 대 돌아오세요.
빌고 빕니다. 여진드림.

부장
자리에서 "이봉주훈아" 하고
시크하게 부르시면 목소리가
벌써 그립습니다. 이름 부르신
때마다 떡줄테니도 요. 제발
어서 쾌유하셔서
다시 불러주세요.
-안지훈 올림-

부장 안녕하세요. 손호영입니다.
항상 에너지 넘치시던 부장의 밝은 모습을
많이 좋았습니다.
어쩌면 이번에 부장께서 좋아하는 일도 하시고
가족분과 시간도 보내시라고 잠깐 쉬어가는
시기를 주신 것은 아닐지요.
그래도 늘 언제나 친절하신 모습을 하루빨리
보고 싶습니다.
잠시 자리 비우시는 동안 선배도 5다 열심히
일하고 있겠습니다. 힘내십시오 부장 !
- 손호영 올림.

부장님!
쉬는 날 없이 일하시느라 많이
힘드셨을 텐데 얼른 쾌유하셔서
돌아와주세요! 부장님의 빈자리가
허전합니다 ㅠㅠ
부장님 오실 때까지 저도 열심히
제 자리 지키고 있겠습니다!
- 박선어 올림-

부장. 전에 회식 자리에서
남성게 되었다면서 집어 오지 않고
한 점 하고 주신다는 말씀이
마음에 걸립니다 ㅠㅠ
잠시라도 저희를 믿고,
마음 편히 좀도 주무시고 재충전하셔서
곧 뵙길 거대하겠습니다.
- 허승우 올림

▲ 투병 기간 중에 후배 기자들이 안석배 부장에게 남긴 메세지

내 이름을 경외하는 너희에게는 공의로운 해가 떠올라서 치료하는 광선을 비추리니

너희가 나가서 외양간에서 나온 송아지 같이 뛰리라. (말 4:2)

부장 항상 기도하겠습니다

남정배 드림

부장 건강 빨리 회복하셔서 환한 얼굴로 편집국에서 다시 뵙기를 기도하겠습니다.

최원우 드림

부장,
갑작스러운 소식에 마음이 너무 안좋습니다.
저희때문에 너무 고생하신것아닌지……
잠시 시간이생겼으니 치료 잘받으시고 푹쉬시되
건강히 돌아오시리라믿고
자리 비우신동안 걱정안하시게 열심히 일하고있겠습니다.
얼른 쾌차하시고.
현인 드림

5장

교육계의 안사모들

안석배 논설위원을
기리며

이주호

전 교육과학기술부 장관, KDI국제정책대학원 교수

안석배 논설위원을 추모하는 글을 제가 쓰게 될 줄은 정말 예
상치 못하였습니다. 안 논설위원은 나보다 젊고 건강하였으며
항상 창의적이고 열심히 일하는 인재였습니다. 구만리 앞길이
열려있었던 전도유망한 언론인이었습니다. 그래서 추모사를 쓰
는 저의 마음은 너무나 안타깝고 슬픔을 억누르기 힘듭니다.

저는 학계, 정치권, 국제사회, 시민사회 등 다양한 분야에서
일하였습니다. 이 분야 모두에서 공통으로 언론인에 대하여서
는 너무 멀리하지도 그렇다고 너무 가깝게 하지도 말라는 "불가

근불가원"의 불문율이 있습니다. 언론은 사회의 주요 분야와 일정한 거리를 두고 견제와 균형의 역할을 하는 곳이기 때문입니다. 하지만 어느 분야의 일이나 결국은 사람이 하는 일입니다. 아무리 일정한 거리를 두어야 하는 언론이지만 인간적인 매력에 끌리게 되고 인품에 호감을 가지게 되는 언론인과 일하게 되면 서로 가까워질 수밖에 없는 것이 인간사일 것입니다. 그런 의미에서 저에게 안석배 논설위원은 좋은 친구이자 믿을 수 있는 동료였습니다.

더구나 안석배 논설위원은 교육 분야에서 누구보다 오랫동안 한 우물을 파온 전문성을 갖춘 언론인이었습니다. 우리나라에서 교육은 남녀노소 모두가 큰 관심을 가지고 있는 분야이지만 너무나 복잡하게 얽혀서 쉽게 풀리지 않는 문제들이 많아서 웬만한 전문성이 없이는 좋은 기사를 쓰기 힘든 분야입니다. 하지만 안석배 기자는 오랜 기간 축적한 전문성과 함께 해박한 지식과 탁월한 혜안을 가지고 우리 교육계가 가야 할 길을 제시하고 국가의 교육 아젠더를 제안하였던 최고의 교육전문 언론인이었습니다. 제 경우도 안석배 기자에게 항상 많은 것을 배우고 꼭 필요한 정보를 얻을 수 있었습니다. 제가 국회의원일 때는 안석배 기자와 여러 번 난상토론을 하면서 많이 배웠고, 제가 교육과학기술부 장관일 때는 안석배 기자의 진심어린 충고와 제안 덕분에 장관직을 수행하는 데 큰 도움을 받은 적이 여러 번 있었습니다. 이런 의미에서 안석배 논설위원은 교육개혁의 둘도 없는 동지였습니다.

저에게는 우리 가족이 안석배 논설위원의 가족과 함께하였던 어느 날 저녁에 대한 잊지 못할 즐거운 추억이 있습니다. 제가 와이프와 동네 산책을 하다 우연히 안석배 논설위원 부부와 마주치게 되어서 두 가족이 함께 저녁이나 한번 하자고 하여 만들어진 자리가 있었습니다. 한 번의 저녁 자리였지만 안석배 논설위원이 얼마나 가족을 깊이 사랑하는 가장이고 훌륭한 아빠이며 든든한 남편인지를 느끼기에 충분하였습니다. 그래서 안석배 논설위원을 여읜 가족의 상실과 슬픔을 생각하면 너무나 가슴이 미어집니다. 남겨진 가족에게 거듭 심심한 사의를 표하는 바입니다.

우리가 안석배 논설위원을 진정하게 기리는 방법은 그를 기억하고 추억하는 우리 모두가 그의 생전 열정과 사랑을 기억하

추모글

며 우리의 삶에서 이어가는 것이라고 생각합니다. 국가의 미래를 진정으로 걱정하며 실타래처럼 얽힌 교육 난제를 풀기 위하여 고심하던 안석배 언론인의 모습을 깊이 간직하고 교육개혁에 최선을 다하는 것이 저에게는 그를 진정으로 기리는 길이라고 위안하면서 추모사를 마칩니다. 진심으로 안석배 논설위원의 명복을 빕니다.

꿈꾸듯 맑고 따뜻했던
안석배 기자

염재호
전 고려대 총장

　지난해 초여름 제주도에서 워크숍이 있었다. 회의를 마치고 연세대 장용석 교수와 식사하면서 21세기 대학교육의 변화에 관한 이야기를 나누었다. 특히 코로나 사태를 맞아 어쩔 수 없이 온라인 강의를 하면서 대학도 개혁할 수밖에 없는 현실이 되었다고 했다. 그러던 중 언론에서 교육개혁에 대해 제일 앞장섰던 안석배 기자의 이야기가 나왔다. 그런데 장 교수가 조심스럽게 안 기자가 열흘 전 세상을 떠났다는 충격적인 이야기를 전해주었다.

추모글

아니~ 그 맑고 순수한 안 기자가 세상을 떠나다니? 잠시 말을 못 이을 정도로 충격이 컸다. 학교 선후배 관계는 아니지만 언제나 교육 문제에 대해 함께 흥분하고 교육개혁 방안에 대해 열정적으로 이야기하던 안 기자가 아직 할 일도 많은데 어떻게 이렇게 홀연히 우리 곁을 떠날 수 있을까?

교육부의 정책을 비판하고, 사교육이 우리 사회를 망친다며 개탄할 때마다 뜻을 함께해주던 오랜 친구 같고 후배 같던 안석배 기자. 어떻게 하면 우리 사회를 더 좋게 만들 수 있는지 고민하고 함께 방법을 찾아보자고 미래를 꿈꾸던 멋진 안석배 기자. 초여름 날의 황망한 소식에 안 기자가 어떻게 병을 얻게 되었는지, 남겨진 가족은 어떻게 지내는지, 삶의 마지막을 어떻게 맞았는지 장 교수에게 계속 묻게 되었다. 그리고 안 기자의 가족에 대한 애틋한 사랑에 관한 이야기로 이어졌다. 평소 서로 따로따로 알고 지냈던 장 교수와 안 기자가 친구 사이였다는 것도 처음 알게 되었다. 그렇게 가까운 친구 사이인 것을 알았으면 뜻이 맞는 우리들이 생전에 더 자주 만날 수도 있었을 텐데 하는 아쉬움이 크게 남는다.

지난가을 시골집에서 며칠에 걸쳐 마당에 쌓인 낙엽을 모아 태우면서 이런저런 생각을 하다가 안석배 기자를 떠올렸다. 삶은 이 세상에 한 번 왔다 가는 것이고 때가 되면 누구나 떠나야 한다. 한여름 짙은 녹음을 자랑하던 잎새들이 낙엽이 되어 떨어지고 다시 땅으로 돌아가는 것은 자연의 섭리다. 우리는 한 번 왔다 가는 것인데 어떤 흔적을 남기고 이 세상을 떠나는 것일까?

안석배 기자처럼 우리에게 언제나 따뜻한 미소와 예리한 글과 불의에 흥분하던 아름다운 모습을 남기고 떠나는 것도 쉽지 않다. 다른 사람에게 상처를 남기거나 비굴한 모습의 추한 흔적을 남기고 떠나는 사람이 이 세상에는 얼마나 많은가? 안 기자는 많은 사람들에게 사랑을 나누고 무엇이 옳은지를 나누고 공감을 이끌어내는 글을 남기는 아름다운 흔적을 이 땅에 새기고 떠났다. 곰곰이 생각해보면 결국 누가 먼저 가고 나중에 가는 차이보다 누가 더 아름다운 흔적을 남기고 가느냐가 더 중요한 삶인 것 같다.

이처럼 멋진 사람과 더 오래 같이 즐기며 함께 더 아름다운 흔적을 많이 남길 수도 있었는데 야속하게도 안 기자는 너무 일찍 홀로 떠났다. 더 많은 사회비판과 대안의 글을 우리에게 전해서 우리 사회를 더욱 밝게 해줘야 하는데 그런 것들을 남겨둔 채 먼저 떠나니 너무 안타깝다. 멋진 노년의 삶까지도 젊은 이들에게 롤 모델로 보여줄 수 있었던 사람인데 젊은 시절의 흔적만 남기고 떠나니 너무 아쉽다. 이처럼 옆에서 지켜만 보는 나도 아쉽고 야속한데 남겨진 가족은 얼마나 더 절절히 남편과 아빠가 보고 싶고 만나고 싶을까 생각하면 가슴이 먹먹해진다.

낙엽이 지고 겨울이 되어 눈이 내리고 또 봄이 되면 초록빛의 새싹이 얼굴을 내민다. 안석배 기자의 아름다운 추억은 다시 남은 가족을 통해 새롭게 싹을 피우게 될 것이다. 사람은 사라지지만 흔적은 남는다. 안석배 기자의 아름다운 얼굴과 예리한 글과 따뜻한 마음은 내게 깊은 흔적이 되어 하루하루 지날 때마다 문득문득 떠오르는 얼굴이 될 것이다.

그가 있어
나는 행복했다

이대영

전 서울시교육감 권한대행, 전 교육부 대변인

먼저 세상을 떠난 누군가를 그리워하고 추모의 글을 쓴다는 것은 참으로 아픈 일이다. 시간의 힘을 빌려 애써 마음 한편에 간직한 애잔함을 끌어내야 하는 슬픈 일이기도 하다. 평소 인생을 살아가며 얻은 몇 안 되는 벗이자 아우로 지낸 사람을 잃은 기억은 그리 쉽게 사라질 수 없다. 문득문득 떠오르는 언론인 안석배와의 추억은 언제나 새롭다. 언제든 달려올 것만 같은, 겸손하고 따뜻한 기자 안석배!

어차피 인생은 인연 따라 살게 마련이다. 사람은 이런저런

추모글

일로 관계를 맺으며 살아간다. 그 관계가 잘 발전하면 좋은 인연이다. 아름다운 인연을 맺고 살다가 인간의 의지로 어찌할 수 없이 이별을 맞기도 한다. 인생이 이렇다. 그래서 서로 의지하고 감화를 주던 멋진 사람과의 이별은 더 힘들고 애잔하다. 안 기자와 인연을 맺으면서 있었던 일화는 그의 능력과 인간적인 면모를 보여준다.

어느 날 안 기자가 내게 툭 던진 한마디가 있다. "형님, 서울도 지역별로 아이들과 학부모들이 선호하는 학교를 하나씩 키워서 강남으로의 쏠림현상이 없게 하면 안 되나요?"

이 한마디가 나로 하여금 현재 시행되고 있는 서울지역 일반 고교 배정방식인 고교선택제의 초기 정책 제안을 하도록 만들었다. 당시 서울지역 일반고교의 배정은 거주지 동별로 기호를 부여하여 여기저기 불규칙하게 분포된 고등학교에 당사자의 의사를 고려하지 않는 컴퓨터를 통한 강제 배정 방식이었다.

교통편을 고려한 배정이라고 하지만, 학교별 정원을 정해놓고 물리적인 거리만 고려하다 보니 대중교통이 충분하지 않은 시절이라 많은 학생이 배정에 불만이 있었다. 배정발표가 나면 교육청은 민원으로 업무가 마비될 지경이었다. 아직도 병폐로 남아있기는 하지만 당시에는 선호학교가 존재했고, 특히 강남 지역 학교에 진학시키려는 학부모의 욕구로 가거주문제 등 큰 사회적 문제가 있었다.

기존의 강제 배정 방식에서 학생의 선택권을 주는 배정방식으로 바꾸면 최소한 본인의 선택권을 주었으므로 배정으로 인한 불만은 많이 사라질 것으로 판단됐다. 선호학교가 있는 두 지역의 학교군을 선정하여 시범운영을 해보자는 정책 제안을 당시 교육감에게 했다. 이로 인해 획기적인 서울시 고교선택제라는 배정방식이 탄생한 것이다. 고교 배정에 대한 민원은 줄고 만족도는 높아졌다.

서울시 일반고 배정방식의 혁명적 변화의 뒷이야기를 아는 사람은 많지 않다. 교육 관련 정책의 오류를 지적하고 비판하는 것도 언론의 역할이지만, 공직자가 창의적인 제도 개선을 위한 마인드를 가질 수 있도록 방아쇠 역할을 해주는 것도 언론의 기능이다. 안 기자는 교육 분야를 오래도록 취재한 전문성으로 공무원들의 창의적인 업무수행에 자극을 줬다.

중앙정부 대변인으로 근무하던 시절 사교육을 대체하는 수단으로 방과 후 수업의 활성화와 내실화가 중요하게 대두된 적이 있다. 여기에도 안 기자의 조언이 하나의 정책으로 탄생했다. 사교육의 혜택을 보기 어려운 경남 어느 지역의 아이들에게 지역에서 공간을 마련하고 인근의 대학교수와 대학원생들의 협조를 받아서 아이들에게 학교에서 지도받기 어려운 논술 등을 지도하는 기사를 소개해주었다.

이를 계기로 학교의 벽을 깨는 방과 후 수업을 제안했고, 실제로 서울 강남지역에서도 일정 기간 여러 학교의 선생님들이 신청한 다양한 학교의 아이들을 지도하는 프로젝트가 시행됐다. 아이들 입장에서 자신의 학교에서 제대로 배우지 못한다는 교과별 불만을 다른 학교의 능력 있는 선생님에게 배우는 것으로 해소하는 당시 파격적인 정책이었다. 여러 학교의 아이들을 모아놓고 학원 식으로 현직 선생님들이 지도하는 방식은 신선한 충격이었다. 안 기자는 이처럼 교육 전반에 대한 비판과 아울러 대안을 만들 수 있는 자극을 준 참 언론인이었다.

중앙정부 대변인 시절의 또 다른 일화. 안 기자와 점심 약속
이 있었는데 갑자기 약속을 미루자는 것이었다. 무슨 일이 있나
싶었는데 다녀와서 들려주는 이야기가 감동적이었다. 아버지
께서 아들이 일하고 있는 정부청사까지 오셔서 점심을 모셨는
데 아버지가 오신 이유가 안 기자에게 용돈을 주기 위함이라는
것이다. 무척 생경하게 들렸지만, 아버님의 아들 생각하시는 정
이 크게 다가왔다. 유수한 언론사 기자로 생활하는 아들을 격려
하러 직접 걸음 해 용돈을 주고 가시는 아버지와 장성한 아들의
정이 감동이었다. 나의 돌아가신 아버지가 떠오르며 따뜻하고
애틋한 부정에 감동했다. 안 기자는 그런 부모님의 정을 받으며
성장해서인지 늘 따뜻한 성품의 신사였다.

투병 중에 컨디션이 좋으면 가끔 만나 점심을 함께했다. 어
느 날 둘이 만나 식사를 하는데 예쁘게 포장된 상품권을 내놓으
며 나의 생일을 축하한다는 게 아닌가? 아픈 와중에 멀쩡한 사
람 생일을 챙긴다는 것은 어려운 일이다. 당황스럽기도 했지만,
그 고마운 정을 받았는데 그게 사실상 마지막 이별 선물이 되었
다. 죽음을 앞둔 아픔과 싸우면서도 깊은 정을 주고 간 그 마음
의 깊이를 알 수가 없다. 일상을 이야기하고 정을 나누던 사나

이 안석배! 그는 내게 기자가 아닌 의리로 맺어진 아우였다.

안 기자는 조선일보에 대한 애사심과 자긍심이 누구보다 컸다. 덕과 명석함에 겸손함까지 갖춘 참 언론인 안석배! 그를 추모하는 것이 슬프지만, 그가 있어 나는 행복했다.

그 미소, 그 눈빛
다시 마주할 때까지

이상기

아시아엔 발행인, 영동고 선배, 한국기자협회 38, 39대 회장 역임

안석배 후배.

이 글을 쓰며 자네의 잔잔한 미소와 나직한 음성이 떠오르는
듯하네. 처음 만났을 때나, 영언회(영동고 언론인 모임)에서 마지막
으로 볼 때나 한결같은 모습이었지. 조선일보와 한겨레로 소속
매체는 다르지만, 기자들이란 대체로 한두 번은 출입처나 현장
에서 만나곤 하는데, 자네와는 그런 인연은 없었지. 자네가 기
자로서 남다른 실력과 열정을 보였던 교육부를 내가 몇 해 먼저
출입한 것이, 영언회와 함께 우리들을 연결시켜준 끈이 아닌가

하네. 가까이는 광화문 정부중앙청사 17층 교육부 기자실이, 멀리는 학동 영동고교가 우리가 함께 발을 디딘 곳인 셈이지.

교육부를 출입했다는 공통점이 자네에 대해 보다 정확히 추억할 단서를 가져다줄 줄이야···. 기사 한 줄에도 팩트를 찾아 정확하게 써야 직성이 풀리는 우리 기자들(어떤 이들은 '쟁이'라고 하던데, 나는 '기레기'니 쟁이니 하는 기자 스스로를 경멸하는 말은 질색이지. 아마 안석배 기자도 마찬가지일 듯)의 속성이랄까 습속이랄까, 이 글을 쓰면서도 교육부와 조선일보에서 자네를 아는 몇몇에게 취재를 했지. 그런데, 취재해보니 자네는 '기자'보단 '선비'에 가깝지 않았나 싶어. 하늘나라에서 이 글을 읽을 테니 거짓으로 쓸 수 없는 노릇, 들은 대로 옮기면 이렇다네. 단어와 어절로 축약하면 △겸손하다 △온유하다 △조용하다 △내면이 강하다 △신사 △과묵 △점잖다 △차분하고 조곤조곤 △일만 하는 것 같다 △헛된 말 없이 △묵묵히 △눈가 웃음 △친절하다 △신사 등등등···. 내가 취재한 이들의 자네에 대한 기억은 모두 칭찬 혹은 찬사 일색이야. 한겨레 시경캡도 하며 나름 제법 날리던 민완기자인 내가 취재를 잘못했다?

그런데 말일세, 그 가운데 두 마디에 나는 가슴이 먹먹해졌어. "그 친구는 후배들이 잘못해 선배한테 싫은 소리 들어도 혼자서 삭이는 스타일이었어. 그 스트레스가 적지 않았을 텐데." (조선일보 H기자) "안 기자님처럼 남 배려하는 기자들 거의 없어요. 특이할 정도였어요. 그분과 얘기 많이 못 나눈 게 영 죄송하고 후회돼요."(교육부 N직원)

늘 남을 앞세우고, 궂은일 도맡아 하던 게 바로 자네의 품성 탓이었음을 확인하니, 뭐랄까 조금은 위안이 되네. 석배 자네가 언젠가 딸이 그린 그림을 보여주며 빙긋이 웃던 모습을 기억하는 이가 있더군. 그는 이렇게 말하더이다. "한없이 속 깊고, 가족을 무척 사랑한 분이었던 것 같아요. 자신에게 조금 관대했으면 어땠을까, 그런 생각도 들어요."

이 글 준비하며 자네 기사 몇 개 다시 읽었네. 안석배 기자 자네가 가장 최근에 쓴 것으로 보이는 아래 칼럼으로 이 글 마치려 하네.

[태평로] 美談 사라진 한국 入試

　서울 강북의 한 추어탕집 외아들이 대입 수능에서 만점 성적표
를 받았다. 3년간 백혈병을 앓다가 일어난 학생이었다. 서민 동네
에서 자라, 학원과는 담쌓고 인터넷 강의 듣고 이룬 그 학생의 쾌
거에 모두가 박수 쳤다. 오랜만에 접한 훈훈한 입시 스토리였다.
한때 우리는 입시 철 신문 사회면을 보면서 가슴이 따뜻해질 때가
있었다. 행상하는 홀어머니 밑에서, 공장에서 일하는 형과 단칸방
에 살며 명문 대학 들어간 이야기를 접했을 때다. 누군가에게 꿈
과 희망을 줬던 그런 이야기들이 어느 순간 사라졌다. (중략)

　이 정부의 교육정책이 처음 나온 것이 대략 2017년 3월이었다.
당시 문재인 대통령 후보는 서울의 한 초등학교에서 말했다. "첫
째 국가가 교육을 완전히 책임지는 시대를 열겠습니다, 둘째 무너
진 교육 사다리를 다시 세우겠습니다, 셋째 모든 교육은 교실에서
시작됩니다…." 지금 정부는 무엇을 하고 있나. 2년이 지났는데 사
다리 정책, 공교육 살리기의 밑그림조차 보이질 않는다. 대통령은
그날 "부모의 지갑 두께가 자녀의 학벌과 직업을 결정할 수 없다"
라고 했지만, 현실은 반대로 간다. 이 문제에 있어 가장 적극적일

줄 알았던 정부였는데 조용하다.

그러고 보니, 현 정부 들어 논란은 엉뚱한 데서 일어났다. 정부 핵심 인사와 친(親)정부 교육감들은 자기 자녀는 남들이 선호하는 학교 보내놓고, 다른 사람들에겐 "그런 나쁜 학교에 보내지 마라. 폐교하겠다"라고 하고 있다. 사다리를 세우는 것이 아니라, 사다리를 걷어차고 있지 않은가.

<안석배 사회정책부장, 2019년 6월 4일자>

사랑하는 안석배 후배! 그 미소, 그 눈빛 다시 마주할 때까지 안녕히 계시게.

추모글

삶의 품위를
기억하며

김경범

서울대학교 서어서문학과 교수

작년 초여름 그날 아침은 청아했다. 그렇게 이른 시간에 인적이 없는 조선일보 앞 공터에 가본 적이 없었다. 좋아졌다는 소식, 조금 나빠졌다는 소식, 그리고 다시 좋아졌다는 소식을 들은 터라 한밤의 부고는 믿기지 않았고, 세브란스에서의 인사로는 여운이 가시지 않았다. 오히려 이별 의식은 남겨진 사람에게 필요한 것일 수도 있다. 회사 앞 공터에 마이크가 설치되고, 마스크를 쓰고 있어도 누군지 알 수 있는 사람들이 모여들었다. 이윽고 회사 앞에 버스가 도착했다가 곧 떠났다. 모여 있던 사람들은 순식간에 안팎으로 좌우로 흩어졌다. 가노란 말도 못다

이르고 가더니 이별 의식도 순식간에 끝났다. 삶도 죽음도 군더더기 하나 없이 깔끔하고 젠틀하다. 이렇게 한 사람을 기억에 묻었다.

　기억은 바람처럼 예고도 없이 불어왔다가 불현듯 사라진다. 그리고 다시 찾아온다. 같이 먹고 마시고 떠들고 기록했던 회사 앞, 광화문, 시청 뒤, 청진동, 삼각지, 교대역과 강남역은 여전히 그대로 남아있지만, 그와 더불어 나누었던 질문과 대답, 논쟁과 고민, 웃음과 분노, 걱정과 희망은 이제 공중에 흩어졌다. 나는 그가 런던에서 돌아온 직후에 만났다. 정부와 서울대 사이에서 대학 입시 문제로 갈등이 높았던 시절이다. 이데올로기와 이해관계는 충돌하고, 권력과 권력은 불화하며, 정치와 교육이 그리고 현실과 이상이 거칠게 부딪히고 있었다. 우리는 현실 사회라는 학교에서 같이 배우고 같이 성장했다. (그리고 우리의 딸들도 고등학교 2년 동안 같은 반에서 배우고 자랐다.) 광화문 사거리 횡단보도를 건너다 만나는 바람에 길가에서 한참을 얘기하다가 각자 약속에 늦기도 했고, 같이 생맥주를 마시다가 갑자기 뜬 속보 기사를 다시 고쳐 쓰기도 했다. 한 단어를 넣고 빼는 일을 두고 옥신각신했고, 통계 수치의 정확성에 민감했으며, 정책 목표와 수단의

추모글

불일치를 두고 서로를 타박하고 또 서로 공감했다. 10년 치 수능 자료를 비교하여 여러 정부가 대입 정책을 흔들어도 실질적인 변화가 없다는 기획 기사를 그가 만들 때 옆에서 한마디 거들기도 했고, 사회정책부장을 하며 인구절벽 시대의 교육과 복지를 두고 우리 아이들이 살아갈 사회를 걱정할 때 맞장구를 치기도 했다. 우리의 관심은 대학 입시에서 시작하여 교육 문제로 넘어갔다가 사회복지와 연금으로 확장되었고, 새로운 대한민국 사회를 설계하기 위한 현재 세대와 다음 세대 사이에 협약이라는 이슈로 이어졌다. 아뿔싸! 그러고 보니 그는 아주 조금 놀고 매우 오래 일했던 것 같다. 오랜 시간 동안 그는 일하는 사람 그리고 격조와 품위를 가진 사람이었다. 열심히 하려고 했고 잘하려고 했으며, 다른 사람에게 또 사회에 좋은 영향을 주려고 애써 왔다. 그래서 기자로서 신뢰를 받았다. 그의 언어는 화를 낼 때도 고상했고, 자신보다 타인을 먼저 배려했다. 친구들은 그를 좋아했고, 여기저기서 그를 좋아하는 사람들이 새로운 친구가 되기도 했다. 사람들은 그와 친구가 되고 싶어 했다.

이제 그는 없고 우리는 이 세상에 남아있다. 사람은 가고 기억은 남는다고 하지만, 영원할 것 같던 기억도 손에 잡힌 모래처럼 슬프게 흩어진다. 의지로 어쩌지 못하는 현세의 숙명이다. 다행히 그가 쓴 기록은 영원히 남아 그의 존재를 증명해 줄 것이다. 훨씬 더 오랫동안 더불어 살아가며 같이 늙어갈 사람이라고 믿어왔던 그가 먼저 갔다. 우리는 지금 그를 기억하고 있다. 앞으로 기억의 양은 줄어들겠지만, 여전히 우리는 틈틈이 모여서 안석배라는 이름을 말하며 늙어갈 것이다. 조만간 우리도 알 수 없는 순서에 따라 그리될 텐데 우리는 사람들에게 어떻게 기억될까.

한국교육의
등대

강준호
서울대학교 기획처장, 체육교육과 교수

　안석배 부장과 나는 초등학교 동창이다. 동화책에 나오는 귀공자 같았던 안 부장은 성격도 착하고 온화해 여학생은 물론이고 남학생들 사이에서도 인기가 좋은 친구였다. 대부분의 초등학교 동창들이 그렇듯, 우리는 오랜 시간 각자의 삶을 살다 30년이란 시간의 다리를 훌쩍 건너 '교육'을 매개로 다시 만났다. 내가 오랜 미국 생활을 마치고 서울대에 교수로 부임하였을 때, 안 부장은 조선일보에서 우리나라를 대표하는 교육 전문기자가 되어있었다. 그 이후, 우리는 어렸을 때 동네에서 같이 자전거를 타는 것처럼 늘 서로 옆에 있었다. 안 부장이 사회정책부 차장이었을 때 나는 대학의 대외 협력부처장을 맡았고, 안 부장이 사회정책부장이 되었을 때, 나는 기획처장 보직을 맡고 있었다. 우리는 때로는 취재 기자와 취재원으로, 때로는 친구로, 한국교육에 대해, 대학의 미래에 대해, 그리고, 자식 문제에 대해 허심탄회한 대화를 나눴다. 우리는 서로 깊이 신뢰했고 존중했다.

2019년 초, 오세정 총장께서 임기를 시작하며, 서울대가 국립대학법인으로 전환된 이후 겪었던 시행착오를 되돌아보고 더 나은 방향을 모색하기 위해 서울대 법인재정립위원회를 출범시켰다. 나는 안 부장을 그 위원회의 외부위원으로 추천했다. 기획처장으로서 위원회의 당연직으로 참여했던 나는 안 부장의 통찰력과 혜안을 더 많은 학내구성원에게 들려주고 싶었다. 첫 회의에서 국립대학법인 서울대의 역할과 중요성, 그리고 앞으로 나아가야 할 방향에 대해 누구보다 설득력 있게 객관적으로 조언해 주던 안 부장의 모습이 지금도 눈에 선하다. 그런 안 부장의 모습을 그다음 회의부터 볼 수 없었고, 회의할 때마다 그의 빈자리가 점점 더 크게 다가왔다.

안 부장을 떠올리면 마음이 따뜻해진다. 그는 온유하고 선한 사람이었다. 항상 남을 먼저 배려했고, 조선일보를 자신의 분신처럼 생각했다. 그는 존재 자체로 주위 사람들에게 온기와 힘을 주는 사람이었다. 또한, 안 부장은 유연하면서도 세상과 타협하지 않았고, 이상을 지향하면서도 현실 감각을 잃지 않은 언론인이었다. 한국교육 문제의 본질을 누구보다 정확히 꿰뚫고 있었으며, 이를 극복하기 위한 고민의 끈을 놓지 않는 교육전문가였다. 나에게 안석배 부장은 진실한 친구였으며, 품격 있는 지식인이었고, 무엇보다 한국교육의 등대와 같은 인물이었다.

마음이 따뜻한
안석배 기자를 회고하며

전병식
전 서울교대부설초등학교 교장

마음이 따뜻한 안석배 기자를 처음 만난 것은 2005년 교육부 대변인실 장학관으로 근무할 때였다. 조선일보 기자로서 서울시교육청과 교육부에 출입하던 때였다.

2007년 3월 서울 전곡초 교장으로 부임한 이후 서울시교육청 장학관, 서울 교대부초 교장, 서울교총 회장직을 수행하면서 소중한 만남을 지속해왔다. 교육부 대변인과 서울시교육청 부교육감을 지낸 이대영과 함께 우리는 친구처럼 조선일보 뒷골목이나 광화문에서 가끔 소주 한잔을 하며 교육 문제에 관해 이야기하며 소중한 만남은 이어졌다.

2019년 6월 14일 안타까운 소식을 듣고 신촌 세브란스로 달려갔다. 조선일보 교육전문 기자로서 우리 미래 교육에 대해 많이 고민하고 기사를 쓰려고 노력했던 모습, 항상 따뜻한 배려와 겸손함으로 다정하게 느껴졌던 인간미 넘치는 모습 그리고 포스코 청암교육상 추천위원으로 함께 활동했던 시간들이 다가왔다.

너무나 안타까운 마음으로 고인의 명복을 빌면서 톨스토이의 『나그네 인생』과 『세 가지 질문』에 대해 다시 한번 생각해본다.

톨스토이는 인생이란 사람이 '태어나서 죽을 때까지의 삶'을 말하는데, '인생은 잠시 살다 가는 나그네'라고 말한다.

나는 누구인가? 나는 어디서 왔다가 어디로 가는가? 앞으로 어떻게 변할 것인가?에 대한 의문을 갖게 된다.

인생은 태어날 때 두 주먹을 쥐고 울며 태어나지만, 주변 사람들은 웃으며 축하하고 손뼉을 친다. 그러나 인생의 종말인 죽음에서는 두 손을 펴고 빈손으로 웃고 가지만, 주변 사람들은 슬퍼하며 애도한다. 태어날 때는 울고 태어났지만 죽을 때는 웃으면서 간다는 말이다. 시작이 있으면 끝이 있는 것처럼 인생도 시작과 끝이 있는데 생生과 사死이다.

'나에게 가장 중요한 시간은 언제인가?'
'이 세상에서 가장 필요한 사람은 누구인가?'
'나에게 가장 중요한 일은 무엇인가?'

이 세 질문에 대한 응답은 톨스토이가 쓴 단편 『세 가지 질문』에서 볼 수 있다.

톨스토이는 우리에게 가장 중요한 순간은 바로 '지금'이라고 말했다. 과거는 지나간 시간이고 미래는 불확실한 시간일 뿐이지만, 지금 경험하는 이 시간은 내가 영향력을 행사할 수 있는 유일한 시간이기 때문이다.

나에게 가장 필요한 사람은 '바로 지금 내 곁에 있는 사람'이다. 과거에 만난 사람은 이미 지나갔고, 미래의 만날 사람은 불확실할 뿐이다. 오로지 지금 얼굴을 마주한 사람이 가장 필요하고 소중하다는 것이다.

마지막으로 가장 중요한 일은 '지금 곁에 있는 그 사람에게 선을 행하는 일'이라고 말했다.

톨스토이는 이것이 인간이 세상에 온 유일한 이유라고 했다.

깨어 산다는 것의 적극적인 의미는 주어진 순간순간을 소중히 여기며, 만남과 인연에 최선을 다하고, 그들에게 선을 행하고 축복하는 삶을 말한다.

우리가 깨어 있음은 지금 우리에게 주어진 '시간'과 '만남'과 '하는 일'에 대하여 자신이 바친 사랑의 깊이로 가늠할 수 있다.

'아이들이 행복한 나라'를 만들기 위해 끊임없이 고민했던 따뜻한 마음을 지닌 교육전문가

이재력

전 교육부 홍보담당관

지난해 6월 14일, 믿기지 않는 소식을 듣고 아연하였다. 조만간 만나기로 약속을 한 '그'였다. 마지막 인사말도 없이 그렇게 허망하게 '그'와 이별을 하였다. 텅 빈 마음을 추스르기 힘들었다.

지금도 환하게 웃는 모습으로 내 앞에 서 있을 것만 같은 착각을 할 때가 있다. 그는 우리나라 교육 현실에 대해 고민이 많았고, 그 고민을 교육 현장에서 발로 뛰며 치열하게 글로 풀어나갔다. '왜' 그리고 '어떻게'라는 의문사를 던지며 항상 교육의 근본을 되새기고 더 나은 대안을 찾고자 하였다. 그는 기자이지만, 요람에서 무덤까지 사람의 삶과 함께하는 진정한 '교육'의 의미를 생각하는 진정한 '교육전문가'였다.

10여 년 전 교육부에서 기자와 취재원으로 처음 만났다. 지금 기억을 되새겨 보면, 당시에는 출입기자에 대한 취재원의 근무수칙이랄까 일종의 '기자와 취재원'이라는 상투적 관계 속에서 어쭙잖은 만남이었다. 막연한 선입견에도 불구하고 안 기자에 대한 첫인상은 무척 따뜻해 보였다. 하지만 주변 사람들은 경계를 늦추지 말라고 귀띔해주기도 하였다.

그동안 일터에서는 바람 잘 날 없이 숱한 일들이 지나갔다. 때론 비판 기사에 대응하느라 읍소하기도 하고, 정정보도를 위한 근거를 제시하며 기사를 수정해달라고 떼쓰기도 하였다. 그때마다 그는 항상 차분하고 논리적인 어조로 반박하거나 오히려 교육의 본질에 대해 되묻곤 하였다. 그럴 때 당혹스러운 마음에 나의 답변이 궁색해지곤 했지만, 그래도 '그'는 끝까지 귀기울이며 상대방의 입장을 이해해주곤 하였다. 그리고 마무리에는 항상 교육의 근본적인 비전과 현실적인 문제해결에 대한 대안에 대해 고민하라는 충고를 잊지 않았다. 이렇게 안 기자와 나는 교육 현장이라는 일터에서 때론 치열하게, 때론 애틋한 연민을 느끼며 정이 들어갔다.

그는 교육 기자로서의 자부심이 컸고 우리나라 교육 현장 취재에 대한 열정이 넘쳤다. '3년간 백혈병을 앓다가 일어난 강북의 한 추어탕 집 외아들이 대입 수능에서 만점 받았다'라는 소식('미담 사라진 한국 입시', 19.6.3, 조선일보)과 '6년간 장애인 친구의 손발이 돼준 학생의 대학 합격'한 이야기(16.12.19, 조선일보 사설)들을 소개하며, 이를 통해 "학생이 뒤처지지 않게 손잡아 주고, 필요한 곳에 사다리를 세워주는 게 사회가 할 일이다"라면서, 교육부와 정부의 존재 이유와 역할(19.6.3, 조선일보, 오피니언)에 대해 따끔하게 지적하였다.

이 외에도 '중앙부처 과장보다 높은 것'(18.4.23, 조선일보, 만물상)이라는 기사를 통해서 중앙부처 과장들의 정책대상자에 대한 갑질('호통치고 제 세상인 듯 하는')을 '하수'라고 일갈하기도 하였다. 또한, '함양고의 기적'(05.07.11, 『조선일보』)을 통해서는 지역사회 교육에 관한 관심의 필요성을 역설하고, '1984년 3월 대원외고·

대일외고'(09.11.04, 조선일보)에서는 특수목적고등학교의 설립역사를 기사화하여 당시 입시 문제로 왜곡된 특목고(특히, 외고)가 본래의 설립목적으로 돌아가야 한다고 주장하기도 하였다.

이처럼 정부 정책에 대한 냉철한 시선 외에도 기초학력 미달자에 대한 관심과 소외계층의 교육정책에 대한 애정과 교육이 가져야 할 따뜻한 눈길을 잊지 않았다.

안 기자는 '교육'에 대한 근본적인 문제 제기와 교육정책이 가야 할 방향에 대하여 끊임없이 천착하고 자문하였다. 한 번은 출장을 가기 위해 광화문 청사에서 서울역으로 가는 길에 우연히 그를 만났다. 취재가 끝나고 회사로 복귀할 때는 항상 걸어간다고 하면서 그날 취재 내용에 대한 고민을 털어놓았다. 기자로서 더불어 자녀를 둔 학부모로서 늘 숙제로 남아있는 교육 현장의 문제들을 생각하며 도심 한복판을 터벅터벅 걷는 그 뒷모습이 아직도 눈에 선하다.

그는 취재원도 배려하는 기자였다. 교육 현실을 불편한 논조로 그러나갈 수밖에 없을 때도 한편에서 취재원이 겪어야 할 상황과 처지를 이해하고자 노력하고 있음을 느낄 수 있었다. 가끔 복도에서 만날 때면 마감 시간에 쫓기면서도 안부를 묻거나 업무 현안의 어려움을 공감하며 걱정해 주곤 하였다.

　이제 그에게 전화할 수도 만날 수도 없게 된 기막힌 상황이 된 지 1년이 가까워진다. 지금이라도 전화기 너머에서 온화한 미소를 지은 채 또박또박 말을 건넬 것 같은 착각이 들 때가 많다. 코로나19가 풀리면 광화문 거리를 걸으면서 안 기자와의 추억을 되새기고 싶다. 안 기자님, 그립습니다.

같이하지 못하는
아쉬움을 삭히며

김연석

교육부 중앙교육연수원

오늘 읽던 책에서 '사람마다 교육의 목적을 다르게 이해할 뿐만 아니라 똑같이 이해하는 사람은 아무도 없다.'라는 문장을 보며 "사람마다 교육의 목적을 다르게 얘기하는 것은 그만큼 교육의 역할이 다양하다는 말이겠지요?"라고 말하던 당신이 생각납니다. 2008년 교육부 대변인실에서 당신을 처음 만나 인연을 맺은 이후 술자리에서 자주 주고받던 이야기 중의 하나였지요.

당신은 교육에 대해 끊임없이 고민하고 토론하기를 좋아했던 겸손하면서도 열정적인 동료였습니다. 소주 한잔하면서 교육 문제와 교육정책에 대해 같이 고민하던 당신이 그립습니다.

부모의 사회·경제적 배경이 자녀 학력을 결정하는 현실 문제를 고민하며, 사교육의 폐해에서 벗어나기 위해서는 공교육이 바로 서야 한다고 하셨죠. 교육의 사다리 역할을 말하며, 교육을 실제 바꿔 갈 주인공은 결국 49만 명 선생님들이라며 선생님들에 대한 기대도 많았지요. 학생의 다양성을 존중할 수 있는 교육정책이 필요하다는 말에서는 어느 교육자나 교육행정가보다 당신의 교육에 대한 열정과 신념이 느껴졌답니다.

현재 코로나19 상황에서 사회 전반에서 나타나고 있는 디지털 전환이나, 학교 현장에서의 학력 격차 우려를 들으면서 당신과 나눴던 다양한 교육에 대한 고민을 더욱 실감하게 됩니다.

당신은 배움에 인색하지 않고, 질문이 많은 치밀하고 균형감 있는 언론인이었습니다. "과장님, 오늘 발표한 내용에 대해 선생님과 학교에서의 반응이 어떨까요?" 무심히 물어온 말이었지만 다음 날 지면에는 어김없이 같은 질문의 현장 목소리가 담겨 있었지요. 교육부의 정책이 발표될 때마다 어김없이 나왔던 예리한 질문들, 정책 담당자뿐만 아니라 전문가, 현장의 목소리를 함께 담으려고 뛰어다니던 열정적인 당신의 모습이 그립습니다.

특히 깊이 있는 분석과 날카로운 비판은 교육부의 정책담당자들을 긴장시키기에 충분했죠. 당신의 깊이 있고 현장감 있는 기사는 다른 교육 기자들에게 모범이 되었고, 교육 언론의 질적 수준을 한 단계 높여 준 최고의 교육 기자였다고 기억합니다.

독자의 눈높이에서 독자와 소통하며 독자와 함께 평생 써온 당신의 교육 기사와 칼럼들은 당신의 살아온 날들로 길이길이 기억될 것입니다.

당신은 소주 한 잔 편하게 마실 수 있는 따뜻하고 소탈한 친구였습니다. "형님, 오늘 저녁에 시간 있으면 소주 한잔하시죠." 스스럼없이 다가와 소주를 청하며, 당신의 고민도, 나의 고민도 그 자리에서 많이 풀어냈던 기억이 그립습니다.

광화문 선술집에서, 중국 천진 길가의 양꼬치집에서, 홍천의 바비큐 집에서 소주 한잔하던 기억도, 기자의 좋은 점이 맛집을 많이 안다는 것이라며, 광화문, 을지로, 남대문 일대를 참 많이도 다니며 맛난 음식을 먹었던 기억도 새롭습니다.

당신은 아무런 대가 없이 중국까지 건너와 천진 한국국제학교의 진로 체험 행사에 참석하여 학생들에게 기자들의 삶을 들려주었죠, 학생들이 열광했던 모습이 눈에 선합니다. 당신은 내가 딸아이 대학 입시로 걱정을 할 때도, 맡은 업무로 스트레스가 심할 때도, 교육부를 떠나 대구로 올 때도 위로하며 소주를 사주던 따뜻한 사람이었습니다.

이제 다시는 따뜻한 당신의 모습을 볼 수 없음을, 교육에 대해 치열하게 고민하는 당신의 새로운 기사를 만날 수 없음을 슬퍼합니다.

오늘도 당신을 생각하며, 소주 한 잔 마십니다. 같이 하지 못하는 아쉬움을 삭히며. 남은 이들에게 힘을 주시고 편안히 쉬십시오.

안석배 부장님을
추억하며

임성호
종로학원하늘교육 대표이사

짙은 향처럼 남은 그 마음

안석배 부장님을 마지막으로 본 게 2019년 6월의 어느 날이었다. 그날 나는 안 부장님과 또 다른 지인 한 명을 동석해 혜화동 칼국수 집에서 만났다. 우리 세 사람은 20년 넘게 서로 알고 지낸 사이였다.

그날 식사를 마치고 우리는 북악스카이웨이 정상에 가서 차 한잔하기로 했다. 차를 마시면서 담소를 나누는데 문득 안 부장님이 한 마디 툭 던졌다. "나는 여기가 내 천직인 것 같아." 자신은 조선일보 기자를 천직으로 알고 있으며 앞으로 체력과 마음이 다하는 데까지 오래 다니겠다는 말이었다. 자긍심이 한껏 배어 있는 말이었고, 직업정신을 가진 사람만이 할 수 있는 말이라고 생각했다.

그로부터 일주일 후 청천벽력 같은 소식이 들려왔다. 안 부장님의 몸이 많이 안 좋으시다는 소식이었다. 나는 당장에 면회라도 가고 싶었지만 코로나사태로 인해 면회도 불가능한 상황이었다. 하지만 나는 안 부장님이 다시 회복하실 것이라 굳게 믿었다. 마음이 다하는 날까지 기자생활을 이어가겠다는 그 진심어린 다짐과 약속을 기필코 지켜낼 사람이라고 그렇게 믿고 있었다. 그런 믿음을 갖고 기다렸다. 기다리며 기도했다. 섣부른 위로보다는 그렇게 하는 편이 그때 당시로서는 최선이며 도리라고 여겼다. 하지만 안 부장님의 그 투철한 직업정신과 열정을 하늘도 탐냈던 것일까, 귀한 사람이라 여겨 먼저 데려가신 것일까. 하늘이 원망스럽게도 나의 기도는 이루어지지 못했고, 안 부장님은 우리의 곁을 떠났다. 그럼에도 그가 내게 남겼던 그 직업정신 어린 한 마디는 여태껏 내 가슴 속에 오래도록 남아 있다. 그날 우리가 함께 마신 차 한 잔만큼이나 짙은 향으로 말이다.

우리가 함께했던 순간들

안 부장님을 알게 된 건 2000년대 초반이었다. 안 부장님이 교육청을 출입하던 때부터 자연스레 알게 됐다. 이후로도 안 부장님은 늘 나와 함께였다. 내가 회사의 실장, 이사를 거쳐 대표 자리에 오르는 내내 늘 곁에 있는 존재였다. 때로는 배울 점이 많은 선배 같았고, 때로는 정을 나눌 수 있는 친구 같았다. 그렇게 우리는 20년의 세월을 함께한 사이였다.

우리 회사는 전국에 사업장을 가지고 있고, 초·중·고, 대입 전 학년이 사업 범위라 안 부장님이 가지고 있는 자료와 우리 회사에서 가지고 있는 자료를 믹스해서 많은 기사를 공동 제작했었다. 서울 강남구가 재수생 비율이 100%가 된다는 특집기사부터 2000년 초·중반에 한창 특목고가 유행이던 시절에 특목고 진학자 수가 많은 중학교를 분석해서 '양천구는 특목고 특구'라는 기사도 나갔다. 전국 초중고 1만 개 학교 분석을 통한 기초학력 미달 비율, 의·치·한을 많이 보낸 고교순위, 학교 폭력 발생률, 서울대 입학률 등 참 많은 일을 안 부장님과 김연주 기자님을 비롯한 조선일보 교육팀과 함께 했던 기억이 난다.

한 번은 기자상을 타셨다며 좋은 음식점에 동료들을 초대해 교육팀들과 함께 저녁을 사주기도 하셨다.

안 부장님은 신사적인 분이셨다. 내가 가장 오랜 기간 만남을 지속해오며 유일하게 술 한 잔 같이하는 기자였다. 에티켓이 몸에 밴 분이고, 나를 마치 친동생처럼 편하게 대해주셨다. 안 부장님의 인성은 벤치마킹할 정도로 따르고 싶었다.

또 언젠가는 안 부장님이 점심약속에 오셨는데 나의 실수로 혼자 기다리다가 가시게 되었다. 하지만 그런 상황을 이해해 주시고 화도 내지 않으셨다.

2020년 1월에 몸이 많이 회복되셔서 점심 식사를 같이 하기로 날을 잡았다. 그런데 바로 그날 아침 출근길에 안 부장님으로부터 다시 연락이 왔다. 갑자기 병원에 입원하게 되어 오늘 점심을 미루었으면 한다고…. 그게 사실상 마지막 카톡이었다.

안 부장님의 장례식장을 빠져나오는 길, 부장님을 떠나보내는 마지막 배웅 길은 쓸쓸하고 또 서러웠다. 그날 나는 홀로 술

추모글

한 잔 하며 안 부장님께 카카오톡 메시지를 보냈다. 정말 좋아했었다고, 정말 좋으신 분이었다고 말이다. 너무 뒤늦은 고백이었지만 그것이 내가 건넬 수 있는 마지막 인사이기도 했다.

　정말 훌륭하신 분이 떠나가셨다. 그 빈자리에 남은 슬픔을 가족 모두가 잘 이겨낼 수 있기를 기도한다. 부장님이 남겨준 추억과 발자취가 아름다우니 분명 그러실 수 있으리라 믿는다. 사모님, 자녀분 모두 힘내시고요. 응원합니다.

교육을 사랑한
'따뜻한 차도남 안석배 부장'을 그리며

김동석
한국교총 교권복지본부장

　힘들고 고민될 때 의지가 되는 친구가 있다. 부족하고 잘못을 할 때 따끔하게 비판하고 대안을 제시해주는 벗도 있다. 한동안 연락 없다가도 전화하면 늘 친근한 목소리로 어떤 사안이든 진지하게 질문하고 토론도 함께할 수 있는 사람이 있다. 안석배 부장은 나에게 그런 존재였다.

　동년배인 우리는 30대부터 50대까지 치열하게 교육에 대해 고민하고, 좋은 선생님을 위해 토론하고, 한편으로는 정책 방향에 대해 대립했다. 안 부장께서 교육기자, 교육팀장, 논설위원, 사회정책부장을 거치는 가운데 필자는 한국교총 정책교섭국장,

대변인과 정책본부장으로 근무하면서 수시로 교류했다.

특히, 10여 년의 대변인 재직기간 동안 고인과 잊지 못할 추억
이 있다. 무엇보다 2007년 3월부터 조선일보가 시작한 '스쿨 업
그레이드, 학교를 풍요롭게' 캠페인과 '선생님이 희망이다' 캠페
인이다. 조선일보가 한국교총, 전경련, 중소기업중앙회와 함께
기업, 학부모, 국민들이 '학교 돕기'에 적극적으로 나서자고 시작
한 캠페인으로 큰 사회적 호응과 동참을 끌어냈다. 소득 2만 불
시대에도 불구하고 비 새는 교실, 컨테이너 도서실, 가고 싶지
않은 화장실, 낡은 책걸상, 폐기 직전의 컴퓨터, 난방비가 무서
운 추운 학교, 급식비도 못 내는 아이들…. 조선일보의 '학교는
가난하다' 기사는 학창 시절의 추억과 애교심을 불러일으켜 그
때 당시 200여억 원이 학교에 지원되는 전무후무한 성과를 거
뒀다.

또한 '선생님이 희망이다'는 교육의 질은 교사의 질을 능가
할 수 없다는 진리 속에 교사의 열정과 전문성의 필요성을 재조
명했다. 캠페인 하나하나에 깃든 안 부장의 열정과 헌신은 지금
생각해도 새롭다. 이러한 모습을 지켜본 입장에서 교육계는 안

부장께 적지 않은 빚을 졌다고 생각한다.

안석배 부장은 보도자료 등 주어진 뉴스에 머물지 않고, 늘 새로움을 지향한 그야말로 '기자 중의 기자'였다. 교육 이슈도 팩트를 넘어 교육 변화와 비전을 제시하거나 외국의 사례를 비교하는 심층 기사가 많아 늘 돋보였다. 단독기사나 특종도 많아 기자실에 없으면 '또 뭘 쓰려고 취재 갔나?' 하고 늘 홍보담당자들을 긴장시켰다. 그는 항상 현장에 있는 기자였고, 주어진 기사보다는 탐사보도를 하는 교육기자였다. 기자는 출입처가 수시로 바뀐다. 그러나 안 부장께서는 줄곧 교육계를 지킨 교육 전문 기자였다. 교육 역사를 바탕으로 교육계의 문제를 인식하고 대안을 제시하며 조선일보를 최강의 교육팀으로 이끌었다.

안 부장은 '따뜻한 차도남'이셨다. '차가운 도시 남자'를 줄인 '차도남' 앞에 '따뜻한' 형용사가 역설적이긴 하다. 그러나 안 부장님은, 냉철하고 이성적이면서도 언제나 따스한 인간미를 느끼게 하는 사람이었다.

우리는 개인적으로는 호형호제하는 사이로 지내왔지만 일 앞에서는 냉정하고 공정했다. 10년의 대변인 생활을 마치고 안

추모글

부장님과 일이 겹치지 않자 연락이 소원해졌다. 그러나 없으면 살 수 없는 '공기'처럼 평소 느끼지 못해도 언제든 인생과 교육에 관해 이야기할 수 있는 '진정한 벗'이었다. 그러던 그가 우리 곁을 떠났다는 슬픈 소식을 지난해 6월 밤꽃 냄새 가득한 산을 등산하다 듣게 되었다. 가던 길을 멈추고 주저앉아 하염없이 눈물을 쏟았다. 얼마 전까지 '건강이 많이 좋아졌다'라는 반가운 소식의 여운이 채 가지지도 않았는데, 믿을 수 없었다.

우리나라 교육계의 현실에 누구보다 관심을 갖고 있던 안 부장, 이렇게 일찍 곁을 떠났지만 주변 사람들도 살뜰히 살피던 그의 따뜻한 마음만큼은 두고두고 기억에 오래 남을 것이다.

"형, 에일 한 잔 할까?"

김상우

YTN 선임기자, Oxford 연수동기

내게 있어서 '안석배' 이름 석 자를 떠올리면 이것이다. '넉넉함, 여유, 겸손' 바로 그것이다. 아마 누구나 다 이런 얘기를 할 것이다. 그래서 이 글을 읽는 분들에게는 '재미 없더라도' 거의 잊어버린 장면을 되살려 보고자 한다. 안석배 기자와 2006년 9월부터 2007년 8월까지 영국 옥스퍼드대학 로이터펠로우십 1년 과정을 함께했다. 그때 파노라마처럼 남아 있는 몇몇 기억들이다.

일상은 습관, 후배를 생각하며

세계 각국의 중견 언론인들이 모여서 함께 공부하는 영국 옥

추모글

스퍼드대학에서 로이터펠로우십 동료로 만났을 때 우리는 서로 깜짝 놀랐다. 옥스퍼드에서 만나기 이전에는 출입처 등에서 만난 적이 없다. 아니 여길 어떻게 통과해서 들어왔을까? 입학 절차상도 그렇지만 앞으로 전개될 1년을 과연 통과할 수 있을까? 하는 서로에 대한 약간의 걱정 그리고 한편으로는 이곳에 들어온 상대방에 대한 놀라움이었다. 지금은 지상파 3사를 중심으로 한 단체와 한국언론재단에서 옥스퍼드 로이터펠로우십과 연수 제휴를 맺어 입학하기가 '비교적' 쉽지만 나와 안석배가 다녔던 그 시절. 2006년부터 2007년 무렵만 하더라도 매우 어려웠다. 적어도 우리에게는 그랬다. 내가 연배가 좀 높았지만 우린 주입식 교육 세대다. 당시 우리 외에 로이터펠로우로 옥스퍼드에서 수학한 한국 언론인은 안석배와 내가 파악한 바로는 지상파의 모 아나운서와 모 PD 그리고 북한 출신의 김 모 등 단 3명에 불과했다. 이 얘기를 먼저 하는 이유는 영어 실력이 탄탄하지 않으면 들어가기도 쉽지 않을 뿐 아니라 1년 과정 자체를 이수하는 자체가 간단치 않기 때문이다. 한국 언론인들이 흔히 가는 미국과 일본 중국 대학 등의 연수와는 질적으로 다르기 때문이다. 그는 술자리에서 공부는 습관이라고 말했다. 일상은 결국 습관이 좌우한다며. 하나 덧붙이면 추후 유학 올 후배 한국인 언론인들을 위해서라도 여기에 우리가 좋은 이미지를 구축해야 된다고 말했다. 옥스퍼드에 값싼 골프장이 있다. 우리는 한 번도 못 갔다.

얻어먹으면 곧 빚, 술값 잘 냈다

우리는 1주일에 2번 정도 세미나를 같이 했다. 끝나고 나면 보통 함께 술을 먹었다. 주로 영국, 호주, 그리스, 일본 등에서 온 언론인 로이터펠로우 동료 또는 옥스퍼드 대학원 한국인 유학생들과 술자리를 같이했다. 주로 영국 맥주 에일이나 기네스를 마셨다. 안석배나 나나 아주 진한 향의 에일은 당시 매우 낯설었다. 초기에는 적응이 잘 안 되었는데 영국 생활이 길어질수록 에일의 독특한 맛을 좋아하게 됐다. 요즘은 에일 맥주가 흔하지만 귀국 후 우리는 에일 맥주 먹고 싶다는 얘기를 서로 자주 했다. 그리고 유학생들과 함께할 때는 주로 나와 안석배가 술값을 냈는데, 안석배는 술값을 자기가 먼저 내는 데 항상 앞장서는 편이었다. 얻어먹으면 그것은 곧 빚이라면서.

일찍 일어났고 침구 정리 깔끔, 그의 언행은 교육

다들 아는 것이지만 안석배는 교육 문제 특히 영국 교육 제도에 깊은 관심을 갖고 있었다. 한국인 유학생들과 함께 하는 술자리에서도 교육 얘기를 많이 했다. 한국식의 과도한 주입 교육과 영국식 창의성 교육의 장단점을 비교해서 파악하고자 이런 저런 화두를 던지곤 했다. 그 과정에서 문학과 작문, 음악, 미술, 체육 등을 중시하는 영국 교육을 한국이 많이 벤치마킹해야 된다는 얘기를 많이 했다. 한편으로는 한국 대학이 저평가됐고, 향후 올라갈 것이라고 전망했다. 안석배의 당시 전망은 요즘 보니 맞았다.

술자리에서 그가 자주 언급한 교육 얘기처럼 안석배는 서영, 재익의 교육에 각별한 애정을 갖고 있었다. 런던에 거주지를 정한 것도 아이들 교육 때문이라고 말했다. 옥스퍼드 대학 세미나 장소까지는 이래저래 2시간 정도 걸려, 수업이 연속 이틀 이어지거나 또는 밤늦게까지 술자리가 이어지면 가끔 옥스퍼드의 내 숙소에서 자곤 했다. 조금이라도 폐를 끼치면 안 된다는 그의 철학이 몸에 그대로 배인 듯 안석배는 항상 나보다 먼저 일어났다. 사용한 이불 등 침구와 침대 주변은 항상 정리정돈을 깔끔하게 했다. 내 지인 여러 명이 내 집에서 자고 간 적이 많았는데 비교가 될 정도였다. 그의 언행은 교육 그 자체였다.

핸섬맨, 영국 젠틀맨

로이터펠로우 동료들 사이에서 안석배는 미남으로 통했다. 그것도 좋은 매너의 핸섬맨. 실제 키도 크고 외모가 출중했고, 거기에다가 복장이 늘 세련됐다. 현지 대학생들이 흔히 입는 점퍼나 바람막이 옷이 아니라 늘 깔끔한 콤비 복장 등으로 수업에 임했다. 한때 안석배가 수업에 안 나타나면 디렉터였던 Paddy는 "Hansome man" 어디 있냐고 내게 묻곤 했다.

안석배와 나는 영화 해리포터에 나오는 장면과 같은 캠퍼스에서 1년을 마치면서 에일을 먹으며 이런 얘기를 나눴다. "한국으로 되돌아가 우리의 직업인 기자직을 다시 수행하기 시작하면 아마 옥스퍼드에서의 기억이 흔적도 없이 사라질 것이다. 한국 기자의 일상이 바뀌기 어려울 것이다"라고. 그 말은 맞았다. 붕어빵 굽는 상인처럼 매일 뉴스를 만들어야 되고, 뉴스를 실시간으로 접하다 보니 옥스퍼드대 1년 생활은 치매환자처럼 순식간에 잊혀졌다. 그렇지만 컴퓨터로 새겨진 이 글처럼 생생하게 남아 있는 것이 있다. 안석배, 그는 잘생긴 한국판 굿매너의 영국 신사, 젠틀맨 그 자체였다. 석배! 네가 "형, 에일 한 잔 할까?" 하는 모습이 떠오른다. 우리가 다시 해후할 날, 그때 그렇게 하자.

▲ 2007년 1월 Oxford University Green College에서 연수 동기 YTN 김상우 선배와

안석배 씨를
추모하며

야스오미 사와

언론인, 일본 센슈대학교 교수, Oxford 연수동기

　모든 것이 일본과는 다른 영국에서 지내며 어찌할 바를 몰랐을 때, 마음이 편안해질 때는 문화가 가까운 이웃나라 한국에서 온 멤버들과 이야기할 때였다. 그 중 한 명이 안석배 씨다. 2006년 가을 옥스퍼드대 로이터 저널리즘 연구소로 유학을 떠났을 때의 일이다. 인사를 나눌 때 따뜻하고 마음씨 좋은 사람이라는 것을 직감했다. 교육기자로 명성이 높다고 들었다. 한국 사람들의 교육 열정은 일본에서도 유명하다. 한국과 일본의 취재 보도 방식은 크게 다르지 않다. 안석배 씨가 교육 분야 전문기자로 명성이 있다는 것은 정말 대단하다고 생각돼 존경심이 들었다.

각국 기자들이 모이는 로이터 저널리즘 연구소에서는 때때로 자국 음식을 갖고 오는 파티를 했다. 나는 일본식 김밥과 함께 시험 삼아 나또를 갖고 참석했다. 나또는 냄새가 심해 먹기 어려운 음식이다. 그런데 안석배 씨는 나또를 보더니 맛있게 먹었다. 어쩌면 다들 징그러워 먹지 않을 수도 있고, 남아도 어쩔 수 없다고 생각했는데 안 씨가 우정과 신뢰의 표시로서 웃으면서 계속 먹었다.

2017년에는 국제 탐사보도 회의가 열린 서울에 갔었는데 그때 안석배 씨와 또 다른 한국인 전 연구원 김상우 씨, 그리고 각각의 부인과 함께 저녁 식사를 할 기회가 있었다. 안 씨는 10년 전과 마찬가지로 따뜻한 미소를 짓고 있었다. 우리는 10년 전과 마찬가지로 술을 조금 과음했다. 그로부터 3년이 흘러 나는 교도통신을 퇴사하고 저널리즘 교육에 종사하게 되었다. 저널리즘과 교육은 정말 어려운 관계이다. 교육에 해박한 안석배 씨는 저널리즘 교육을 어떻게 말할지 궁금하다. 안석배 씨와 상담하고 싶었는데, 이런 비보를 접하게 되어 버리고 말았다. 안석배 씨와 상담할 기회를 영원히 잃게 된 것이다. 수업 시 학생들과 토론을 할 때 안석배 씨라면 뭐라고 말할까 이런 생각이 들 때가 있다.

안석배 씨, 언론인의 격무로부터 해방되어 기사 마감도 기사 경쟁도 없는 곳에서 부디 편히 쉬십시오. 그리고 괜찮으면, 꿈에 나타나, 늘 그랬던 것처럼 조용히 웃으면서 내게 조언을 해주지 않겠습니까?

アン・ソクペさんを悼む

何もかも勝手が異なる英国で途方に暮れたとき、心が安らぐ
のは文化も近い隣国、韓国から来たメンバーたちと話すときだ
った。その1人がアン・ソクペさんである。2006年の秋、オック
スフォード大学ロイタージャーナリズム研究所に留学した際
のことだ。挨拶をしたとき、穏やかで心優しい人だと直感した。
教育記者として名高い人だという。韓国の方々の教育熱心さは
日本でも有名である。取材報道も大変に違いない。その道で知
られるとはすばらしいことだと敬意を抱いた。

各国から記者が集まるこの研究所では時に、出身地の食べ物
を持ち寄るパーティをした。私は海苔巻きと、そして試しにあ
の納豆を持って来てみた。匂いがきつく、癖のある食べ物だ。ア
ンさんはそれを見つけて、おいしそうに食べた。もしかしたら、
みんな気味悪がって食べないかもしれない、残ってもやむを得
ないと思っていたのに、アンさんは友情と信頼の印のようにニ
コニコしてどんどん食べるのである。私は幸せな気持ちになっ
た。

2017年に調査報道の国際会議でソウルに出かけた際にはア

ンさん、もう1人の韓国人元研究員キム・サンウさんとそれぞれの妻とともに食事する機会に恵まれた。アンさんは10年前と変わらず穏やかで笑みをたたえていた。10年前と同じように、私たちは少々飲み過ぎた。

　それから3年が経ち、私は自分自身がジャーナリズム教育に携わることになった。ジャーナリズムと教育はとても難しい関係である。教育に詳しいアンさんはどういうだろうか。相談したいと思っていたのに、こんな悲報に接することになってしまった。私はアンさんに相談する機会を永遠に失った。

　授業をし、学生と議論しながら、アンさんだったら何というだろうと思うことがある。アンさん、激務から解放され、締切も競争もない場所で、どうぞ安らかにお休みください。そして、もしよかったら、夢に出てきて、いつかのように静かに笑いながら私に助言をくれませんか。

　(澤康臣(さわ・やすおみ)ジャーナリスト、専修大学文学部ジャーナリズム学科教授)

언론계에서 교육을 바꾼 따뜻한 남자,
석배 형 보고 싶어요. 잊지 않을게요

권택근
전 서울시교육청 공보담당관실 직원

안석배 기자와 처음 만난 건 2005년 3월이다. 나는 서울시교육청 공보담당관에 발령을 받았고, 그는 서울시교육청 출입기자였다. 공보팀 직원으로 그와 인연을 맺은 것이다. 그에 대한 첫 인상은 '참 멋진 사람 같다'는 것이었다. 그는 언제나 정장을 입고 출입처에 왔는데, 양복이 잘 어울렸다. 단정하고 깔끔한 모습은 그의 행동과 말에서도 느낄 수 있었다. 교육감부터 공보실 말단 직원에 이르기까지 늘 상대방을 존중하고 예의바르게 말하고 행동했다.

그는 교육계에 미래를 대비하라고 조언하는 기사를 썼다. 그의 기사에는 교육에 대한 깊은 사랑과 이해, 방향성이 담겨 있었다. 나는 그가 교육계 누구보다 더 교육을 발전시킨 언론인이라고 생각한다. 그는 날카로운 비판과 함께 늘 대안도 제시했다. 스마트교육과 관련된 그의 방향성 제시는 현재 교육제도나 정책에 많이 녹아 있다. 또한, 현재 서울 지역 고교 배정 제도의 핵심인 '학교선택권 확대' 아이디어도 그의 머릿속에서 나왔다. 서울에 각 지역별 거점학교를 두자는 그의 제안도 기억난다.

그는 남들이 하기 꺼려하는 말도 잘했다. 2008년 서울교육감이 공직선거법 위반 혐의로 재판을 받을 때 일이다. 나중에 들었지만, 그가 교육감을 직접 만나 본인과 서울교육을 위해 사퇴하는 게 옳다고 직언했다고 한다. 서울시교육청 기자실에서 타사 후배기자가 사실과 다른 말을 하는 것을 듣고 야무지게 다그쳐 잘못을 인정하게도 했다. 그는 조선일보 후배이든, 타사 후배이든 후배기자들이 제대로 된 언론인이 되도록 조언했다. 그래서 그를 따르는 후배기자들도 많다.

나는 그를 좋아한다. 2005년 기자와 출입처 직원으로서뿐 아니라, 출입처를 떠나서도 자주 만났다. 그를 좋아하는 교육계 사람들이 많았기 때문에 함께 어울려 만나곤 했다. 그는 나를 친동생처럼 대해줬다. 고민도 많이 들어줬고, 자식 교육에 대해서도 조언을 아끼지 않았다. 술잔을 기울이며 우리나라 교육과 현 교육현안에 대한 토론도 많이 했다. 그럴 때 마다 그의 교육에 대한 식견에 감탄하곤 했다.

그와 많은 교육계 인사들과의 인연도 회자된다. 2007년 그가 영국 유학길에 오르기 전의 일이다. 출입처 직원이 자동차 타이어가 낡아 교체해야 했었는데, 안석배 기자가 최근 교체한 본인 자동차 새 타이어와 교육청 직원 타이어랑 바꿔줬다. 외국에 나가 있는 동안은 어차피 자동차를 안 쓴다며 타이어를 바꿔준 것이다. 그는 출입처 직원들에게 밥도 잘 샀다. 2010년쯤 그와 함께 공보팀 직원들이 '농어촌 특별전형' 관련 취재를 한다고 같이 강원도에 갔다. 고등학교에 들러 취재를 한 뒤 학교에서 저녁식사를 대접하려고 했으나, 그는 정중히 거절하고 동행한 공보팀 직원들과 같이 횡성한우집을 찾았다고 한다. 그는 취재를 도와줘 고마웠다며 맛있는 한우를 사줬고, 그때 동행한 공보실 직원들은 아직도 그 고기맛을 잊을 수 없다고 말한다.

그는 출입처 여직원들에게도 친절했다. 취재 지원과 협조에 감사하다고 하면서 여직원들과 점심식사를 하는 모습을 자주 봤다. 다른 공보실 직원들은 여직원만 너무 챙긴다고 질투하기도 했다. 그만큼 그는 많은 사람들한테 잘했다. 참 따뜻한 사람이었다. 그런데, 그런 그가 우리 곁을 떠났다. 지금도 그를 생각하면 가슴이 먹먹하다.

2년 전에 그가 병마와 싸우고 있다는 말을 들었다. 건강한 사람이니 이겨낼 것으로 믿었다. 치료가 잘되어서 병마를 이겨냈다는 소식을 들었을 때 조만간 그를 만날 수 있겠구나 기대했었다. 그런데 얼마 지나지 않아 그 병마는 갑자기 그를 하늘나라로 데려갔다. 2020년 6월 14일 이대영 전 서울 부교육감님으로부터 전화가 왔다. "똘배가 떠났다." 나는 "네? 뭐라고요? 어디로 갔다고요?" 물었다. "하늘나라로 갔다."

나는 한달음에 석배 형이 누워있는 신촌세브란스 병원으로 달려갔다. 부고 게시판에 올라와 있는 석배 형 사진을 보는 순간 눈물이 왈칵 쏟아졌다. 조문을 하는 내내 슬프고 가슴이 먹먹했다. "석배 형, 하늘나라에서 잘 지내요. 형님 잊지 않을게

추모글

요". 함께 조문을 온 사람들과 소주잔을 기울이며 석배 형의 명복을 빌었다.

이 추모글을 쓰는 지금 시간은 2021년 2월 3일, 밤 11시다. 석배 형이 떠난 지 200일쯤 지났을때 김연주 기자로부터 추모집을 만든다는 소식을 들었다. 추모글을 어떻게 써야 할까 고민하다 스마트폰을 열어보았다. 거기에는 석배 형 사진이 여러 장 있었다. 전화번호도 카톡도 여전히 그대로였다. "그날도 오늘처럼 눈이 많이 왔었는데" 추모 글을 쓰기 전 한강변을 걸으며 석배 형을 생각했다. 어느 겨울인가 조선일보사 앞에 있는 양고기 집에서 석배 형이랑 저녁을 먹은 기억이 난다. 어깨동무하면서 서로 우정을 쌓았다. 지금 내리는 눈을 보니 석배 형이 더 보고 싶다.

"석배 형 보고 싶어요. 잘 지내요. 잊지 않을게요. 진심으로 고마웠어요."

서영아!
오늘이 나흘째, 이제 100Km 남
연일 이어지는 폭염과 습한 날씨에 힘
그래도, 우리 딸 잘하고 있을거

서영이가 '국토순례' 간다고 했을때 아빠
'여자아이 힘든 곳 왜 보내느냐'는 의견
하지만 어려움 견뎌내고 당당히 부
나쁘지 않다고 생각한다.

지내면서 즐거운 일은 많을거다,
충청북도부터 서울까지 /응원해!
걸어보려거닛, 친구, 선배, 선생님들
나중에 좋은 추억이 될거다.

6장

가족

외삼촌,
항상 감사합니다

권원준

안석배의 조카

하루하루를 남을 위해서 그리고 자신의 많은 것을 희생하면서 쉼 없이 달리셨습니다. 외삼촌의 삶은 끝이 없는 sprint처럼 느껴집니다. 매일 늦은 시간 집에 돌아오면서 자신을 위한 시간이 많이 없이 항상 바쁘고 피곤한 삶을 사셨다고 들었습니다.

제가 아직은 어리고 세상을 어떻게 살아 나가야 할지 고민들이 많습니다. 크면서 이런 고민들을 나누고 도움도 받을 수 있겠다 싶은 분이셨습니다. 비록 먼 곳에 떨어져 있었지만 제게도 많은 관심과 애정을 보여 주셨습니다.

한국으로 들어올 때마다 만나 주시고 저와 가족들에게 많은 행복을 나누어 주셨습니다. 같이 있을 때는 기분이 좋아지는 그런 분이셨습니다.

외삼촌의 장례식장에서 많은 분들이 눈물 흘리며 이렇게 많이들 말씀하시는 걸 들었습니다. "그는 참 좋은 사람이었습니다." 많은 이들에게 '좋은 사람'이셨다면 외삼촌 스스로는 많은 부담과 어려움들이 있지 않았을까 생각이 됩니다. 저도 외삼촌처럼 '좋은 사람'이 되길 희망합니다. 그렇게 살고 싶습니다.

외삼촌, 항상 감사합니다. 항상 사랑합니다.

천국에 안부를 전해본다,
잘 쉬고 있냐고….

안윤정
안석배의 여동생

내가 사는 이곳 영국은 사계절 내내 철마다 다른 꽃이 핀다. 산책하다보면 아름다운 꽃들을 보며 마음과 눈이 쉼을 얻기도 하고, 피고 지는 꽃을 보며 시간이 흐르고 있음을 느끼기도 한다.

어느덧 반년이 훌쩍 지나갔다. 사랑하는 오빠를 주님 곁에 보내고 영국으로 돌아오니 시간이 멈춘 듯했다. 한 달을 그렇게 지냈나보다. 함께 기도해주던 지인이 우리가족을 바닷가로 데리고 가서 따뜻하게 위로해주었다. 멈춰진 시간이 지나가고 있음을 깨닫게 되었고, 오빠의 빈자리가 생각이 날 때마다 마음이 공허해졌다.

기억이 날 때부터 오빠를 졸졸 따라다녔던 것 같다. 골목길에서 오빠 친구들 틈에 끼어 공놀이를 하던 기억, 학교에 같이 가던 기억, 여자형제가 없었지만 오빠와 많은 얘기를 나누고 소통할 수 있어 나의 사춘기는 비교적 잘 넘어갔다고 생각된다.

대학에 가서는 소개팅을 해도 상대가 오빠 마음에 들어야 만나기가 쉬웠다. 결혼할 때가 되니 나의 남편감은 오빠 정도는 되어야 한다고 자연스레 생각했던 것 같다.

나의 인생에 오빠는 늘 함께 응원해주고 격려해준 고마운 사람이었다. 나와 남편의 결혼을 지지해준 사람이었고, 함께 믿음 생활 하면서는 기도의 동역자이기도 했음을 기억한다.

오빠가 떠나고 많은 사람들이 슬퍼하는 것을 보면서 그들의 슬픔이 얼마나 큰지 느껴졌다.

병원에서 오열하는 친구. 직장동료들. 선후배… 그분들의 슬픔과 아픔이 가족인 우리의 마음과 같았으리라 생각한다. 오빠는 아름다운 향기가 있는 사람이었다고 생각하게 되었다.

시간이 걸릴 거라고, 주님 곁에 있으니 좋을 거라고, 눈물도 괜찮다고… 애써 여러 다짐을 해보기도 하지만 아직은 밤잠을 설칠 때도 많다. 그러나 이 모든 시간을 뒤로하고 오빠가 열심히 살아냈던 지난 오십여 년의 시간처럼 나도 부지런히 살아야겠다.

하나님을 의지하고 내 옆의 사람들을 사랑하면서… 힘들 때는 서로 힘내라고 다독거리며 오빠가 보여준 대로 따뜻한 동무가 되어야겠다고 생각해본다.

몇 년 전, 재익이와 오빠가 부모님과 함께 우리가 사는 영국에 와서 스코틀랜드 여행을 했던 기억이 난다. 다니는 곳마다 얼마나 생기 있게 다니던지 오빠는 영국에 살아도 되겠다고 생각했었다.

봄이 오는가보다. 산책할 때마다 예쁜 꽃을 보며 오빠가 있는 천국에 안부를 전해본다. 잘 쉬고 있냐고…

런던에서 오빠동생 석순이가

석배의 마지막 1년을
회고하며

안중배
연세대학교 의과대학 교수, 안석배의 형

2019년 7월 석배에게서 열이 난다고 연락이 왔다. 석배는 그 전까지 아주 건강하게 운동도 즐기며 생활하고 있었고 열이라는 증상이 비특이적이고 감기에서도 나타나는 흔한 증상이라 처음에는 대수롭지 않게 동네병원에서 진료를 받으라고 했다. 며칠 뒤 개인병원에서 진료해도 열이 떨어지지 않고 피검사를 하였더니 백혈구가 떨어져 있다고 하여 입원해서 검사하자고 하였다. 나도 처음에는 단순 감염성 질환일 거라고 예상했다. 그런데 골수 검사까지 진행하게 되었고 비호지킨 미만성 거대 B형 림프종이라는 악성 혈액종양으로 진단이 나왔다. 더구나 골수 및 비장에 암세포가 있는 경우 4기에 해당되는 경우였다. 그 순간 나도 모르게 눈물이 나오고 심한 좌절감에 빠졌다. 하지만 림프종은 항암약물치료에 예민하고, 최근에는 좋은 약제도 많이 개발되어 있어서 충분히 완치될 수 있을 것이라고 믿었다. 빨간 약으로 알려진 독소루비신 항암제 투여로 탈모는 나타났지만 원래 체력이 건강해서 치료는 비교적 잘 이겨 나갔다. 임상적으로 치료 효과가 바로 나타났다. 항암치료를 하자마자 열은 바로 조절되었다. 주치의도 더 적극적으로 하는 것이 결과에 좋다고 하여 3주 주기의 치료를 2주로 제안하였고 석배는 그 스케줄도 무리 없이 잘 진행하였다. 3회 치료 후 시행한 골수검사에서 암세포는 발견되지 않아 치료는 매우 성공적이었다. 같은 치료를 총 8회 시행하고 종료하였고, 종료 후 골수 검사 및 다른 영상검사에서도 암의 흔적은 발견되지 않아 무병 상태로 판단하였다. 그때가 2019년 12월이었다. 그 당시 내 생각으로는 70% 이상 병으로부터 해결되었다고 판단하였다.

그런데 한 달 후 석배가 다시 열이 난다고 연락이 왔다. 처음 병 발생 시 나타난 증상과 동일하였다. 난 재발은 아닐 거라고 강력히 거부하였지만 왠지 모를 불안감이 엄습하였다. 다시 입원하여 검사하자마자 재발로 확인되었다. 무병 상태가 치료 종료 후 1달밖에 유지되지 않았다는 것은 매우 드문 경우다. 재발이 되는 경우에도 치료 종료하고 보통은 6개월 이상 되어서야 병이 다시 올라오는 경우가 많은데 너무 단기간에 재발이 되었다는 점이 나는 너무 불안하였다. 재발이란 1차 치료를 이겨낸 악성 암세포들이 다시 올라오는 현상인데, 치료 종료 후 1개월 만에 그것도 다시 골수에서 올라온다는 것은 향후 치료에도 좋지 않게 영향을 줄 거라고 생각되었다. 석배도 당시 매우 감정적으로 육체적으로 다운되어 있었다. 다시 치료를 진행한다는 것이 어떤 의미인지 알고 있었을 것이었다. 그래도 치료는 다시 시작하였고, 재발 시라도 골수 이식을 하면 완치 가능성은 있었다. 그런데 앞의 1차 치료 시와는 달리 항암제에 병이 잘 조절되지 않는 것 같았다. 치료하면 증상은 바로 좋아졌지만 다음 치료를 시행하기 전인 휴약기에 증상인 열이 먼저 올라오는 것이었다. 1차 치료 시에는 그러한 경우가 없었기 때문에 객관적으로 약의 효과를 판단하기 위해 골수검사를 하였고, 결과는 암세포가 계속 존재하는 상황이었다. 다시 항암제를 변경하여 치료를 진행하여야 하는데, 이후 치료에 어려움을 주는 여러 가지 문제가 동시에 발생하였다. 치료가 안전하게 들어가기 위해서는 골수가 충분히 회복하여야 하는데, 회복 속도가 점점 더 디게 되었다. 이론적으로 암세포를 제거하기 위해서는 항암제는 충분한 양이 늦지 않게 투여되어야 하는데, 회복력이 떨어지니 충분한 항암치료가 되지 못하게 되는 상황이었다. 결국 암세포 조절이 안 되고 있는 것이었다. 궁극적인 치료인 골수이식을 위해서는 골수에서 암은 병리학적으로 없어져야 한다. 그런데 그 조건이 안 되는 것이다. 여러 가지 약을 변경하여 치료하였지만 골수에 존재하는 암세포를 없앨 수가 없었다. 그러는 과정에 2020년 5월 또 안 좋은 현상이 발생하였다. 간 기능이 급격히 악화되고 황달도 나타났다. 이는 결국 'hemophagocyotosis'라는 현상으로 밝혀졌는데, 치명적 상황으로 급변하고 있는 것이었다. 2020년 5월 29일 석배가 울면서 가장 가슴 아픈 질문을 했다. "형, 나 이제 어떻게 되는 거야?" "……" 난 아무 말도 하지 못한 채 눈물만 흘리고 있었다. 그로부터 2주 후 석배는 이 세상을 떠났다.

석배는 나와 2년 6개월 차이다. 부모님만큼이나 석배하고 지낸 시간은 많았지만 실제 그러지 못한 것 같아 너무 아쉽다. 학생 때 3년 터울이라 같은 학교를 다닌 적은 없다. 내가 고등학교에 입학하면 석배는 중학교에 입학하는 식이었다. 그래서 그런지 같이 어울린 적은 별로 없다. 석배하고 대화를 가장 많이 한 시간도 석배가 병에 걸리고 나서부터라는 생각이 든다. 이전에 더 많이 좋은 시간을 갖지 못한 것에 대한 후회가 가장 많이 남는다. 어려서부터 무척 점잖았고, 뭘 하든 요령 부리지 않고 아주 성실한 스타일이었다. 책을 봐도 정독을 하고 설렁설렁하는 법이 없었다. 내가 고3, 석배가 중3 때 같이 동네 독서실을 다녔는데, 나는 오락실도 가고 요령 부릴 때도 있었지만 석배는 당시에도 공부에 열심이었고, 내가 자고 있으면 깨워주고 하던 것이 지금도 기억난다. 그렇게 무뚝뚝하면서도 자기 조카들은 잘 챙겨주고 귀여워해주는 삼촌이었다. 법 없이도 살 사람이라는 말이 있는데 석배가 그런 사람이었다. 너무 완벽하게 살려고 한 것이 이렇게 힘든 상황으로 내몬 것은 아닌지. 평범한 일상이라는 것을 이전에는 별로 생각해 보지 않았는데, 누구에게나 이런 평범한 일상이 주어지는 것이 아니라는 것이, 그것도 나의 가족에서 이러한 일이 생겼다는 것이 믿기 힘들었다. 석배가 이 세상을 떠난 후, 내가 그동안 환자를 보면서 충분치 못한 점이 이렇게 돌아온 것은 아닌지 하는 죄책감이 느껴지기도 하였다. 아마 다시는 환자를 보기는 힘들 것 같다고도 생각되었다. 하지만 지금 나는 예전 내가 해 오던 대로 내 역할을 수행하고 있다. 환자를 가족같이 본다는 것은 매우 어렵고 힘든 일이나 석배가 그렇게 된 후 이전보다 최대한 많이 노력하고 있다.

석배가 만들어온 삶은 훌륭했다. 기자로서 자기 일에 자부심을 느끼고 사회생활에 열정으로 적극적으로 임하였다. 교우 관계는 나의 부러움을 살 만큼 좋았다. 장례식을 친구들과 그 가족들이 계속 지켜주는 모습은 그동안 석배가 얼마나 잘 살아 왔는지를 보여주고 있었다. 성인이 되고 사회로 나오고 각자 결혼 생활을 하게 된 이후 석배와 단둘이 만남을 가져 본 적이 없는 것 같다. 형제로서 진실된 대화를 제대로 못 나누어 본 후회와 아쉬움만이 남는다. 그래도 이 세상에서 너와 형제로 관계를 맺고 살게 된 것에 감사한다. 아무런 고통과 걱정 없는 더 좋은 세상에서 편히 지내길.

발자취를 추억하는 길

자필 기록과 연도별 사진 모음

유년시절 / 중·고등학교 시절

▲ 1968년 7월 3일 첫 돌잔치

◀ 1970년 4살 무렵
녹번동 집 앞마당에서

발자취를 추억하는 길

▶ 녹번동 집 앞마당에서
  중배 형과

▲ 독립기념관 가족나들이, 아버지와 함께

▲ 어머니와 동생 윤정이

▲ 1971년 10월, 5살 무렵에 어머니와

발자취를 추억하는 길

▲ 1976년 1월 속리산 문장대 신년 가족산행

▲ 1980년 2월 구정초등학교 졸업식

▼ 초등학교 시절 일기장과 일기 내용 (1977-?)

초등학교 4학년이던 1977년 4월부터 10월까지 쓴 일기들을 묶어두었다. 빛바랜 일기장 속에는 어린 시절의 기억과 감정들이 삐뚤빼뚤한 글씨체로 고스란히 담겨 있다.

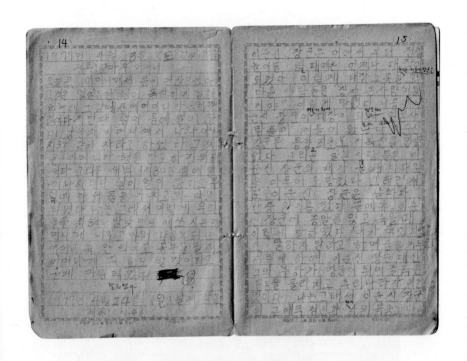

발자취를 추억하는 길

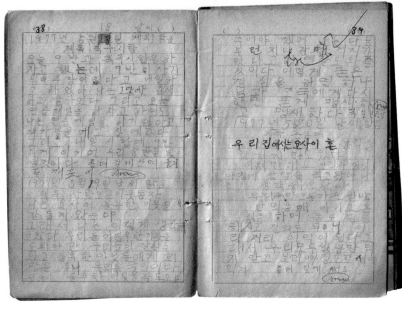

▶학창시절에 받은 상장들

제 36 호

임명장

제 2 학년 1 반

성명 안 석 배

위 학생을 본교 학도호국단
제9 중대 부중대장 으로 임명함

1984 년 3월 26일

제 183 호

우등상

제 6 학년 5 반
이름 안 석 배

위 어린이는 학업성적이 우수하고 생활
태도가 타의 모범이 되므로 이를 칭찬
하여 상장을 줌

1980 년 2 월 14일

서울구정국민학교장 이 용 명

발자취를 추억하는 길

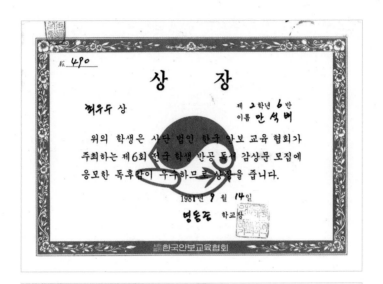

No. 490

상 장

쓰우두 상

제 2학년 6반
이름 안 석 배

위의 학생은 사단 법인 한구 안보 교육 협회가
주최하는 제6회 전국 학생 반공 독서 감상문 모집에
응모한 독후감이 우수하므로 상장을 줍니다.

1981년 9 월 14일

영동중 학교장

한국안보교육협회

제 45 호

2등

상 장

제 2 학년 6 반

성명 안 석 배

위 사람은 81 학년도 교내 과학모형경진 대회에서
위와같이 우수하였기에 이 상장을 줌

1981 년 4 월 20 일

영 동 중 학 교 장

▼ 중·고등학교 다니던 시절에 쓴 일기 (1981-1984)

중학교 1학년 때인 1981년부터 고등학교 1학년인 1984년 때까지 쓴 일기장. 4년의 기록이 담겨 있다.

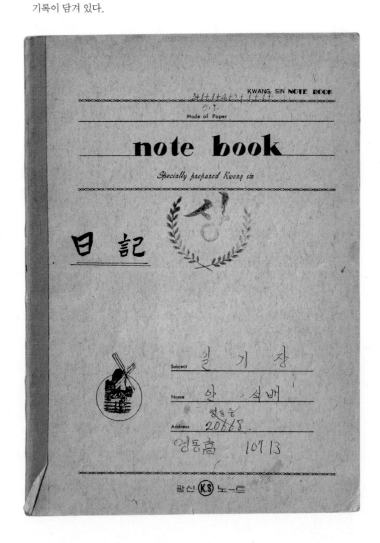

1981. 1. 20.

함께 한잔 듣고 싶었다.
지금 밤 1:00 시.
내 반이다. 오늘은 최희, 진희진 하루 밤사?
"짧은 축복"

그것 이후에 한 학생에게 편지 썼다.
내가요? 그의 마음 열리나 거부 사랑입까?
거의로 학생이 받아보자. 당신으로서 모르는 머리
나조에 외신하라고 믿고 싶었다...
어떻게 기회가 만난다.

반찬같이 적지 이쁘게 하나...
무료하다. 바보로서의 온통 몸에 쌓여있지만 난 원이다...
중심이 받아준 것 같더라...

오늘 만화 등을 이해하고서 그리해 나갔다...
그런 학생... 그것도 학생...

난 그것을 여읜으는 것들이 원대적 같다...
오늘의 시간 있으는 그것이 만족도 무의미적 했으나...

오늘의 일을 하얀 축복했다.

미안하다. 친구들아...

1981. 1. 29.

나도 기산일 약했다.
축가·동기· 수능 사회의 (회접수와의 비례에 돌려 보여왔다...
신방학은
3학년 전학이 1시간 이야기 했었다...

내 나름대로 계획도 세웠다... 이번 1시 까지는 공부도 했었다...
2년이나 8개월을 공부도 했다...
이것 저것도 한잔이 원자가 아니다...
난 내 나름대로의 최선을 다한다...
적으면도 다 용된 용면도 다하고 오는a...
그러니
왜 난 이려 후회를 일 못하는가?

그 원인이 무엇인가?
노력보다는 과욕에서일까? 욕제지 빗어나? 그렇지만 난 최선이며는...
재산 진정이라 후회 하려고 하였다...

언제가 95점 이라고 자... 수천이 오 나 워서 수능것이 아니다...

내 나름대로의 노력한 결과이... 오 내 학원 수능이 결과...
다 새롭하며 노력이 중심이다...

이것이 타당한 건가?
아무에게도 뭣이 없다... 공부하고 과욕에서는 나도
이러건 재산까요 느끼지 못하면...

다만 원통하고 아까울 따름이다...

1981 7/28 火

오늘은 사촌형이 다녀 갔다...
K 재학에다 다녀오 왔은 형인다...
나하 같이 사촌을 보러 가려고 하였더니 우리 집에 왔다...
그런데 사촌에서의 갑자기 소식·바 와서...
가지 못하였다고 형이 말했다...
그렇지만 옛날 기분이 좋진 않았다...
2시간이나 저녁을 먹고서 많은 이야기을 나누었다...
사촌과... 이야기을 하면서 많은 것을 알게 되었다...
오늘 저녁에서 많은 것을 재배워 왔다...
저녁 9시에 두나에게 형이 집에 가겠다고 하였다...
오늘은 잠을 못자고 사촌을 보낸다 하였다...
그런 "금요 신년을 5년날 거리도 있다...

1981. 7/30. 木

오늘은 제주도에 여사를 했다...
아침 6시 /0분에 출발한고 KAL 기을 타고 제주도에
9시가 좀 넘어서 도착했다...
KAL HOTEL에 여사를 잔은 호고 한여 여수욕장이
과다 /텃만에 보 바다에서 그런나 매우 반가
왔다...

오후 옛제 가지 하루과 일상을 줄겼다...
저역이고 오락이 즐겨하고 등을 쓰고 저녁을 먹었다...
오늘 하루 참 이뻐... 듣을 마음에서 느껴졌 했다...
지금 기분은 Very good!

1981 7/31 金

오늘은 대통령으로 고생을 했다...
오전에 한라 해수욕장에 가서 해수욕을 즐겼었다...
그런데 1시나 근방에서 머리이 몸나들고 비가 어렸고...
그 아버지와 이마기에서 한식밥을 값 오고 어렸지
매우 쉬이 했었다...
바람이 불고 비가 내이 냈어서 몸이 자꾸 거려서
저것도 제오도 덕무나고 못하서서 비만이 몸내들고 태동이
와 그런으로 저것도 재배도 먹고 못하고 싶은...
돌아와 야만 았다...
좍속으로 돌아와도 택시가 오후 사때 들어가서 지워나는
버스를 타렸고 겨우 숙소 돌아왔다...
오늘은 너물 때문에 고생을 무지무지 하게 했다...

1981. 8/1 土

아침을 맞고 아버지 참 차를 빌려서 화산, 서귀
전방폭포, 천지연폭포, 산고수가 만장굴등의
차례로 구경을 다녀 돌아왔다...
만장굴은 굴속이 4원한다 옷해 춥게까지 하였다...
춘을 나가 허의 안 것이 있어이 따뜻했었다...
산호박도 옛날 화산의 화산에 응답분들로 형산란
화산이 있었느니 그 크기가 박대의 우름이 크다
하다...
천지연 폭포, 정방폭포도 매우 컸고, 가까이 가서
물이 위에서 4원하였다...
처음에 돌아오니 매우 피곤하였다...
그렇지만 많은것을 보오 느낀것이 기쁘다...

청년시절

▲ 1987년 여름 용평 리조트- 공심당 친구들(권재민, 김일기, 김진경, 성현기, 이대희, 이훈석)

▲ 미국여행 중에

발자취를 추억하는 길

◀ 1991년 2월 연세대학교 졸업식

▲ 1991년 2월 연세대학교 졸업식 - 공심당 친구들

조선일보
입사에서
활동까지

▶ 조선일보 수습기자 응시표

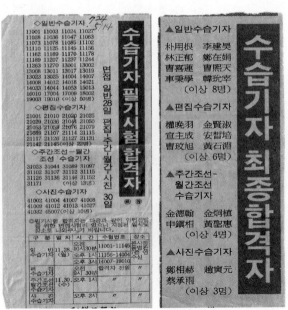

◀ 조선일보 수습기자
필기시험 합격자 명단과
최종합격자 명단

▲ 1995년 조선일보사 입사

▲조선일보사 산행

▲ 2000년 강원도 동강 래프팅(조선일보사 사회부 여름 야유회)

▲ 2006-2007 Oxford Univercity Reuter Followship 연수(Green College- Pf.
　Paddy와 연수 동기들)

▶ 기자수첩에 적어둔 다짐

▲ 신문기사를 오려 붙여둔 기사수첩. 인상 깊게
읽은 기사들을 오려 꼼꼼히 붙여두었다

▼ 스케줄 다이어리, 수첩에 그날 하루의 일정과 단상이 일기처럼 적혀 있다.

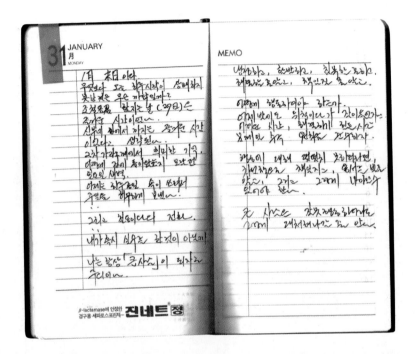

발자취를 추억하는 길

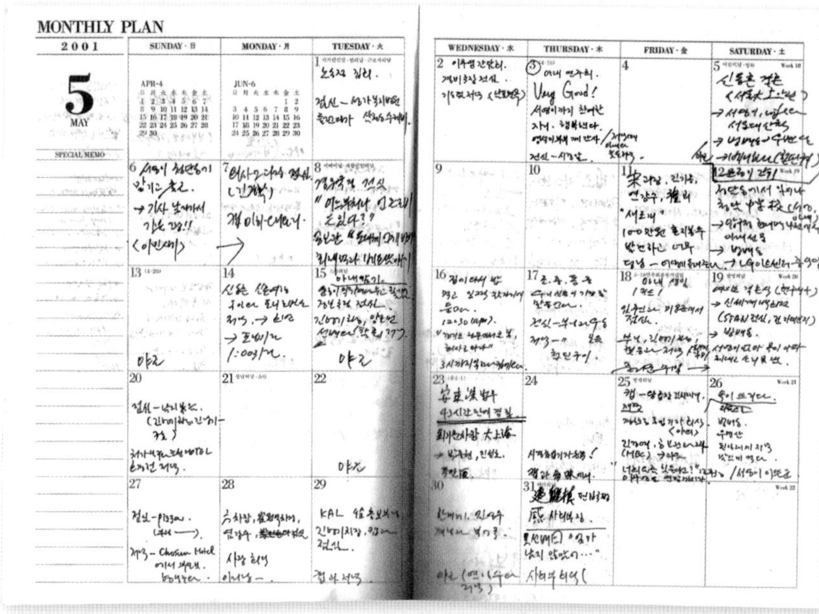
MONTHLY PLAN
2001
5
MAY
SPECIAL MEMO
SUNDAY · 日
MONDAY · 月
TUESDAY · 火
WEDNESDAY · 水
THURSDAY · 木
FRIDAY · 金
SATURDAY · 土
APR-4
JUN-6

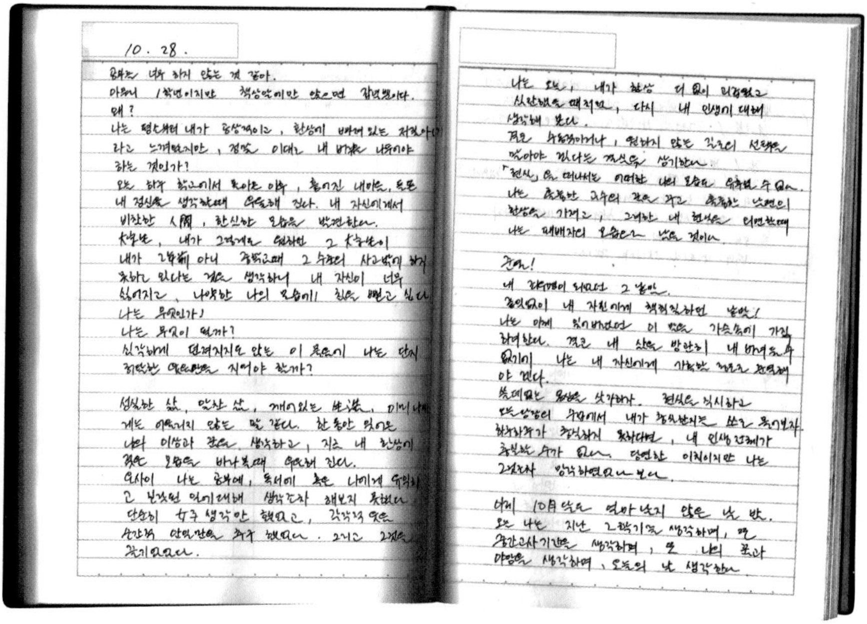
10. 28.

가족과 함께

▲ 영국 연수시절 어린 서영, 재익이와 즐거운 한때

발자취를 추억하는 길

▲ 2006년 여름
가족사진

▲ 1999년 7월 약혼식날

▲ 양가 가족 모두 함께

발자취를 추억하는 길

▲ 2019년 1월 부산 가족여행

아내와 딸에게 보낸 편지

12년 전,
그날 어의도 신부였던 당신을 기억하네.
목 깊었던 하얀 드레스,
하객들의 축하,
하와이로 향하던 신혼여행.

세월은 흐르는 물 같아,
20대 30대였던 우리
벌써 중년 부부가 됐고

우리 사이엔
'멋진 딸'
'트랜스포머 아들'이
잘 자라고 있다.

12년,
늘 즐거웠다고 말하긴 못하지.
서로 많이 다퉜고
다른 사람들에게 떨어놓지 못할
고민도 많았던 것 같아.

그래도,
가정을 지켜준 것

▲ 결혼 12주년 때 아내에게 보낸 편지

당신의 사랑과 정성, 희생이라고 얘기하고 싶네.

12라는 숫자는
한 단계의 끝, 또 다른 단계의 시작이라고
오늘 문득 생각했다.
연필 한 타스, 1년 12달, 12간지,,,

새롭게 시작하는 우리 가정의
'제2 라운드'가 설레임으로 기다려진다
그 어느 무엇보다
화려하고, 엄숙하고, 사랑스럽고, 의미있고 존중받고,
그리고
하나님 보기에 좋은 모습이기를
기도하고
다짐하면서
조선일보 편집국에서 글을 쓴다.

서영아!
오늘이 나흘째, 이제 100Km 남짓 걸었겠구나.
연일 이어지는 폭염과 습한 날씨에 힘들 것이라 생각된다.
그래도, 우리 딸 잘하고 있을거다!

서영이가 '국토순례' 간다고 했을때 아빠는 찬성이였지만
'여자아이 힘든 곳 때 보내냐'는 의견도 있었다.
하지만 이러한 것 견디고 당당히 부딪혀 보는 것이
나쁘지 않다고 생각한다.

지내면서 좋거운 일도 많을거다,
충청북도부터 서울까지 152km!! 그렇게 대한민국을
걸어보다보니, 친구, 선배, 선생님들과 같이 있다는게
나중에 좋은 추억이 될거야.

이제 양평까지 왔겠구나.
조금어 자전거길로 가다보면 '두물머리'라는
지명과 만나게 된단다. 북한강과 남한강이)
만나는 곳이라 해서 '두물머리'라 하지.
그곳이 백한강 철로도 있어. 서영이가 아마
내일 그곳을 지나지 않을까?

▲ 국토순례 간 딸 서영에게 보낸 자필편지.
  딸을 사랑하는 아빠의 마음이 꾹꾹 눌러 담겨있다.

아빠가 자전거 타고 그곳 갔었다가
'이 좋은 풍경은 서영이, 재익이, 엄마와 함께
보고 싶다'라는 생각했단다. 그만큼 멋있는곳이야.
'두물머리', '북한강 철교' 지날때 친구들과
사진도 찍고 마음에 풍경을 담아오렴.

남은 일정, 추억과 기억 많이 만들고,
사랑하고 사람은 많이 생각해라.
무엇보다 건강하게!

하와이 보자. 까맣게 탄 얼굴로.!!

아빠가.

▲ 2019년 여름
   양평 두물머리에서
   딸 서영이와 산책중

운동하던 날들

▲ 2013년 2월, 용평 스키장 발왕산 정상에서

발자취를 추억하는 길

▲ 2014년 11월 '원코리아 뉴라시아 자전거 평화 대장정' 참가

▲ 2014년 7월 설악산 대청봉 등반

-

기사

-

6 기자협회보

"치열함과 함께 균형감 갖췄던 교육전문기자…
따뜻했던 안석배 선배, 존경하고 사랑합니다"

故안석배 조선일보 기자 추도사

"덕과 명석함을 갖추고 있어도 드러내지 않는 겸손함까지 있는 참 언론인이었습니다."

안석배 조선일보 교육전문기자의 영면 소식을 듣고 고인과 가장 가까웠던 취재원이자 '형님'이 페북에 남긴 글입니다. 안석배 기자는 그랬습니다. 취재에 있어 치열함과 동시에 늘 균형감을 갖추었고, 동시에 따뜻함도 함께 했습니다. 후배들에게도 아름드리나무 같은 존재였습니다. 아마도 그런 인품은 타고 난 동시에 본인의 노력으로 연마한 결과물일거라 생각합니다.

지금도 그가 바로 옆에서 '인열아'라고 부를 것만 같습니다. 그 목소리가 생생히 귓전에 맴돕니다. 그런데 그가 세상을 떠났습니다. 할 일도 많고, 즐길 일도 많았을 텐데 왜 그리 서둘렀는지 야속하기만 합니다.

그는 기자 생활의 가장 많은 부분을 교육기자로 보냈습니다. 5000만은 국민이 전문가를 자처하는 교육 분야에서 그는 늘 사실과 함께 바른 방향을 찾기 위한 열정과 진정성이 강했던 기자였습니다. 교육 관련 탁월했던 기사들과 칼럼은 물론이고 QS아시아 대학평가 도입 등은 그가

없었다면 쉽지 않았을 일입니다.

문상을 온 많은 인사들이 한결 같이 고인의 품성을 칭송합니다. "특종도 많이 쓰면서 취재원을 배려하려는 마음이 늘 따뜻하게 느껴졌다"고 합니다. 한 전직 장관은 "시류를 타지 않고 좋은 교육을 고민해 준 동지와 같은 존재였다"고 말했습니다. 한 회사 선배는 "안석배는 논설위원실 최고의 명 총무였다"고 하십니다. "최고의 미남이었다"고 하십니다. 회사 후배는 "화를 내는 걸 본 기억이 없는 선배"라고 합니다. 지금은 회사를 떠난 후배는 "안 선배랑 일할 때가 가장 가슴 뛰던 시절이었다"고 회고합니다.

이 모든 말들에 '안석배'가 존재한다고 믿습니다. 그를 아무리 그리워해도 현실에서 만날 수 없는 기막힌 상황이 아직도 믿기지 않습니다. 시간이 지나면 일상으로 돌아가고 그를 기억하는 시간도 짧아지겠죠. 하지만 그가 남긴 53년의 뜨거웠던 삶은 사라지지 않을 겁니다. 안 선배 잊지 말아주십시오. 많은 사람들이 당신을 존경했고, 사랑했습니다.

이인열 조선일보 사회정책부 차장

▲ 기자협회보 기사
이인열 조선일보 경영기획부장. 기자협회보 2020년 6월17일

편집권은 조선일보의 편집방향과 독자의 알권리에 반하는 경영차원의 부당한 영리적 압력이나 주주의 사적 이익에 의해 침해받지 아니한다. 기자인 조합원은 자신의 신념과 양심에 반하는 기사를 쓰지 아니하며 회사는 이를 강요하지 않는다.

조선노보

조선일보사 노동조합
창 립 : 1988년 10월 25일

<제32기 임원진> 위 원 장 : 김성모
부위원장 : 박윤희
회계감사 : 김형원
사무국장 : 이미지

발행인 · 편집인:김성모 /04519 서울 중구 태평로 1가 61 / ☎724-6660~1 FAX 724-6669

영원히 기억하겠습니다

밤 안석배 전문기자를 추모합니다
함께 했던 추억, 잊지 않겠습니다

사진= 고운호 기자

안석배 전문기자 지난 14일 별세… 편집국 局友葬 치러

곧 돌아오리라 생각했기에 더 믿기지 않았다. 혈액암의 일종인 림프종으로 투병 중이던 안석배(53) 교육전문기자가 지난 14일 0시 4분 영면(永眠)했다.

서울 영동고와 연세대 사회학과를 졸업한 그는 1995년 본사 공채 34기로 입사했다. 편집부, 사회부, 사회정책부 등에서 근무했고, 논설위원도 맡았다. 지난 2018년 9월 사회정책부장에 임명됐다. 여러 부서를 거치면서도 한결 같이 주변에 깍듯하고 반듯한 모습만 보여 왔기에 조선일보 '젠틀맨의 표본'이란 말을 들었던 고인이었다.

자기 관리에도 철저해 평소 등산과 조깅, 사이클 등을 즐겼던 고인이 몸에 이상을 느낀 건 2019년 7월. 감기가 심한 줄 알고 병원을 찾았다가, 결국 림프종 진단을 받아 치료를 시작했다고 한다.

수차례 항암 치료가 이뤄졌고, 건강도 상당히 호전됐던 것으로 전해졌다. 지난해 말 사회정책부 송년회 자리에 참석할 정도로 건강을 회복해 조합원들은 모두 고인이 곧 업무에 복귀할 것으로 기대하고 있었다. 그러나 악해진 몸 상태에서 패혈증(敗血症)이 악화됐고, 지난 14일 우리 곁을 떠났다. 조합원들에게 널리 알려 힘을 모을 틈도 없었다.

빈소에는 고인과의 갑작스런 이별을 실감하지 못하는 사람들이 모여 고인을 추모하고 슬픔을 나눴다. 동기 모임에서 찍은 사진, 함께 등산 가서 찍은 사진을 내놓고 한참을 들여다보기도 했다. 제각각 고인과 함께했던 시간에 대해 이야기하거나, 고인과의 추억을 나누며 웃다가도 갑작스러운 이별을 실감하지 못하고 눈물 흘리는 상황이 이어졌다.

16일 발인 예배를 마친 뒤 오전 7시 40분쯤, 고인의 운구 차량이 회사 앞에 도착했다. 편집국 선·후배 200여명이 회사 앞에 모여 고개를 숙이고 고인과 마지막 인사를 나눴다. 회사를 떠난 전직 사우들도 함께했다. 고인의 유해는 화장된 뒤 이천 '에덴 낙원'에 안치됐다. 고인의 기족들은 물론, 편집국 선·후배들이 끝까지 함께 했다.

안석배 전문기자 약력

▲1967년 7월 3일生 ▲1974년 3월 ~ 1980년 2월 서울 구정초 졸 ▲1980년 3월~1983년 2월 서울 영동중 졸 ▲1983년 3월~1986년 2월 서울 영동고졸 ▲1987년 3월~1991년 2월 연세대 사회학과 졸 ▲1995년 1월 17일 조선일보 입사 ▲1995년 7월 편집부 ▲1996년 2월 사장실 ▲1996년 4월 편집부 ▲1998년 9월 비서실 파견 ▲1999년 5월 사회부 ▲2009년 1월 사회정책부 ▲2010년 2월 사회정책부 차장대우 ▲2016년 9월 논설위원 ▲2018년 8월 사회정책부장 ▲2020년 1월 편집국 전문기자(교육담당)

▲조선일보 추모기사

"하늘에서 다시 만나는 날, 여행을 떠나자"

한윤재 동기 추모사

수년 전 '꽃보다 청춘' 마추픽추 편을 보면서 그와의 여행을 꿈꿨습니다. 수십 년을 함께 같은 길을 걸어 온 남자 세 명이 마추픽추를 바라보며 눈물을 흘리는 장면에 마음을 가득 채웠습니다. 어느 술자리에선가 조심스레 얘기를 꺼냈더니 정말 좋은 아이디어라며 언젠가 꼭 함께 가자, 그가 반짝이는 눈으로 내 마음을 두 팔 벌려 받아주었습니다.

청천벽력 같은 암 발병 소식을 듣고 도저히 그냥 있을 수 없어서 '면회 불가' 걸려 있는 병원 문을 밀치고 들어가 15분 정도 두런두런 이야기 나눴습니다. 이제는 안정을 취해야 한다며 눈치 주는 간호사들에 밀려 병원 문을 나설 때, 병실에 그 혼자 남겨 두고 나오기 얼마나 싫던지요. 집으로 돌아오는 길에 아무 이유 없이 '동물원'의 '시청 앞 지하철역에서'를 듣고 싶었습니다. 낯익은 멜로디와 가사였지만 그날따라 노랫말 한마디 한마디가 가슴을 꾹꾹내었습니다. 퇴사를 기원하는 우전대를 잡고 눈물을 삼켰습니다.

다함께 좋은 자리, 마다 달던 그 옆자리 노래방 마이크는 가능한 한 안 받으려고 물러섰지요. 그래도 수차례 권하면 멋쩍은 듯 마이크를 받은 아들곤 '불타는가슴겨울'의 '브라보 마이 라이프'를 멋스레 불렀습니다. 그 노래를 들어야 시원하게 자리를 파하던 밤이 해아리기 어렵습니다.

모진 세상 속 내가 힘겨울 때마다 너무 빠르지도, 아주 늦지도 않게 전화를 걸어온 것도 그였습니다. 윤재야, 힘내라. 너를 믿는다. 넌 정말 좋은 사람이고 다 잘 될 거야. 길지 않은 말 속에 눌러 담은 진심에 무너지던 가슴은 다시 어느새 새로운 용기로 가득 차곤 했습니다.

어째다 모임 자리에서 논쟁이 붙을 때, 자리에 있는 모두를 배려하면서 세심하게 마무리 하는 것도 그의 몫이었습니다. 어쩌면 우리가 그에게 너무 많은 것을 의지했던 것 같네요.

이제 그의 몸은 우리 곁을 떠났습니다. 하지만 그의 넋은 우리와 함께 할 겁니다. 아무리 길어도 50년을 넘지 않을 겁니다. 하늘나라에서 다시 만날 때, '브라보 마이 라이프'를 목놓아 부르면서 더러 아픈 때까지 여행하렵니다. 여행 도중 사소한 말다툼도 그와 함께라면 걱정 없겠지요. '시청 앞 지하철역에서'는 오래 전 병실에서 만났던 날 에 것지리움에 걸맞는 음악으로요.

지난해 이른 가을 점심 식사와 성

단천 다음날 저녁 식사가 그와의 마지막 만남이었습니다. 올 초부터 다시 항암치료에 들어간 뒤에는 문자로만 안부를 주고 받을 수 있었습니다. 이거넬 것이다. 기도할 때마다 달라는 그의 짧은 문자들이 이제는 그와의 마지막 추억으로 남고 말았어요.

발인을 앞둔 날, 유난히 예쁜 저녁 노을이 그 추억들을 서럽도록 아름답게 만들었습니다. 근심과 고통 없는 곳에서 평안한 휴식을 누릴 겁니다. 우리도 이 세상 근심 고통이 지나고 환하 웃는 얼굴로 그와 만날 준비하겠습니다. 그럽고 그럽고 또 그럽습니다.

2017년 10월, 고인의 동기인 34기들이 모여 찍은 사진. 고인은 동기는 물론, 선후배들에게도 신망이 두터웠다. 사진 뒷줄 왼쪽 끝이 추모사를 쓴 한윤재 전 조합원(SK주식회사 C&C 부사장)

안 선배, 존경하고 사랑했습니다

이인열 기자 '선배를 떠나 보내며'

"덕과 명석함을 갖추고 있어도 드러내지 않는 겸손함까지 있는 참 언론인이었습니다."

안석배 조선일보 교육전문기자의 영면 소식을 듣고 고인과 가장 가까웠던 취재원이자 '형님'이 페북에 남긴 글입니다. 안석배 기자는 그랬습니다. 취재에 있어 치열함과 동시에 늘 균형감을 갖추었고, 후배에 따뜻함도 함께 했습니다. 후배들에게도 아름드리 나무 같은 존재였습니다. 아마도 그런 인품은 타고 난 동시에 본인의 노력으로 연마한 결과물일거라 생각합니다.

지금도 그가 바로 옆에 '인열아'라고 부를 것만 같습니다. 그 목소리가 생생한 귓전에 맴돕니다. 그런데 그가 세상을 떠났습니다. 할 일

도 많고, 즐길 일도 많았는 데낸 왜 그리 서둘렀는지 야속하기만 합니다.

그는 기자 생활의 가장 많은 부분을 교육기자로 보냈습니다. 5000만 온 국민이 전문가를 자처하는 교육 분야에서 그는 늘 사실과 함께 바른 방향을 찾기 위한 열정과 진정성이 강했던 기자였습니다. 교육 관련 박월했던 기사들과 칼럼은 물론이고 QS 아시아 대학평가 도입 등은 그가 없었다면 쉽지 않았을 일입니다.

문상을 하는 인사들이 한결 같이 고인의 품성을 칭송합니다. "특종도 많이 쓰면서도 취재원을 배려하려는 마음이 늘 따뜻하게 느껴졌다"고 합니다. 한 전직 장관은 "시류를 타지 않고 좋은 교육을 고민해 준 둥지와 같은 존재였다"고 말했습

니다. 한 회사 선배는 "안석배는 논설위원실 최고의 뱅당무였다"고 하십니다. "최고의 미남이었다"고 하십니다. 회사 후배는 "화를 내는 걸 본 기억이 없는 선배"라고 합니다. 지금은 회사를 떠난 후배는 "안 선배랑 일할 때가 가장 가슴 뛰던 시절이었다"고 회고합니다.

이 모든 말들에 '안석배'가 존재한다고 믿습니다. 그를 아무리 그리워해도 현실에서 만날 수 없는 기막힌 상황이 아직도 믿기지 않습니다. 시간이 지나면 일상으로 돌아가고 그를 기억하는 시간도 짧아지겠죠. 하지만 그가 남긴 53년의 뜨거웠던 삶은 사라지지 않

을 겁니다. 안 선배 잊지 말아주십시오. 많은 사람들이 당신을 존경했고, 사랑했습니다.

지난해 12월 사회정책부 송년회 자리에 참석했던 안석배 전문기자.

'안석배의 첫 기자수첩'(1999.08.04)

'강심장' 피서객

『태풍이 온다고요 ?』

나흘째 폭우가 내린 강원도 피서객 중 태풍「올가」의 한반도 진입소식을 알고 있는 사람은 의외로 드물었다.

3일 정오 국립공원 설악산 내 오색약수터 야영장. 계속된 폭우로 오색계곡의 물줄기는 성난 파도 같았다. 계곡에서 40여m 떨어진 야영장에 은백색의 텐트가 보였다. 경기도 성남에서 왔다는 이 모(44) 씨 부부는 『이곳은 지대가 높아서 안전하다』며 『계곡물이 넘칠 염려는 없다』고 자신 있게 말했다. 이 씨는 『간밤에 빗소리가 많이 났지만 태풍이 오는지는 몰랐다』며 『경찰도 수시로 야영장으로 찾아와「도난사고」를 주의하라는 말만 했다』고 전했다.

30여 분 후, 구룡령 방향으로 가다 계곡을 끼고 위치한「송천마을」. 계곡 앞 20m쯤에 7개의 방갈로와 텐트 1개가 서 있었다. 거센 물길은 오색계곡과 마찬가지. 고향인 이곳으로 피서 왔다는 길 모(45) 씨는 『폭우가 시작된 31일부터 머무르는 바람에 비구경만 하고 있다』고 말했다. 밤에 계곡물이 차오르면 어떡하느냐는 질문에 『매시간 관리소에서 안전 순찰을 도니 별 문제가 없다』고 대답했다.

바로 옆 방갈로에 머물고 있는 피서객은 3~5살의 어린이 5명과 어른 3명. 서울에서 왔다는 김 모 씨는 『태풍이 오는 줄 알았지만 약속이 된 여행이라 강행했다』고 말했다. 설악산 관리사무소 정정권 씨는 『집중호우후 입산(入山)이 금지돼 관광객이 많이 빠져나갔다』며 『지난달 31일부터 비상근무를 하며 공원내 곳곳을 수시로 돌며 관광객들에게 「기상특보」를 알리고 있다』고 말했다.

그러나 관리소가 아무리 정확한 정보를 준다고 해도 피서객들이 외면하면 그만이다. 계곡에선 비가 한곳으로 모여 순식간에 덮치고, 그 힘은 집채만한 바윗덩어리를 쓸어버릴 정도가 된다. 태풍경보도 호우주의보도 모두 나몰라라 하고, 아이들과 함께 태연히 계곡을 찾는 사람들의 「강심장」은 도대체 어디서 오는 것일까.

조선일보 / 1999.08.04 / 종합 / 3면

안석배 사회부기자 sbahn@chosun.com

[만물상] "써야 생각한다"

'시인의 경지에 이른 과학자'상이라는 게 있다. 과학 분야에서 탁월한 글솜씨를 발휘한 저자에게 주는 상이다. 1993년 미국 록펠러대학이 제정했다. 역대 수상자 중에 노벨상 수상자가 네 명이나 됐다. 아인슈타인도 글을 잘 썼다. 우연이 아니다. 생각을 체계적·합리적·논리적으로 펼치는 것은 무엇을 하든 필수다. 미국 의대 시험에서도 에세이를 중시하는 이유다.

그리스·로마시대부터 서구 고등교육의 근간은 수사학(修辭學)이다. 글로든 말로든 생각을 조리 있게 표현하는 방법을 가르치는 것이다. 그래서인지 미국 방송을 보면 길 가는 아무한테나 마이크를 들이대도 자기 생각을 풍부하고 논리적으로 얘기한다. 우리는 그저 "너무, 너무" "… 같아요"만 연발한다. 앞뒤가 뒤죽박죽이어서 글로 옮겨 놓으면 무슨 얘기인지 알 수도 없다. 때론 한국어를 배운 지 3~4년 된 외국인이 우리보다 더 조리 있게 한국말을 하기도 한다.

우리도 예부터 글을 잘 쓰고 논리적으로 말하는 걸 강조했다. 이런 전통은 사라진 지 오래다. 해외에서 아이를 키우다 한국에 들어온 사람불만 중 상당 부분이 글쓰기 교육이 없다는 것이다. 객관식 문제 한두개 맞히는 데 목숨 거는 세상에선 글쓰기 교육 하자고 말하는 사람이 이상해진다.

올해 초 서울대 자연과학대학 신입생 글쓰기 평가를 했더니 39%가 70점 미만을 받았다. 주제를 벗어난 데다 비문(非文)에 맞춤법도 엉망이다. 채점 기준이 무엇인지 모르나 제대로 평가하면 점수는 훨씬 더 떨어질 것이다. "거시기하다"는 등 비속어, 인터넷 식(式) 엉터리 문제가 과제물에 넘쳐난다. 기업 인사 담당자들은 "요즘 신입 사원은 영어보다 국어 실력이 문제"라고 한다.

미국 하버드대에서 20년간 글쓰기 프로그램을 운영한 낸시 소머스 교수가 그제 조선일보 인터뷰에서 "어느 분야에서든 진정한 프로가 되려면 글쓰기 능력을 길러야 한다"고 했다. 그러면서 "짧은 글이라도 매일 쓰라. 그래야 비로소 생각하게 된다"고 했다. 하버드 대학 신입생은 한 학기 적어도 세 편 에세이를 쓴다. 교수가 일일이 첨삭 지도한다. 사회에서 리더가 된 졸업생에게 '성공 요인이 뭐냐'고 물었더니 가장 많은 답이 '글쓰기'였다. '능력을 하나만 가질 수 있다면?'이란 질문에 대한 답도 단연 '글쓰기'였다. 글쓰기는 기술이 아니다. 생각의 근력(筋力)을 키우는 일이다. 생각하는 힘이 없는 사회는 주관 없이 우르르 몰려다니는 냄비 현상이 나타날 수밖에 없다. 불필요한 갈등도 빈발한다. 읽지도 않고 쓰지도 않는 우리 모습 아닌가.

조선일보 / 2017. 06. 06
안석배 전문기자

[만물상] 한양대가 뽑은 어느 학생

새 정권이 들어서고 새 교육부 장관이 오면 대학 입시부터 손대려 한다. 우리나라 교육사(史)는 거의 대입제도 변천사라고 할 수 있다. 대학 입시가 1945년 이후 2005년까지 16차례 바뀌었으니 3년10개월에 한 번 꼴이다. 그 뒤 10년 동안도 새로운 입시제도가 발표됐는가 했는데 잠시 선보였던 그 제도가 또 사라지곤 했다.

입시는 공정성, 객관성 확보가 늘 숙제다. 뒷돈 주고 대학 가던 시대의 불합리를 겪으면서 입시 부정에 대해선 눈에 불을 켜게 됐다. 그래서 국가가 시험 문제 내고 그 점수에 맞춰 대학 가는 시대가 오래 이어졌다. 1980년대엔 학력고사, 1993년부터는 수능을 봤다. 하지만 시험 한 번으로 인생을 결정 짓는 게 바람직한지에 대한 의문이 제기됐다. 290점은 합격시키고, 289점은 떨어지는 시험에 대한 회의였다.

같은 289점이라도 어려운 환경에서 얻은 점수면 290점보다 가치 있는 점수일 수 있다. 고2, 고3을 거쳐 오면서 꾸준히 점수가 향상돼 289점을 받았다면 그 발전 잠재력을 평가해줘야 한다. 수능 점수 좋다고 대학에서 더 능력을 발휘하는 것만도 아니었다. 이런 문제의식에서 학생의 잠재력·창의력을 평가하는 입시제도가 등장했다. 지난 정부에선 '입학사정관제', 이번 정부 들어선 '학생부종합전형(학종)'이라 불렀다. 도입 10

년 남짓에 어느새 입시의 대세가 됐다. 2010학년도엔 정원의 6.5%를 이렇게 뽑았지만 내년에는 23%로 늘어난다. 걱정하는 사람들도 있다. 정말 공정한 것이냐에 대한 질문이 여전하다.

최근 발표된 한양대 학종 전형에서 6년간 장애인 친구의 손발이 돼준 김예환 양이 합격했다. 중학~고교 생활 내내 뇌병변 장애가 있는 친구를 도왔다고 한다. 학교 외부 활동이 있을 때는 휠체어로 갈 수 있는지 사전 답사까지 했다는 것이다. 그 학생을 선발한 전형은 수능·학과 성적은 보지도 않는다. 인성과 고교 수업 태도 정도만 따진다. 이번이 3년째인데 한양대는 "학종으로 들어온 학생이 입학 후 더 잘한다"고 했다.

우리가 입학사정관제도를 처음 도입했을 때 미국 대학들은 "서두르지 말라"고 조언했다. 자기들은 100년 걸려 정착시킨 제도라는 것이다. 하지만 조금 서두르는 면이 있는 것 같다. 다수 학생을 이렇게 뽑는 건 무리일 것이다. 그러나 학력 뛰어난 학생 뽑는 선발 방식도 있고, 남다른 특기를 가졌거나 봉사활동으로 귀감이 되는 학생을 뽑아주는 선발도 꼭 필요하다. 김예환 양이 대학에서 가진 인성과 잠재력을 맘껏 꽃피우길 소망한다.

조선일보 / 2016.12.19 / 여론/독자 A34면

[조선데스크] '10억에 감옥 OK'란 아이들

더 이상 교육 현장에 켜진 '적(赤)신호'를 외면하면 안 된다. 고교생 44%가 "10억 원이 생긴다면 1년간 감옥행도 무릅 쓰겠다"고 대답했다. 흥사단이 최근 초·중·고교생 각 2000명을 대상으로 조사한 설문조사 결과다. 학생들에게 또 다른 질문을 던졌다. '남의 물건을 주워서 내가 가져도 괜찮을까?' 고등학생 62%, 중학생 51%, 초등학생 36%가 "그렇다"고 대답했다. 학년이 올라갈수록 학생들의 윤리의식은 더 낮게 나타났다. "인터넷에서 영화를 불법 다운로드해도 괜찮다"고 대답한 고등학생은 73%, 초등학생은 47%였다.

경상북도의 한 중학교 도덕 교사가 작년 가을에 겪은 일이다. 급식 시간에 새치기하는 학생에게 "줄을 서라"고 말하자 "X같네. 뭐요? 왜 자꾸 그러는데"라는 말이 돌아왔다. 그 학생은 공부 잘하고 인기 많은 학급 임원이었다. 교사는 "도덕 교과를 가르치는 교사로서 부끄러웠다"고 말했다.

매년 3월 신학기를 앞두고 각 초등학교 교무실에서는 '6학년 담임 안 맡기' 경쟁이 벌어진다. 이전보다 신체가 발달한 요즘 초등 6학년생 다루기는 여간 힘든 게 아니다. 일부 학생들은 수업시간에 대놓고 교사에게 대들고 학생들 대화는 욕설 투성이다. 한국교총이 2011년 10월 수도권의 중·고생 4명에게 소형 녹음기를 달게 하고 4시간 동안 주고받은 말을 녹음해 봤다. 그 결과 학생들은 평균 1시간에 49번, 75초에 한 번씩 욕을 하는 것으로 조사됐다.

교육의 기본적 기능 중 하나는 건전한 시민을 길러내는 것이다. '법과 질서를 지키고, 약자는 돕고, 정의로운 일에 용감해야 한다'는 것을 학교에서 가르친다. 이를 위해 국가는 '국민공통 교육과정'을 만들어 학생들이 이수하게 한다. 그런데 결과는 정반대로 가고 있다. 극단적 이기주의와 물질주의에 물든 학생, 법과 질서는 무시하면서 욕과 폭력에 익숙한 학생이 점점 늘어난다. 경기도의 한 중학교 도덕 교사가 털어놨다. "학급의 20~30% 학생들에게 법과 질서를 가르치는 도덕 교사는 조롱거리예요. 이들 때문에 수업이 불가능한 상황입니다."

이게 아이들만의 책임은 물론 아니다. 자녀를 학급 임원으로 뽑아주지 않았다고 학교에 찾아가 담임교사 머리채를 끄집어 당기며 폭행하는 학부모, 학생 고민을 진심으로 귀담아듣지 않는 일부 교사, 학교 폭력 가해 학생 학부모가 오히려 학교에서 행패를 부리고도 당당해하는 현실….

우리는 그동안 학생들의 높은 학력과 학업성취도에 열광해 왔다. 3~4년 주기로 발표되는 PISA (국제 수준 학업성취도 평가)와 TIMSS (수학·과학 성취도 국제 비교 연구)에서 한국 학생들은 늘 세계 1·2위를 다투는 최상위권이다. 하지만 그 '영광의 성적표'가 반드시 대한민국의 미래를 밝게 비추는 것은 아니다. 초등학생도 12%가 "10억을 위해서라면 감옥에 갈 수 있다"고 대답하는 현실이 벼랑 끝에 서 있는 대한민국 교육 현장을 보여준다. 오는 15일 대통령직인수위 교과부 업무 보고 때는 이 심각한 상황부터 논의를 시작해야 한다.

조선일보 / 2013.01.10.

안석배 사회정책부 차장

[태평로] 美談 사라진 한국 入試

지난해 겨울, 서울 강북의 한 추어탕집 외아들이 대입 수능에서 만점 성적표를 받았다. 3년간 백혈병을 앓다가 일어난 학생이었다. 서민 동네에서 자라, 학원과는 담쌓고 인터넷 강의 듣고 이룬 그 학생의 쾌거에 모두가 박수 쳤다. 오랜만에 접한 훈훈한 입시 스토리였다.

한때 우리는 입시 철 신문 사회면을 보면서 가슴이 따듯해질 때가 있었다. 행상하는 홀어머니 밑에서, 공장에서 일하는 형과 단칸방에 살며 명문 대학 들어간 이야기를 접했을 때다. 누군가에게 꿈과 희망을 줬던 그런 이야기들이 어느 순간 사라졌다. 점점 형편 좋은 학생이 공부도 잘하고 대학도 잘 간다. 부모의 사회·경제적 배경이 자녀 학력을 결정하는 것이 각종 통계에서 입증되고 있다. 우리뿐 아니라 대부분 나라에서 일어나는 일이다. 이 간극과 격차를 어떻게 줄여나갈지 사회와 나라는 고민한다.

입시를 바꾸고, 새 교육제도를 시도해 보는 것도 그런 이유에서일 것이다. 미국에서 대학 입시에 '역경 지수(Adversity Score)'를 도입한다고 지난달 발표했다. 미국 대입 시험인 SAT를 관장하는 칼리지보드가 응시생이 사는 지역의 범죄율, 빈곤율, 부모의 교육 수준 등 15개 요인을 고려해 점수화해 '역경 지수'를 만들어 입시에 반영하겠다는 것이다. 역경 지수는 학생 개개인에게는 통보하지 않지만, 대학은 학생의 역경 지수를 통보받아 합격·불합격 나눌 때 고려한다. 올해는 150개 대학에서, 2020년엔 전 대학으로 확대된다고 한다.

'역경 지수'라는 개념 자체는 논쟁거리다. 개인의 빈곤과 역경, 불우한 환경을 어떻게 계량화·점수화할 수 있을까. 역경을 점수화하면 그 지수를 높이려 악용하는 사람은 없을까. 한국 같으면 이를 높이려 입시 코치도 등장할 텐데. 그럼에도 이런 시도까지 하는 건, 그만큼 사회의 고민이 깊기 때문일 것이다. 미국 칼리지보드는 "점수는 조금 낮지만 더 많이 성취한 놀라운 학생들이 있다" "점수에 반영된 불평등을 못 본 척할 수 없지 않은가"라고 얘기한다. 우리라고 왜 이런 문제의식이 없겠는가. 만나는 대학교수와 교사마다 "현재 제도로는 안 된다"고 말한다.

최근 뉴욕타임스는 올가을 신입생이 되는 몇몇 학생의 대입 지원서 에세이를 소개했다. 배관공 아버지를 도와 하수관 공사를 하며 대입 준비를 한 여학생, 자정까지 식당 접시 닦으며 대학에 합격한 학생들이 인생을 바라보는 시야가 넓고 깊다. 이런 학생들이 뒤처지지 않게 손잡아주고, 필요한 곳에 사다리 세워주는 게 사회가 할 일이다. 교육부, 정부의 존재 이유다.

이 정부의 교육정책이 처음 나온 것이 대략 2017년 3월이었다. 당시 문재인 대통령 후보는 서울의 한 초등학교에서 말했다. '첫째 국가가 교육을 완전히 책임지는 시대를 열겠습니다, 둘째 무너진 교육 사다리를 다시 세우겠습니다, 셋째 모든 교육은 교실에서 시작됩니다….' 지금 정부는 무엇을 하고 있나. 2년이 지났는데 사다리 정책, 공교육 살리기의 밑그림조차 보이질 않는다. 대통령은 그날 "부모의 지갑 두께가 자녀의 학벌과 직업을 결정할 수 없다"고 했지만, 현실은 반대로 간다. 이 문제에 있어 가장 적극적일 줄 알았던 정부였는데 조용하다.

그러고 보니, 현 정부 들어 논란은 엉뚱한 데서 일어났다. 정부 핵심 인사와 친(親)정부 교육감들은 자기 자녀는 남들이 선호하는 학교 보내놓고, 다른 사람들에겐 "그런 나쁜 학교에 보내지 마라. 폐교하겠다"고 하고 있다. 사다리를 세우는 것이 아니라, 사다리를 걷어차고 있지 않은가.

조선닷컴 / 2019.06.03 / 여론/독자 A31면
안석배 사회정책부장

－

포상

－

■ 상장 수여 및 공로내역

신청 구분	건명	포상(징계)구분
포상	『"산업혁명과 프랑스 혁명이 뭐냐"고 묻는 서울대생』(12/29자 A31면)	이달의칼럼상
포상	『김상곤 교육부 장관이 안 보인다』(10/17자 A35면)	이달의칼럼상
포상	『메르스 사태 보도』 유공(6/3~6/24)	공동노력상 (2급)
포상	『창간 95주년 기념 근속상』 수여	20년근속상
포상	『무상복지에 멍드는 교실』 시리즈 보도(10/8~10/13, 총3회)	공동기사상
포상	『2013학년도 서울대 입학생 3명 중 1명은 특목·자사高 출신』 보도 유공(11/6자 A12	단독특종상 (3급)
포상	『2013학년도 전국 2342개 고교별 수능성적 분석』 보도(6/20 자 A1면)	공동특종상 (2급)
포상	『10억에 감옥 OK 란 아이들』(1/11자 A30면)	이달의칼럼상
포상	『성폭행 뺀 거짓 추천서… 성대 입학취소 검토』 보도	단독특종상 (3급)
포상	『왕따 폭력 보고서』 관련 보도 유공(3/16字 A1면 등 3회)	공동기사상
포상	『왕따 폭력』 관련 기획 및 보도 유공	공동기사상
포상	『한국 학생들의 욕설 실태』 기획 취재 유공(10/3~10/7, 5회)	공동기사상
포상	『 신문은 선생님 출범 1주년』 유공	공동노력상 (1급)
포상	『자본주의 4.0 시리즈』 기획 유공	공동기사상
포상	『 신문은 선생님 섹션』 제작 유공(8/18字 E섹션)	공동창의상 (2급)
포상	『교실이 무너진다』 시리즈 기획 유공(6/24~6/29, 총 5회)	공동기사상 (3급)
포상	『광주과기원 GIST 섹션』 제작 유공(10/18字 E섹션)	공동창의상 (2급)
포상	『선생님이 그러는데 북한 짓 아니래요 』(12/6자 A1면 등)	발행인상
포상	『글로벌 명문 섹션』 기획 유공	공동창의상 (2급)
포상	『교과부, 카이스트 선거 개입 파문』 보도(6/30字 A1면)	공동특종상 (3급)
포상	『再修 공화국』 시리즈 3회(6/16자 A1, 14면 등)	발행인상
포상	『서울지역 교장, 100% 공모』 보도(3/18字 A4면)	단독특종상 (3급)

▲ 안석배 기자의 서재에 자리한 상장들과 사진들로 이루어진 추억의 공간

발인예배 설교문

권종현
런던 한인교회 부목사, 안석배 처남

나는 또 하늘에서 들려오는 음성을 들었습니다. "기록하여라. 이제부터 주님 안에서 죽는 사람들은 복이 있다." 그러자 성령께서 말씀하셨습니다. "그렇다. 그들은 수고를 그치고 쉬게 될 것이다. 그들이 행한 일이 그들을 따라다니기 때문이다."(요한계시록 새 번역 14:13)

고인은 글 쓰는 사람, 글쟁이셨습니다. 울림이 있는 글을 남기기 위해 많이 읽으셨던 걸로 기억합니다. 그렇게 많이 읽고 좋은 글을 남기셨습니다. 작년 5월 2주 동안 형님 병실에 함께 있을 때에도 머리맡 옷장에 연습장을 두셨습니다. 거기다 손글씨로 줄곧 이런저런 글을 기록하셨지요. 마음속 답답함을 적으셨는지, 여전히 오르지 않는 혈액 수치들을 적으시는 건지, 새

록새록 떠오르는 생각들을 옮겨 적으시는 건지···. 마지막이 될 것이라 기대치 않았던 병상에서 무엇을 기록하셨는지 제가 알지는 못합니다.

"기록으로 남기지 않는 것은 기억에도 남지 않는다"라는 말이 있습니다. 바꾸어 말하면 기록된 것은 기억된다는 말이겠지요. 기록이 남아 있기 때문에 형님을 잘 기억하고 추억할 수 있습니다. 형님 기록에 따른 추억 하나가 있습니다. 영국에 오셔서 저희 집을 방문하신 게 2015년이었습니다. 장인어른, 장모님을 모시고 둘째 재익이와 함께 오셨더랬지요. 짧은 기간 동안 이곳저곳 부모님 모시고 함께 재충전하는 시간을 가지셨습니다. 떠나는 날 메모지에 이렇게 적어 여동생인 제 아내에게 남기셨습니다. "은혜 받고 간다. 마무리 잘하고, 한국에서 보자."

은혜 받고 간다.
마무리 잘하고,
한국에서 보자.

작은오빠.

짧은 글이지만 기록되어 있기 때문에 저와 아내가 지금도 형님을 기억하고 추억할 수 있습니다.

오늘 본문을 보면 하늘에서 음성이 있었다고 합니다. 그 음성은 "기록하여라"라는 명령으로 시작됩니다. 요한이 그 음성을 듣고 실제로 기록했기 때문에 우리가 요한계시록이라는 하나님의 말씀을 읽을 수 있습니다. 기록되었기 때문에 말씀을 읽고 기억할 수 있습니다. 기원후 1, 2세기만 하더라도 기록을 남기고 책의 형태로 펴내는 비용이 만만치 않았습니다. 그러나 요한은 하늘로부터 온 음성을 듣고 그 음성에 순종하여 기록했습니다. 우리는 그렇게 기록된 글을 성경으로 받았습니다. 요한이 기록했기 때문에 기억합니다. 형님도 기록이 남아있어서 우리가 반추해 보고 기억할 수 있습니다. 신문 기사, 일기, QT 노트…. 여러 기록들 때문에 우리가 이 땅에서 사랑하던 사람을 계속 기억하게 됩니다.

형님의 기록으로 인한 기록은 이뿐만이 아닙니다. 저는 형님께 많은 것을 받았습니다. 교육처를 출입하실 때는 취재원들에게서 선물로 받으신 USB 드라이브를 주셨습니다. 제가 결혼하고 얼마 지나지 않아 주신 USB에는 형님의 QT 노트가 남아있었습니다. 형님은 다 지웠다고 생각하고 주셨을 텐데, 미처 지우지 못한 성경 묵상일지가 담겨 있었습니다. 격무로 바쁜 중에도 매일매일 짬을 내서서 말씀을 묵상하고 본인의 기도를 적어 놓으셨더군요. 형님의 '치열함'을 엿볼 수 있었습니다.

형님은 제게 이메일도 한 번씩 보내셨습니다. 장문의 편지를 2번 보내신 적이 있습니다. 사랑하는 여동생이 귀국해서 힘들었던 타국살이를 토로하는 이야기를 들으시고는, 아내의 힘든 일은 함께 돌아봐 달라고 부탁하시는 이메일이었습니다. 공부한다고 사라지기만 하진 말라고 당부하셨지요. 아내를 사랑하는 마음 꾹꾹 눌러 쓴 그 글은 부드러운 어투였지만, 아랫사람인 저는 읽으면서 퍽 긴장되었던 기억이 있습니다. 직장과 가정을 돌아보는 데도 시간이 부족하셨을 텐데, 이미 출가한 여동생까지 배려하고 꼼꼼하게 챙기시는 형님의 '균형감'이었습니다.

오늘 말씀에 "이제부터 주님 안에서 죽는 사람들은 복이 있다."라는 구절이 이어집니다. 저는 형님이 주 예수 그리스도 안에서 죽음을 맞이하셨다고 믿습니다. 이런 형님을 향한 말씀입니다. 복이 있다고 말씀하십니다. 여기 있는 누구보다 더 복된 사람입니다. 축복받은 분이지요. 우리는 형님을 보내고 슬프지만, 형님은 하나님과 어린 양 예수님의 임재 안에서 기뻐하고 웃고 계십니다. 주님 안에 계시기 때문입니다.

형님이 복이 있다고, 축복받았다고 말할 수 있는 이유가 또 하나 있습니다. 본문에서처럼 "수고를 그치고 쉬게 될 것"이기 때문입니다. 쉴 새 없이 일하셨던 분입니다. 이른 새벽에 퇴근하고도 그날 아침 일찍 출근하기를 숱하게 반복하셨다고 들었습니다. 완성된 기사에 조사 하나를 넣을지 뺄지를 고민하고 다음 기사를 구상하느라 정시 퇴근을 포기하셨지요. 2주간 형님 병실을 지키는 동안, 형님이 제일 아쉬운 게 하나 있다며 눈시울을 붉히셨던 기억이 있습니다. "다른 건 다 괜찮은데 서영이, 재익이… 아이들과 더 많은 시간을 보내고 싶다"라고 하셨습니다. 일에 매달려서 그럴 시간이 부족하셨겠지요. 참으로 수고하셨던 형님입니다. 이제 그 모든 수고를 뒤로하고 참된 안식 가운데 계십니다. 기록을 통해 많은 사람들 기억 속에 남아있고, 주님 안에 계시며, 수고를 쉬고 쉼을 누리시는 형님은 참으로 복 있는 사람, 축복받은 사람입니다.

형님 메모 속의 말 기억합니다. "은혜 받고 간다. 마무리 잘하고, 한국에서 보자." 기록된 그 말 이 자리의 여러분께서 기억하셨으면 합니다. 이제 우리 모두를 향한 당부가 되었습니다. "이 땅에서 은혜 받고 갑니다. 다들 마무리 잘하시고, 천국에서 봅

시다." 복된 인생을 살다 가신 고인처럼 남은 인생 복된 삶 사시
길 우리 주 예수 그리스도의 이름으로 축원합니다.

▲ 2020.5. 입원 중 회복에 대한 의지와 믿음으로 다시 한번 세례를 받았다. (여동
생 윤정, 처남 권종현 목사)

그립고… 고맙고 사랑합니다

이현주
아내

인생을 살면서 결정을 내려야 하는 수많은 순간을 맞이합니다. 결정과 선택의 기로에 서게 된 순간 내가 가야 할 길을 모르면 생각이 많아집니다. 또 가야 할 길을 놓치면 걱정이 많아지기도 합니다. 부모님의 그늘을 벗어나 가정을 이루면서 이전과는 다른 무게의 많은 일을 스스로 책임지고 결정해야 했는데, 이제 와 돌이켜보면 감사하게도 큰 고민이나 걱정은 없었던 것 같습니다. 제가 그렇게 편안할 수 있었던 이유를 생각해보니 모든 일의 마지막 순간은 항상 남편의 몫이었습니다. 늘 바쁜 업무로 시간에 쫓겨 여유가 없는 남편의 직업적 특성상 집 안팎의 대소사는 모두 제 몫이라며 힘들다고 투덜거리곤 했는데, 결국 그 모든 일의 마지막 책임은 제가 아닌 남편에게 있었습니다.

안석배는 저에게 그런 사람이었습니다. 마지막에 나타나 모든 일을 깔끔하고 올바르게 마무리해 주는 9회 말 구원투수 같은 사람. 그래서 항상 뒤가 든든했고, 제가 가야 할 길을 놓치지 않을 수 있었습니다. 그런 사람이 자신의 마지막은 저에게 맡겼는데, 저는 남편처럼 아름답게 마무리하지 못한 것 같아 한없이 미안하고 가슴이 저려옵니다.

남편을 보내고 정지해 버린 것 같은 시간을 지나면서 그가 서재에 남기고 간 흔적들이 너무나 소중하게 느껴졌습니다. 그동안은 쌓이는 먼지로 구박받아왔던 장르의 경계가 없는 수많은 책들, 어린 시절의 일기장, 수십 권의 취재 수첩, 다이어리, QT 노트, 취재 관련 자료, 병상일기까지…. 취미가 책 읽기, 특기가 글쓰기였던 남편을 기억하고 서영이와 재익이를 위해서라도 이 흔적들을 잘 간직해야겠다고 생각만 하고 있었는데 남편의 오랜 친구인 장용석 교수님 부부가 추모집을 만들자고 제안해 주었습니다. 조선일보 이인열 부장님, 40년 지기 남편의 절친 훈석 씨와 장 교수님 부부의 도움으로 남편의 회사 선후배, 동료, 지인, 친구, 가족들의 소중한 글들이 모였습니다. 그 글을 여러 차례 읽는 일이 결코 쉽지만은 않았습니다.

제가 몰랐던 남편의 여러 모습이 눈앞에 그려지면서 하루하루 치열하게 쌓아 올린 삶의 흔적들이 고스란히 느껴졌습니다. 슬픔에 북받쳐 읽어내기를 수차례, 어느덧 슬픔은 감사와 자랑스러움으로 바뀌었습니다. 남편을 너무나도 훌륭한 기자와 인간미 가득한 동료, 신뢰받는 친구, 자랑스러운 가족으로 기억할 수 있게 해주신 많은 분께 감사했고 한결같은 모습으로 귀감이 될 만한 삶을 살아준 남편이 고마웠습니다.

2020년의 6월 이후, 어느새 1년이 지났습니다. 남편은 늘 그래왔던 것처럼 천국에서도 조용히 존재감을 드러내며 편안할 거라 믿습니다. 에이스 투수를 잃어버린 저는 아직은 고장 난 나침반처럼 길을 헤매기도 하지만 20년 동안 남편이 해온 것을 지켜봐왔으니 머지않아 올바른 길을 찾을 수 있을 거라고 생각합니다.

남편을 아름답게 기억할 수 있는 추모집 출판에 도움 주신 조선일보와 이인열 부장님께 감사드립니다. 항상 저와 아이들을 위해 기도해 주시고 큰 힘이 되어 주시는 양가 부모님과 가족들, 또 가족처럼 저희를 아끼고 챙겨주는 저와 남편의 오랜 친

에필로그

구들께도 지면을 빌어 감사와 사랑을 전합니다. 특별히 이 책을 처음부터 기획하고 출판하는 모든 과정에 함께 해주고, 남편과 저와 아이들에게 귀한 선물을 준 놀고봐 가족 모두에게 말로 다 할 수 없는 감사의 인사를 드립니다.

　매일 남편과 함께 걷던 한강 고수부지 잔잔한 강물 위에 따뜻한 햇빛이 환하게 내립니다. 그 빛 한가운데 남편이 있는 것 같아 두 손을 뻗어 봅니다. 닿을 수도 만질 수도 없지만 가만히 가슴에 품어 봅니다.

　그립고… 고맙고 사랑합니다.